不断掌握新知识、熟悉新领域、开拓新视野，增强本领能力，加强调查研究，不断增强脚力、眼力、脑力、笔力，努力打造一支政治过硬、本领高强、求实创新、能打胜仗的宣传思想工作队伍。

——习近平总书记在全国宣传思想工作会议上的讲话

（2018年8月21日）

新华社践行『四力』优秀作品选

（二〇一二—二〇一八）

本书编写组

新华出版社

图书在版编目（CIP）数据

新华社践行“四力”优秀作品选：2012–2018 /《新华社践行“四力”优秀作品选：2012–2018》编写组编.
北京：新华出版社，2019.1
ISBN 978-7-5166-4405-8
Ⅰ.①新… Ⅱ.①新… Ⅲ.①新闻报道—作品集—中国—当代 Ⅳ.①I253
中国版本图书馆CIP数据核字(2018)第292430号

新华社践行“四力”优秀作品选：2012–2018
编　　者：《新华社践行“四力”优秀作品选：2012–2018》编写组

责任编辑：张　谦　　**封面设计：**臻美书装

出版发行：新华出版社
地　　址：北京石景山区京原路8号　　**邮　　编：**100040
网　　址：http://www.xinhuapub.com
经　　销：新华书店、新华出版社天猫旗舰店、京东旗舰店及各大网店
购书热线：010－63077122　　**中国新闻书店购书热线：**010－63072012

照　　排：臻美书装
印　　刷：三河市君旺印务有限公司

成品尺寸：170mm×240mm　1/16
印　　张：22.25　　**字　　数：**310千字
版　　次：2019年1月第一版　　**印　　次：**2019年2月第二次印刷

书　　号：ISBN 978-7-5166-4405-8
定　　价：68.00元

目 录

CONTENTS

文字报道

图片报道

融合报道

文字报道

1

历史的选择，人民的期待

——党的十八大以来以习近平同志为核心的党中央治国理政评述

新华社记者

时间是伟大的作者。

67年前，新中国成立的前夜，毛泽东同志勉励全体中央委员会成员——

“夺取全国胜利，这只是万里长征走完了第一步。如果这一步也值得骄傲，那是比较渺小的，更值得骄傲的还在后头。”

67年后，庆祝中国共产党成立95周年大会上，习近平总书记向全世界宣告——

“今天，我们比历史上任何时期都更接近中华民族伟大复兴的目标，比历史上任何时期都更有信心、有能力实现这个目标。”

风云际会，沧海横流。站在过去和未来交汇点上的中国，既拥有前所未有的机遇，也面临国内空前繁重任务的挑战，遭遇着全球深度嬗变激荡格局，正步入一段新的历史关键期。

无限风光，尽在险峰。承载中国发展的历史担当，秉持改革创新的智慧勇气，肩负起亿万人民的期待重托，党的十八大以来，以习近平同志为核心的党中央引领13亿多人民万众一心、砥砺奋进，在实现中华民族伟大复兴中国梦的新长征路上，夺取了新的伟大胜利……

“万山磅礴必有主峰，龙衮九章但挚一领”——关键时期有关键担当，在新的伟大斗争实践中确立习近平总书记为党中央的核心、全党的核心，党心民心团结一心

习近平：“我的执政理念，概括起来说就是：为人民服务，担当起该担当的责任。”

历史，常常凝炼成一次次选择；选择，又常常开启一段段崭新历史。

2016年，金秋北京。在锤头镰刀的巨大党徽前，中央委员会以举手表决的方式，一致通过了党的十八届六中全会公报，这份举世瞩目的公报中正式提出——“以习近平同志为核心的党中央”。

一个国家、一个政党，领导核心至关重要。

滚石上山，闯关夺隘；逆水行舟，险滩激流。

诸多“拦路虎”“绊脚石”摆在前行道路上；一系列“最复杂”“最敏感”问题互相交织并亟待破解；种种党自身所面临的“考验”“危险”不断凸显……

尽管重要战略机遇期仍在，但已是世界第二大经济体的中国，正面临复杂严峻的国内外环境，迫切需要进行好具有许多新的历史特点的伟大斗争。

8800多万党员的世界第一大政党、13亿多人生活于发展迥异的城乡之中的世界第一人口大国、960多万平方公里的辽阔空间、5000多年历史文明的厚重沉淀……

即使是了解并理解一个偌大的中国，都需要花费一番相当功夫，带领这样一个大国跨过关键的历史关口，有效应对重大风险挑战、克服重大矛盾阻力、取得重大突破胜利，顺利完成世纪腾越，这需要具备怎样登高望远的谋略？怎样勇敢坚毅的意志？

历史转折的关头，奔腾不息的时代。

党的十八大以来，面对复杂局面，以习近平同志为核心的党中央带领全党全军全国各族人民，总揽战略全局，把握发展大势，开启了波澜壮阔的伟大奋斗，进行了新的伟大斗争实践，开创了中国特色社会主义伟大事业全新局面。

4 年多来，在这段跨越时空中，中国在改革发展稳定、内政外交国防、治党治国治军等方面取得了一系列具有重大现实意义和深远历史意义的成就，重要领域和关键环节改革取得突破性进展，全面建成小康社会决战决胜迈出坚实步伐，在治国理政道路上开辟出全新征程。

中华民族看到百年梦想的召唤，中国目标、中国战略点燃起新的希望。

从“两个一百年”奋斗目标的提出到“中国梦”的引领，从“五位一体”总体布局到“四个全面”战略布局，从贯彻稳中求进工作总基调到把握经济发展新常态，从五大新发展理念到坚持以推进供给侧结构性改革为主线，治国理政新理念新思想不断完善，新战略新举措落地生根，马克思主义同中国实际相结合又一次实现新飞跃，中国特色社会主义理论体系注入新的时代内涵。

中国人民看到催人奋进的光明前景，中国精神、中国力量有了新的彰显。

以“抓铁有痕”的决心根治腐败，以“偏向虎山行”的勇气力促改革；以“能打仗、打胜仗”为指引最大魄力推动国防和军队改革；以“凝聚共识”的导向连续召开文艺、新闻舆论、哲学社会科学等系列工作座谈会；以小康路上“一个都不能少”的承诺温暖中国，以人民为中心的发展思想编织感情纽带……

世界看到这个东方大国的崭新姿态，中国主张、中国方案赋予新的内涵。

无论是西子湖畔二十国集团领导人杭州峰会勇立全球经济治理变革涛头，还是雁栖湖畔亚太经合组织领导人非正式会议北京会议引领世界经济雁阵齐飞；无论是“一带一路”倡议得到 100 多个国家和国际组织积极参与，还是亚投行吸引全球 57 个成员国加盟，世界舞台上的中国声音愈加唱响，世界图景上的中国印记日益鲜亮。

夙夜在公，励精图治。4 年多来，1500 多个日子，以习近平同志为核心的党中央肩负起团结带领全党全国各族人民共同奋斗的历史责任，在全党树起使命担当的典范和真抓实干的标杆，让亿万人民对国家和未来有了更强的信心、更深的期待。

伟大的人民、伟大的国家、伟大的民族，正在新时期历史使命的引领下，谱写一首共同创造、共同分享的壮丽史诗。

立下愚公移山志，一张蓝图干到底。

20年前，时任福建省委副书记、福建对口帮扶宁夏领导小组组长的习近平来到宁夏，将一个尚是戈壁荒滩上的规划村命名为闽宁村，开启两地携手向贫困宣战的篇章。

20年后，习近平总书记正带领中国进行脱贫攻坚、奔向全面小康的大决战。而昔日荒凉的闽宁村如今也已发展成为拥有6万多人、现代化的闽宁镇，成为中国书写扶贫开发新篇章的一个缩影。

执着奋斗，久久为功。

“中华民族积蓄的能量太久了，要爆发出来去实现伟大的中国梦。”2016年7月，习近平总书记重新踏上宁夏大地如是说。

梦想，总是这般在力量的汇聚中，照进现实，绽放光彩。

“宝剑锋从磨砺出，梅花香自苦寒来”——推进党的建设新的伟大工程，全面从严治党，锻造坚强的领导力量

习近平：“办好中国的事情，关键在党，关键在党要管党、从严治党。”

2016年深秋，拥有8800多万党员的中国共产党以一次全会专题研究全面从严治党重大问题，出台了具有历史性意义的规范性文件，为深入推进党的建设新的伟大工程提供行动指南。

办好中国的事情，关键在党。

这是中国共产党植根95年辉煌历程的自信、着眼长期执政的自醒、锻

造坚强政治组织的自觉。

“党是领导一切的”——党的十八大以来，以习近平同志为核心的党中央高举党的旗帜，加强党的领导，彰显着沉甸甸的历史责任。

逐梦前行，首在把舵导航；攻坚克难，更需引领力量。

如何破解世界上最大的发展难题？如何带领13亿多人实现前所未有的复兴事业？习近平总书记步之所至、言之所及旗帜鲜明：“坚持和完善党的领导，是党和国家的根本所在、命脉所在，是全国各族人民的利益所在、幸福所在。”

党政军民学，东西南北中，党是领导一切的。在习近平总书记心中，这既是一份自信，更是一份担当。

“我们的责任，就是要团结带领全党全国各族人民，接过历史的接力棒，继续为实现中华民族伟大复兴而努力奋斗，使中华民族更加坚强有力地自立于世界民族之林，为人类作出新的更大的贡献。”4年多前，刚刚当选中共中央总书记的习近平，面对500多名中外记者郑重承诺。

4年多来，以习近平同志为核心的党中央牢牢把准中国航船的前进方向：

习近平总书记亲自“挂帅”中央全面深化改革领导小组等多个领导小组组长，党中央每季度分析研究经济形势，党进一步加强对经济、军队、国企、高校等工作的领导……党总揽全局、协调各方的作用更好发挥，成为战胜各种风险挑战的根本保证。

中央政治局常委会首次集体听取全国人大常委会、国务院、全国政协、最高人民法院、最高人民检察院党组工作汇报，党中央召开统战工作会、宗教工作会、群团工作会……把社会各界和广大人民群众更加紧密地团结在党的周围，汇聚起逐梦中国的强大动力。

重任面前当仁不让，关键时刻挺身而出，这就是中国共产党人的风范。

“在中国长期执政”——党的十八大以来，以习近平同志为核心的党中央正视党内突出问题，筑牢党的执政根基，彰显深沉的使命忧患意识。

凌冬已至，前来河北省平山县西柏坡参观的游客仍然络绎不绝，时常会有一些党员整齐地站在七届二中全会旧址前，对着党旗，举起右拳，重温入党誓词。

西柏坡，习近平总书记来过多次，每次都怀着崇敬之心来，带着许多思考走，他想得最多的就是七届二中全会上提出的“务必使同志们继续地保持谦虚、谨慎、不骄、不躁的作风，务必使同志们继续地保持艰苦奋斗的作风”。

“毛泽东同志当年提出‘两个务必’，主要基于哪些考虑？”“我们对‘两个务必’坚持和弘扬得怎么样？”“今天如何结合新的形势弘扬？”这是习近平总书记对全党提出的问题，而在他内心深处早已有了答案。

时间回溯到1975年，22岁的习近平就要离开插队7年的梁家河了。那天，全村人排起长队为他送行，老乡们还送给他一个镜框，上面镶着八个字：“贫下中农的好书记”。

光阴荏苒，初心不忘。

从对“温水煮青蛙”的忧思到对“历史终结论”的诘问，从对焦裕禄的深情讲述到对“七个有之”的猛击一掌，从跳出“历史周期律”的雄心到“功成不必在我”的胸怀……党的十八大以来，习近平总书记以深沉的使命忧患意识，把巩固党的执政基础、实现党的长期执政，摆上重要位置。

加强农村社区基层党的建设；推动全面从严治党向基层延伸；选派驻村工作队和“第一书记”到扶贫一线……400多万党组织正在成为400多万个攻坚克难的战斗堡垒，8800多万党员正在成为8800多万干事创业的先锋模范，密切着党同人民群众的血肉联系，夯实着党执政大厦的根基。

“全面从严治党”——党的十八大以来，以习近平同志为核心的党中央以上率下正风肃纪，严字当头敢管善治，彰显顽强的意志品质。

“党和国家领导人退下来要及时腾退办公用房；不能超标准配备车辆、超规格乘坐交通工具，外出要轻车简从，最大限度减少对群众生产生活的影响……”

2016年11月30日，习近平总书记主持召开中央政治局会议，对党和国家领导人办公用房、住房、用车、交通、工作人员配备、休假休息等待遇进一步作出规定。这也是对4年前出台的中央八项规定的拓展和深化。

越己者，恒越。

从中央八项规定切入，从中央政治局做起，全面从严治党以自我革命的政治勇气纵深推进。

严字当头，譬如刮骨疗毒。

4年多来，周永康、薄熙来、郭伯雄、徐才厚、令计划、苏荣等200多名中管领导干部因腐败问题被审查，100多万人因违纪违规受到组织处理，约20万人因违反中央八项规定精神被处理……

在“打虎”“拍蝇”“猎狐”的同时，中央用巡视派驻、机制创新、法规建设，构筑起一道道制度的“防火墙”；用科学理论、优秀文化、良好家风，建立起一座座理想信念的精神家园；用群众路线教育实践活动、“三严三实”专题教育、“两学一做”学习教育，营造出风清气正的政治生态。

力度前所未有，压力也前所未有。

习近平总书记的话语斩钉截铁：“不得罪成百上千的腐败分子，就要得罪13亿人民。这是一笔再明白不过的政治账，人心向背的账。”

10余位“落马”高官在电视专题片《永远在路上》中痛陈堕落轨迹；潜逃海外13年的“红通首犯”杨秀珠回国投案自首；民意调查显示，九成以上群众对党风廉政建设和反腐败工作成效表示满意……不敢腐的震慑作用得到发挥，不能腐、不想腐的效应初步显现，反腐败斗争压倒性态势已经形成。

时至今日，反腐深得民心，党更强，国愈盛。

“黄沙百战穿金甲，不破楼兰终不还”——用好决定中国命运的“关键一招”，全面深化改革，不断凝聚起奋进的动力

习近平：“开弓没有回头箭，我们将继续坚定不移实现改革目标，风雨无阻，勇往直前。”

梦想与改革，总如影随形。

安徽小岗村，“大包干”的发源地，中国改革的起点。

2016 年 4 月 25 日，在“当年农家”院落里，习近平总书记俯身认真查看那张大包干契约，重温这“中国改革的一声惊雷”。

这是“十三五”规划纲要出台后的首次地方调研；而在他担任总书记后的首次考察，去的是改革开放前沿的广东深圳。

两个改革“地标”，两次对中国改革有关键意义的宣誓。

这是一个中国再出发的关键抉择。国内“三期叠加”，世界经济持续低迷。处在重峦叠嶂的跋涉途中，“中国改革往何处去”，世界种种猜疑。

“同过去相比，中国改革的广度和深度都大大拓展了”“容易的、皆大欢喜的改革已经完成了”“剩下的都是难啃的硬骨头”……习近平总书记清楚中国改革的要害在哪里。

这位被美国《时代》周刊称为“中国新一轮革新的中心人物”的领导人，像一位舵手坚定开启了“改革时间”，巨细靡遗地指导这场改革。

这是一场关系全局的深刻变革。4 年多来，行稳致远的“中国号”，面对各种重大风险与考验，一次次打破定律，创新模式。

紧锣密鼓，全面深化改革的“四梁八柱”拔地而起——

改革从全局着眼。习近平总书记在党的十八届三中全会上明确指出，这“不是推进一个领域改革，也不是推进几个领域改革，而是推进所有领域改革”。

这是一种前所未有的改革节奏。短短 3 年，中央全面深化改革领导小组召开 31 次会议，审议通过 274 份文件。

经济、政治、文化、社会、生态文明体制和党的建设制度改革纵深推进，主要领域“四梁八柱”性改革已基本出台，国企、财税、司法等标志性、关键领域改革取得突破，全面深化改革的大逻辑、大框架日渐清晰。

壮士断腕，改的是体制机制，动的是既得利益——

“要有明知山有虎、偏向虎山行的劲头，积极寻找克服困难的具体对策”。2015年初，习近平总书记在同中央党校县委书记研修班学员座谈时，情真意切地告勉大家。

改革破局谈何易。西班牙《世界报》这样评价：中国这场改革不会轻而易举地付诸实施，每一项改革措施都将遭遇既得利益者的反对。

简政放权被认为是权力的“自我革命”。很多时候，不是不能办，而是不愿办——公章里边有油水。

以敬民之心，行简政之道。作为全面深化改革的“先手棋”，目的就是要打破——“公章四面围城、审批长途旅行”。4年多来，中央共取消和下放618项行政审批事项，提前实现预定目标。

央企薪酬制度改革、农村土地制度改革、价格机制改革等一大批以前碰不得、啃不动的“硬骨头”被一一砸开；从治理军队内部“毒瘤”，再到扎实推进军队规模结构和力量编成改革，国防和军队改革得以破冰推进，令人振奋。

识得“水性”，坚持正确的方法论协同整体推进——

在习近平总书记看来，改革“既要养血润燥、化瘀行血，又要固本培元、壮筋续骨”。

全面深化改革，这项工程极为宏大，零敲碎打调整不行，碎片化修补也不行。从密集出台文件，到启动试点加快推进，既要取势，又要取实，好的改革举措才能落地生根。

司法改革、国企改革、群团改革、国家监察体制改革……一系列改革规划中，既有顶层设计，又要基层探索；既统筹推进，又重点突破；既要在法治下推进改革，又在改革中完善法治。改革在不断夯基垒台，积厚成势。

以问题为导向，精准发力，牵动改革的“牛鼻子”——

在“涉”改革险滩时，他的身影常常出现在最前面。

既是中央全面深化改革领导小组组长，还兼任中央网络安全和信息化领导小组、中央军委深化国防和军队改革领导小组、中央财经领导小组的组长职务……

新加坡《联合早报》称，习近平“亲上火线主导改革的负责姿态”，最高层的决心和担当“超出预料”。

4 年多来，从认识到适应，从把握到引领，党中央始终牢牢掌握经济发展进入新常态的大逻辑，纵深推进供给侧结构性改革，“三去一降一补”五大任务成效显著，稳中有进的中国经济，在全球经济寒流中格外抢眼。

以人民为中心，让老百姓有更多获得感，凝聚起奋进的力量——

一切为了人民，这是全面深化改革的逻辑起点，也是推进改革理论创新的价值基点。

从“正定翻身”到“晋江奇迹”，从“八八战略”到“发出全面深化改革的新号令”，从黄土地中走来的习近平，始终不忘“平凡的世界”中的父老乡亲，始终把“让人民过上好日子”的信念铭刻心间。

“众恶之，必察焉；众好之，必察焉。”百姓关心期盼什么，党中央就重视关注什么，改革就抓紧推进什么。

民之所望，改革所向。商事改革降低创业门槛、实行以增加知识价值为导向的分配政策激发创新、全面放开二孩优化人口结构……从生存到发展、从物质到精神、从福利到权利，“人民至上”的理念不断续写发展的新篇章。

一个渐行渐近的中国梦，正向世人走来。

“弄潮儿向涛头立，手把红旗旗不湿”——彰显东方大国风范，全方位推进特色外交，引领中国走到世界舞台中央

习近平：“我们要顺势而为，推动构建以合作共赢为核心的新型国际关系，打造人类命运共同体。”

天下，一个根植于中国历史文化深处的概念。

天下，并不平静。诚如基辛格所言，“国际体系正在经历四百年来未有之大变局”。

环顾全球，经济政治重心从北大西洋转向太平洋，新兴市场国家和发展中国家崛起之势不可阻挡。地缘政治因素错综交织，全球经济复苏乏力，地区热点和全球性挑战此起彼伏。

“我们看世界，不能被乱花迷眼，也不能被浮云遮眼，而要端起历史规律的望远镜去细心观望。”习近平总书记以敏锐眼光观察世界潮流。

登高望远，方能掌握方向；明辨大局，才可顺势而为。

回溯到 2012 年底，当选中共中央总书记后的首场外事活动，习近平提出“国际社会日益成为一个你中有我、我中有你的命运共同体”的重要判断。

这一判断，成为中国全面参与全球治理的根本遵循。

在白雪皑皑的莫斯科，在郁郁葱葱的巴厘岛，在万众瞩目的联合国讲坛……4 年来，习近平总书记向世界阐述同舟共济、命运与共的深刻内涵，分享东方大国的哲学之“道”。

“习近平提出以人类命运共同体为纲领的全球治理体系，展现他对中国和世界各国关系长远发展的战略思考，也给国际格局新秩序的建立带来新动力。”哈佛大学费正清中国研究中心研究员罗斯·特里尔主编的《习近平复兴中国》一书如此评价。

认识世界发展大势，跟上时代潮流——这是习近平总书记认为“极为重要并且常做常新的课题”。

和平发展道路、自贸区建设、丝绸之路、全球治理……中南海怀仁堂，习近平总书记多次主持中央政治局集体学习，聚焦中国与世界的关系。

“我们参与全球治理的根本目的，就是服从服务于实现‘两个一百年’奋斗目标、实现中华民族伟大复兴的中国梦”“集中力量办好自己的事情，不断增强我们在国际上说话办事的实力”……习近平总书记的讲话高瞻远瞩、切中肯綮。

“中国最高领导人首次在公开场合提出共商共建共享的全球治理理念……”外媒不断捕捉到中国发展新动向，将这些消息发往世界各地。

新中国成立以来首次周边外交工作座谈会、新中国历史上第二次中央外事工作会议、推进“一带一路”建设工作座谈会……面对中华民族伟大复兴宏伟目标，以习近平同志为核心的党中央作出一系列顶层设计和开创性谋划。

践行正确义利观，推行亲诚惠容周边外交理念，提出对非合作真实亲诚四字箴言，推动构建以合作共赢为核心的新型国际关系，打造遍布全球的伙伴关系网络，倡导共同、综合、合作、可持续的安全观，建设人类命运共同体……一系列新理念新思想新战略，得到国际社会广泛认同。

“浩渺行无极，扬帆但信风。”中国融入世界的步伐自信而笃定。

主动有为，引领世界前行——

“习近平主席有多忙？”二十国集团领导人杭州峰会期间，媒体挖掘出的细节让人们看到中国领导人一天的工作节奏：出席 19 场活动，与各国政要约 80 人次会面。

“你们要没事了，我就没事了。你们要忙得团团转，我这就有事了。”习近平总书记步入峰会会场前和记者挥手笑谈。

主场、主人、主持、主导……在新中国成立以来主办层级最高、影响最深远的这次峰会上，东道主引导峰会形成一系列开创性、引领性、机制性成果，在二十国集团发展史上留下了深刻的中国印记。

犹如灯塔，杭州峰会穿透世界经济迷雾，指明航向。多国领导人见面时对习近平总书记说“这归功于您的卓越领导力”。

亚太经合组织领导人非正式会议北京会议、“9・3”胜利日阅兵……习近平总书记坐镇主场，欢迎八方来客；中拉领导人会晤、南南合作圆桌会和全球妇女峰会、中非合作论坛约翰内斯堡峰会……习近平总书记客场是“主角”，贡献中国智慧。

外媒评价，中国领导人展示出厚重的天下情怀、宽广的战略视野、高超的驾驭能力，恰与中国日益提升的大国地位相契合。

兼济天下，谋划共同发展——

“我们不需要拍胸脯、夸海口，而是要诚恳、严肃地兑现承诺。言必信、行必果。”2016年6月19日，塞尔维亚斯梅代雷沃钢厂，习近平总书记的讲话获得如雷掌声。两个月前，中国的投资使这家百年老厂焕发新生机。

塞尔维亚总统尼科利奇由衷赞叹，“许许多多的梦想正在中国合作伙伴的帮助下逐步实现”。

东到太平洋沿岸，西到中亚、欧洲，北上东北亚、俄罗斯，南下东南亚、非洲，从陆到海，兼顾东西，习近平总书记近年的出访路线，在“一带一路”建设的恢弘布局中渐次铺展。

“习近平主席于2013年宣布‘一带一路’创想之时，他是在重新唤起人们对于那段很久之前就已经熟悉的繁荣回忆。”牛津大学历史学家彼得·弗兰科潘如此评价。

“中国对外开放，不是要一家唱独角戏，而是要欢迎各方共同参与……不是要营造自己的后花园，而是要建设各国共享的百花园。”习近平总书记的“天下观”一脉相承。

从提出“一带一路”倡议到自贸试验区实行“负面清单”，从亚投行开业运营到丝路基金顺利组建，面对“逆全球化”思潮，习近平总书记向世界传递决心、提振信心，强调更高水平的开放格局。

勇于担当，心系人类命运——

2014年—2016年，北京—华盛顿—巴黎—杭州。

3年来，为应对气候变化，习近平总书记与美国总统奥巴马多次会晤，推动中美发表3份相关联合声明，并率先批准《巴黎协定》，向联合国交存批准文书。

时任联合国秘书长潘基文称赞在习近平总书记“杰出的领导”下，中国“采取了雄心勃勃的行动”。

肩负历史责任，中国对解决全球性问题的主动作为一以贯之。

世界不会忘记，在埃博拉疫情肆虐的紧急关头，在世界最贫困国家减贫的艰难时刻，在阿富汗、叙利亚、乌克兰等危机出现之时，中国领导人主持公道，仗义执言，伸出援手……

春秋四度，硕果累累。从全面布局到精耕细作，中国“朋友圈”越来越大。

4 年多来，出访 24 次，足迹遍及五大洲 51 个国家；在国内会晤外国元首、政府首脑约 220 人次……大国、周边、发展中国家、多边，习近平总书记在实践中谋篇布局，引领中国特色大国外交在继承中开创新天地。

世界从未像今天这样专注倾听中国。

习近平总书记首次走上联合国讲坛，20 分钟的讲话，被 15 次掌声打断；站在天安门城楼，1700 余字的讲话，18 次提及“和平”；登上约翰内斯堡的讲台，宣布中非“十大合作计划”，描绘 24 亿人的美好未来……

英国王室以皇家马车迎请，巴基斯坦等国战机护航，柬埔寨王宫外广场第一次摆上了外国领导人的巨幅画像，所到多国民众夹道欢迎……尊贵礼遇映射出中国在世界中的新坐标。

美国哈佛大学肯尼迪政府学院一项关于世界 10 个主要国家领导人的正面形象调查，来自 30 国的受访者认为，习近平名列第一。

赢得世人尊重，更有维护主权权益的一身正气。

“中国人民不信邪也不怕邪，不惹事也不怕事，任何外国不要指望我们会拿自己的核心利益做交易，不要指望我们会吞下损害我国主权、安全、发展利益的苦果。”

从东海到南海，从划设东海防空识别区到有效应对所谓南海仲裁案，中国领导人把国家的主权和安全放在重要位置，着眼地区稳定大局，唱响和平发展的主旋律。

暮色苍茫看劲松，乱云飞渡仍从容。此时，挺立历史潮头，中国的世界舞台从未如此广阔……

“长风破浪会有时，直挂云帆济沧海”——不忘初心、继续前进，引领13亿多人民同心筑梦走向伟大复兴

习近平：“我们完全可以说，中华民族伟大复兴的中国梦一定要实现，也一定能够实现。”

这是一次开创新局的伟大远征。

2016年春节前夕，江西井冈山，习近平总书记第三次来到这里。在茅坪乡神山村，他向围拢过来的父老乡亲们深情地说，我们党是全心全意为人民服务的党，“在扶贫的路上，不能落下一个贫困家庭，丢下一个贫困群众”。

此时此刻，“十三五”已经开局，在中华民族伟大复兴的历史坐标上，距离实现全面建成小康社会第一个百年奋斗目标只有4年时间，距离实现第二个百年奋斗目标也只有30多年。

一种信念，可以穿越时空，凝聚力量；

一种梦想，可以改变历史，昭示未来。

“我从小就看我妈妈给我买的小人书《岳飞传》，有十几本，其中一本就是讲‘岳母刺字’，精忠报国在我脑海中留下的印象很深。”习近平总书记不久前这样诉说他的赤子之心。

党的十八大后，刚刚履新的习近平总书记在国家博物馆参观《复兴之路》展览时，向世界宣告了中国圆梦的坚定决心，开启了一场实现中国梦、夺取新胜利的伟大进军。

今天的中国，比历史上任何时期都更接近实现伟大梦想，我们底气十足。

从改革开放初期的7.7亿人，减少到2015年底的5575万人，2016年贫困人口又有1000多万实现了脱贫，中国用30余年时间让7亿多人脱贫，最早实现联合国千年发展目标中减贫目标。

从改革开放初期的1.8%，上升到2015年的14.8%，中国经济总量在世界经济中的占比越来越重，正在走近世界舞台中央。

新发展理念深入人心，创新驱动激发新的活力，“美丽中国”“健康中国”惠及民生，三大战略从蓝图向现实转化……党的十八大以来，以习近平同志为核心的党中央治国理政新理念新思想新战略的实践，抓住了关键，夯实了基础，中国前进的步伐铿锵有力。

展望2020年，中国农村贫困人口将全部脱贫，胜利实现第一个百年奋斗目标，中华民族将首次告别绝对贫困。

今天的中国，正处在实现伟大梦想的最为关键时期，我们认识清醒。

全面脱贫，淘汰过剩产能，治理雾霾，继续推动财税金融等关键领域改革……人类发展史上，从未有过一个如此大体量的国家，能成功跨越“中等收入陷阱”。

梦想越伟大，道路越崎岖；越接近山顶，攀登越艰难。

“夺取具有许多新的历史特点的伟大斗争新胜利，我们还有许多‘雪山’、‘草地’需要跨越，还有许多‘娄山关’、‘腊子口’需要征服”，习近平总书记在纪念红军长征胜利80周年大会上的讲话，时刻警醒在耳。

今天的中国，比历史上任何时期都更有能力实现伟大梦想，我们期待满怀。

“自信人生二百年，会当水击三千里。”从党的十八届三中全会到六中全会，“四个全面”战略布局渐次展开并形成整体构架，指引我们实现全面建成小康社会的美好图景。

“习近平主席执政以来，引领中国经济开启了迈向更均衡发展的伟大转型，并在众多关键领域坚定推进改革，从而更好适应全球经济的深度调整。”这几年每年都到访中国的国际货币基金组织第一副总裁利普顿如此评价。

中国道路、中国经验，引发了世界的关注。

法国前总理拉法兰在来华参加博鳌论坛期间对媒体透露，他“从第一句到最后一句仔细拜读了”法文版《习近平谈治国理政》。他在和习主席见面时，向他展示自己的阅读笔记，并交流了对创新的看法。

截至 2016 年 11 月，《习近平谈治国理政》已在 100 多个国家和地区发行 12 种文字、50 多万册，创造了近年来我国政治类图书短时间内海外发行量最高纪录。

根植于 960 多万平方公里广袤土地、5000 多年辉煌灿烂文明的民族精神，吸吮着中华民族漫长奋斗积累的文化养分，生生不息、磅礴坚韧，这是实现伟大梦想的更基础、更广泛、更深厚的中国自信。

“我们走自己的路，具有无比广阔的舞台，具有无比深厚的历史底蕴，具有无比强大的前进定力。”习近平总书记的话掷地有声。

历史不停向前，梦想时刻召唤。

夺取伟大胜利，就要凝聚起磅礴的力量——

历史关键期，把我们的事业成功推至光辉的彼岸，必须凝心聚力、团结前行，激发出全社会创造活力和发展动力。

一代人有一代人的长征路。

“推进中国特色社会主义事业的新长征要持续接力、长期进行，我们每代人都要走好自己的长征路。”2016 年 7 月，习近平总书记在红军长征胜利会师的宁夏将台堡这样深情地说。

夺取伟大胜利，必须依靠实干兴邦——

为政贵在行。

一份份工作日志、一张张出行地图，记录并见证着中央领导集体体察世情民意的奔波与足迹：党的十八大以来，习近平、李克强、张德江、俞正声、刘云山、王岐山、张高丽等中央领导同志调研的足迹遍及神州大地。

“社会主义是干出来的。”实现中华民族伟大复兴的中国梦，关键在于攻坚克难，真抓实干。正如面对全面深化改革的繁重任务，习近平总书记深刻指出的那样，改革关头勇者胜，气可鼓而不可泄。

各级领导干部要切实转变工作作风，着力解决为官不正、为官不为、为官乱为等问题。要依靠广大干部实打实地带领群众一起奋斗，抓住关键重点，赢得战略主动。

实现伟大胜利，更需增强核心意识——

从中国共产党95年的光荣历程来看，党的领袖人物的造就和选择，从来都是历史的选择、实践的选择、人民的选择。

在如今的历史关键期，习近平总书记成为党中央的核心、全党的核心，是在领导和推进伟大事业、伟大工程、伟大斗争的实践中自然形成的，这是党和人民的事业又一次关键的郑重选择。

百年梦想，曾经如此遥远；伟大复兴，今朝触手可及。

2016年11月9日，在距地面约380公里的太空，中国航天员景海鹏、陈冬同习近平总书记进行天地通话。总书记叮嘱他俩“团结协作，迎难克坚”，希望再接再厉，圆满完成后续任务。

9天之后，在太空站工作了33天的两位航天员成功返回地面，中国载人航天实现新的跨越。

装点此关山，今朝更好看。

在实现中国梦的“关键一程”上，当代中国最重要的治理变革正闯关夺隘，新世纪最壮阔的改革画卷正雄健铺展。

“它是站在海岸遥望海中已经看得见桅杆尖头了的一只航船，它是立于高山之巅远看东方已见光芒四射喷薄欲出的一轮朝日……”

面向未来，伟大复兴的梦想从未如此之近！

新华社北京2017年1月2日电

（记者秦杰、张旭东、李忠发、陈芳、张晓松、韩洁、刘铮、熊争艳、王敏、罗宇凡、何雨欣）

采访札记

近年来，新华社每年元旦之际都要播发一篇反映党中央治国理政的长篇报道，全面展示我们党团结带领亿万人民推动经济社会发展的壮阔图景。如何把握时代主题，找准政治站位，写出富有感染力和影响力的稿件，成为这一报道任务首先要达到的效果。

党的十八届六中全会召开之后，新华社就启动谋划采写2017年年初要播发的这一重磅报道。在新华社领导的部署指挥下，国内部中央新闻采访中心组成“治国理政”采写工作组，花了一个多月时间认真研讨、精心策划，认真学习和领会党的十八大以来习近平总书记发表的系列重要讲话精神，努力找准政治站位。

经过反复研讨，我们先后形成了包括“党的十八大以来以习近平同志为核心的党中央治国理政十个精彩瞬间”等四个创新性文章框架，优中选优后，最终确定一个由总体回顾到分类梳理、由历史纵观到现实展示交叉进行的框架，每部分既有主线，分别阐述政治、经济、改革、外交等各领域成就；又设置辅助文线，讲述习总书记当年执政多地的基层生动故事，深入探寻治国理政伟大实践的不变初心。

起笔之际，首要在于思想引领。党的十八大以来的实践充分证明，习近平总书记作为党中央的核心、全党的核心，是众望所归、实至名归，是党心所向、民心所向。党的十八届六中全会明确习近平总书记的核心地位，反映了全党的共同意志，反映了全党全军全国各族人民的共同心愿。我们准确把握住这一时代标识，将文章主题浓墨重彩聚焦在“以习近平同志为核心的党中央治国理政”这一主题，精心选择把“万山磅礴必有主峰，龙衮九章但挈一领”作为文眼予以全文贯通，全面凸显“一个国家、一个政党，领导核心至关重要”的核心意识，鲜明诠释“关键时期有关键担当，在新的伟大斗争实践中确立习近平总书记为党中央的核心、全党的核心，党心民心团结一心”的主旨思想。稿件最初主标题我们拟为“在历史关键时期夺取伟大胜利”，在审改过程中，何平总编辑将标题精确提炼为“历史的选择，人民的期待”，使稿子找到“题眼”，精准地表达出社会共识，使读者引起强烈共鸣。

“事非经过不知难”，写作中团队经历数次头脑风暴、思想交锋后，稿件越改越精，运用丰富的信息量和生动事实充分、深入地阐明了党的十八大以来以习近平同志为核心的党中央治国理政的新思想新理念新成就，彰显出党中央治国理政登高望远的谋略、勇敢坚毅的意志，使报道体现时代高度、历史跨度、思想深度。写作上我们力求创新笔法，分段小标题以诗为纲，分别用“黄沙百战穿金甲，不破楼兰终不还”等诗文提要，犹如史诗画卷，读来引人入胜。

2017年1月2日，《历史的选择，人民的期待——党的十八大以来以习近平同志为核心的党中央治国理政评述》长篇报道一经播发，被人民日报等80多家媒体在头版头条采用，成为传统媒体“镇版之作”，在新媒体也起到了“刷屏之效”，并获评当年新华社“精品报道”。稿件在全社会起到了高举旗帜、引领舆论导向的作用，不少机关单位、企业公司将文章打印学习，谈体会、写读后感，引起强烈反响。

（秦杰）

专家点评

《历史的选择，人民的期待——党的十八大以来以习近平同志为核心的党中央治国理政评述》以高度的政治意识、宽阔的全球视野、丰富的话语表达，忠实地践行了习近平总书记对新闻工作者提出的殷切希望：坚定“四个自信”，保持人民情怀，记录伟大时代，讲好中国故事，传播中国声音，唱响奋进凯歌，凝聚民族力量，为实现“两个一百年”奋斗目标、实现中华民族伟大复兴的中国梦不断作出新的更大的贡献。

对于一篇回顾性、综合性、评论性的长篇评述来说，高度就是生命线，有高度才有价值，这也正是“四力”报道要求内涵所在。所谓高度，就是对事物发展格局的深刻认识和准确把握。有高度的作品能让人们感受到时代的脚步和人民的心声，具有厚重的历史感和鲜明的时代特征。《历史的选择，人民的期待——党的十八大以来以习近平同志为核心的党中央治国理政评述》对十八大以来以习近平同志为核心的党中央治国理政的理论与实践创新进行了全面梳理，并把这些创新置于国内外激荡变化的大势中加以观照，再用中国这些年在内政外交各个领域取得的卓越成就加以印证，从而进一步凸显了其意义之非凡。文章立意高，主题鲜明且突出，对事实的选择和评论都非常到位。

《历史的选择，人民的期待——党的十八大以来以习近平同志为核心的党中央治国理政评述》也体现了深邃的“脑力”和高超的“笔力”——文章的高度是需要宽阔的视野支撑的，这种视野不仅体现在对错综复杂的国内外形势的全面认识和把握上，还体现在对以习近平同志为核心的党中央治国理政新理念、新思想、新战略、新举措的全面梳理和阐释上，也体现在对党的十八大以来中国在各个领域取得的成就的全面介绍和总结上。同时，由点及面，由内而外，从上到下，从古至今……文章可以说是纵横捭阖，收放自如，这种跨越时空的宽广视野，极大地增强了文章的历史纵深感和时代厚重感，提升了文章主题的说服力和感染力，改善了文章的叙事结构和阅读节奏。

《历史的选择，人民的期待——党的十八大以来以习近平同志为核心的党中央治国理政评述》虽是长篇时政述评，但读起来并不让人觉得枯燥乏味，这归功于文章在话语表达上的丰富性和生动性。文章充满了激情。这种发自内心油然而生的激情通过精心设计的篇章结构和行文风格传递给受众，非常容易引起共鸣。文章将事实陈述、作者评述、他者评价三种叙事方式巧妙结合、灵活穿插，使读者不仅能够看到毋庸置疑的事实，而且能够了解事实的背景和意义，也能增加阅读的快感。文章采用短段落形式，大量采用短句式和排比、对仗句式，灵活运用直接引语和间接引语以及古诗词等，都不失为增色之举。

（唐润华　新华社新闻研究所高级编辑）

2 习近平：新时代的领路人

孟娜　章利新　李志晖　吴晶

2017 年 10 月 18 日上午，习近平站在人民大会堂万人大礼堂的讲台前作中共十九大报告，历时近 3 个半小时。

这是多年来中共党代会最重大的政治报告，达 3.2 万字。习近平用洪亮的声音一气呵成，赢得全场 70 余次掌声。

他宣告：“经过长期努力，中国特色社会主义进入了新时代，这是我国发展新的历史方位。”

这份报告被译成 10 种外语，并专门请来外籍专家为译文把关。专家们几乎都用“强有力”这个词语来描述习近平的报告。俄罗斯专家奥莉加·米古诺娃说：“我第一眼就被它吸引住，从早上 8 点看到半夜，忘记了吃午饭和晚饭。”

中国问题专家罗伯特·库恩在听了报告后说：“作为中国共产党的核心，习近平把中国带到了新的历史起点上。”

25 日，在中共十九届一中全会上，习近平再次当选中共中央总书记，体现了中共全党的意愿。国内外媒体把他描述为一个使中国由富变强的领袖。1949 年，毛泽东领导中国人民从“三座大山”的压迫下站了起来。1978 年，邓小平提出改革开放，中国人民走上了由穷变富的征程。

开始第二个 5 年任期的习近平带领他的执政团队同中外记者见面时说，中共十九大到二十大的 5 年，正处在实现“两个一百年”奋斗目标的历史交汇期，第一个百年奋斗目标要实现，第二个百年奋斗目标要开篇。“我们一定恪尽职守、勤勉工作、不辱使命、不负重托……新时代要有新气象，更要有新作为。”中国共产党“要永葆蓬勃朝气，永远做人民公仆、时代先锋、民族脊梁”。

一、开创性的领导人

5年前，在新闻中有“社交媒体时代的首位中共掌舵人”之称的习近平首次同记者见面。英国《金融时报》网站的记者报道：“习近平入场了。在十几分钟内，即将在未来10年领导世界上人口最多国家的他透露了他的议程。简单地说，就是让中国重新变得伟大，解决人民的不满，根除腐败。习近平使用了容易被非党员理解的简单语言。”

波士顿大学中国政治专家约瑟夫·菲尤史密斯说：“他似乎的确拥有迅速开始行动并创新的个性和政治能力。”但更多媒体表示还要“等等看”。而5年来，全世界都看到了习近平是如何来真格的。

“历史性变革”这个词如今被用来形容1800多天里发生的变化。另一句概括性的话是“解决了许多长期想解决而没有解决的难题，办成了许多过去想办而没有办成的大事”——

出台360个重大改革方案、1500多项改革措施，基本确立主要领域改革主体框架；

掀起“反腐风暴”，拿下440名省军级以上党员干部和其他中管干部，处分150多万人，追回外逃人员3400多人；

全面反对形式主义、官僚主义、享乐主义和奢靡之风，8900多万名党员队伍变得更加纯洁、更强有力；

改革国防，重塑军队，200万中国武装力量从思想作风、组织架构到武器装备焕然一新；

中国经济在2013年至2016年年均增长7.2%，远远高于同期世界的2.5%，继续成为拉动世界经济的第一引擎；

贫困人口减少6000多万，相当于欧洲一个大国的人口；

人民收入增幅超GDP增幅，公众感到生活在中国更安全、更舒适；

实施全面两孩政策，改善中国人口结构；

大幅投资科技，空间实验室、深潜器、射电望远镜、量子卫星、大飞机、超级计算机等并行赶超，引发国人自豪感；

发起史上最大规模污染治理之战，建立最严格的生态环境保护制度，全力推动生态环境督察，大批官员因环保不力受处分；

实现两岸领导人首次会面，挫败香港少数人非法“占中”企图；

实现钓鱼岛领海日常巡航，推进南海岛礁建设，“南海仲裁”成为一张废纸；

动用海陆空力量，成功完成多次海外“大撤侨”；

人民币“入篮”，国际化步伐显著加快；

同俄美等发展新型大国关系，带动发展中国家新兴力量崛起，推动全球治理；

“一带一路”和“构建人类命运共同体”写入联合国文件，中国加入应对气候变化的《巴黎协定》；

……

做成这些事情的复杂难度可想而知。5年前，习近平刚亮相时，除了他亲和、自信、从容的谈吐之外，外媒更关注的就是他面临的经济增长放缓、腐败、环境污染、贫富差距、党的威信降低等各方面的挑战和危机。

习近平一往无前的决心和担当起了关键作用。他在中共中央政治局民主生活会上那些意志坚定而极具个性的话语直抵人心：“党和人民需要我们献身的时候，我们都要毫不犹豫挺身而出，把个人生死置之度外。我们都做不到，让谁去做？”

以上变化仅仅是习近平第一个5年任期中出现的。接下来还会发生什么激动人心的事情？这正是全世界对中共十九大高度关注的原因。

习近平的最新施政纲领让人耳目一新：在2020年全面建成小康社会后，

再奋斗“两个 15 年”，到 2035 年基本实现社会主义现代化，到本世纪中叶建成富强民主文明和谐美丽的社会主义现代化强国。

这表明，习近平将带领中国提前完成“基本实现现代化”的目标，并提出更高现代化目标。之前的中共党代会曾提出，到本世纪中叶“基本实现现代化”。

这将创造人类历史上第一个 10 亿以上人口共同迈入现代化的奇迹。中国将历史性地摆脱绝对贫困并走向共同富裕，经济总量将成为世界第一，是生机勃勃的世界第一大市场。这样的新时代让人憧憬，乃是中华民族自 1840 年鸦片战争以后旦夕所盼。

作为站在时代交汇点上的领导人，习近平当仁不让地成为带领中国实现伟大梦想的掌舵者。

《时代》周刊把习近平评为年度影响世界的百人之一。他被媒体描述为“精力充沛”“雄心勃勃”“头脑清醒”，既有“钢铁意志”又具“侠骨柔肠”，“稳健而自信”“具有开创性”。美国前总统国家安全事务助理布热津斯基称他“睿智而有远见”，“对国际和国内问题都有着良好的判断”。俄罗斯学者尤里·塔夫罗夫斯基评价他是“有极高才智的人，有坚定信念的人，担当现在和创造未来的人”。

哈佛大学肯尼迪政府管理学院艾什中心对世界主要国家领导人形象的全球公众调查结果显示，在受访者对 10 国领导人认可度以及对本国领导人正确处理国内及国际事务信心度方面，习近平都排在第一。

中共十九大开幕后，《日本经济新闻》说，习近平描绘出了今后约 30 年的国家蓝图，向国内外释放了信号。他有望为中国夺回世界强国地位的伟业开辟道路。

二、伟大斗争中形成的党的核心

5 年前就任中共中央总书记时，习近平面临的首要政治任务，是保证全党服从党中央，坚持中共中央权威和集中统一领导。这需要解决党内尖锐而严峻的精神懈怠、能力不足、脱离群众、消极腐败的危险。其中，腐败是最大挑战。在习近平看来，“腐败问题越演越烈，最终必然会亡党亡国！”新时代的任何目标都无从谈起。

从 2012 年 12 月初打响反腐“第一枪”，查处当选十八届中共中央候补委员还未满月的四川省委副书记李春城，到后来几乎每月都有中管干部被查处，最多时“一月打七虎”，习近平施出的铁腕在中共 96 年历史上前所未有，在世界各国也极为罕见。

尽管如此，2014 年 7 月底中央政治局原常委周永康被宣布因涉嫌“严重违纪”被立案审查，仍出人意料。之前很多中国人不相信中共能调查中央政治局常委级别的前任高层领导人。国际社会也不认为，上任不久的新官会有足够能力与胆魄“擒获”这样级别的“大老虎”。

5 年来，一批曾被认为是“铁帽子王”的人物被反腐利剑挑落，除了周永康，还有薄熙来、郭伯雄、徐才厚、孙政才、令计划。被查处的十八届中共中央委员、候补中央委员达 43 人，中央纪委委员 9 人。

有人质疑中共反腐是“纸牌屋”。习近平说：“不得罪成百上千的腐败分子，就要得罪 13 亿人民。”还有人称反腐影响经济发展。习近平说：“我看天塌不下来。”

仅从如此激烈的反腐之战看，习近平的“接力跑”不是平平稳稳的，而是面对“斗争”。这个词，他在中共十九大报告中用了 23 次，大大超出以往频次。

从 2015 年的“胶着状态”，到 2016 年的“压倒性态势正在形成”，如今中共反腐败“压倒性态势已经形成并巩固发展”。在海外，在逃人员纷纷陷入过街老鼠般的困境；在国内，数以万计党员干部主动向组织交代自己的问题。

面对一些人“该松口气、歇歇脚”的建议，习近平坚决表示不能“初见成效就见好就收”，要求夺取反腐败斗争“压倒性胜利”。

网民画了一幅漫画：习近平骑在“大老虎”背上，挥拳痛击这只猛兽。国家统计局调查数据显示，人民群众对党风廉政建设和反腐败工作的满意度，已从中共十八大前的75%攀升至2016年的92.9%。

习近平在人民中建立起威信，并不仅靠“打虎”“灭蝇”的成绩。

2013年初，他看到新华社一份《网民呼吁遏制餐饮环节“舌尖上的浪费”》材料，随即作出批示，要求“浪费之风务必狠刹”，并强调坚决杜绝公款浪费现象。经过5年持续努力，中共刹住了许多人认为不可能刹住的歪风。

中央纪委副书记杨晓渡说：“人民群众原来说一年公款吃喝要吃掉两千亿，不知道用什么办法治住它。就这么一个‘八项规定’出来，应该说这个问题基本上解决了。”可以说“‘八项规定’改变中国”。

习近平说：“人民把权力交给我们，我们就必须以身许党许国、报党报国，该做的事就要做，该得罪的人就得得罪。”这番话正是他心路历程的反映。

浴火重生。从党的群众路线教育实践活动到“三严三实”专题教育，从“两学一做”学习教育再到即将开展的“不忘初心、牢记使命”主题教育，共产主义理想信念从“关键少数”向全体党员扩展。

纪律处分条例和廉洁自律准则一体修订，划出纪律“底线”也标明道德“高线”。热衷于关系学、厚黑学、官场术的人开始失势。5年来，仅副处级以上“裸官”就清理5000多名。依据领导干部能上能下若干规定，调整县处级以上干部2.2万多人。

2016年的中共十八届六中全会明确了习近平作为中国共产党党中央的核心、全党的核心的地位。舆论称，中共这样一个大党治理一个大国，在前进道路上面临那么多艰难险阻，没有一个坚强的领导核心，就难以形成全党意志统一，难以实现全国各族人民团结统一，就干不成任何事情，更不可能创造人间奇迹、赢得“具有许多新的历史特点的伟大斗争”。

习近平的大无畏战斗精神来自他对马克思主义的笃信。他的一位同事曾写道，习近平的讲话“充满着对共产主义、社会主义的坚定信仰”。

2012年11月29日参观《复兴之路》展览时，拥有马克思主义理论与思想政治教育专业博士学位的习近平主动向其他中共中央政治局常委讲起陈望道专心翻译《共产党宣言》，竟将墨汁误当红糖吃掉而浑然不觉的典故，并引述他的话“真理的味道非常甜”。

他也从父母身上汲取力量。父亲习仲勋和母亲齐心都很早参加革命。他曾在给父亲的信中写道，即使身处逆境，“爸爸对共产主义的信念仍坚定不移，相信我们的党是伟大的、正确的、光荣的。您的言行为我们指明了正确的前进方向”。他在回忆五六岁时随母亲买《岳飞传》《岳母刺字》等小人书的故事时说：“‘精忠报国’4个字，我从那个时候一直记到现在，它也是我一生追求的目标。”

习近平年轻时先后写了8份入团申请书、10份入党申请书。他在20岁时加入中国共产党。

三、为人民谋幸福的勤务员

中共十九大报告9名外籍翻译之一、老挝专家拉姆恩·乔维吉对习近平的亲民印象深刻：“习近平总书记是一位非常伟大的中国领导人。他不是只在办公室，而是深入到人民中间。他非常平易近人，衣着、说话、笑容等都很接地气，我看到在雨天和烈日下，他不用别人撑伞。在我看来，他是个非常亲切的人。”法国专家福佩吉说：“据我观察，老百姓很喜欢习近平，因为是他带来了改变。”

过去5年，常常见到的一幕是，这位中国共产党的总书记会直接出现在平民百姓中间，引起一片欢呼和手机镜头咔嚓声。

在北京街头的中式快餐店，他端着盘子，排队买饭，和百姓一起用餐；春节来临，他自办年货，回到插过队的农村看望老乡；他淋着雨同工人交谈，到农民家看谷仓、床铺、灶房、猪圈；他记挂老人，去敬老院不忘查看每日食谱；他关心学生，告诉他们“要扣好人生的第一粒扣子”；地震灾区考察时，他走进帐篷了解安置居民生活，夜深了就在简陋的活动板房中住宿。

有一次，他在一个空气污染严重的日子里，走进北京胡同，看望住在大杂院里的居民，询问他们的工作、收入、饮食、取暖情况以及上厕所远不远。北京一家都市报评论，总书记与人民“同呼吸共命运”。

他走遍了中国所有集中连片特困区。在中共十九大上，他是贵州团代表。这是中国最贫困的省区之一，2016 年人均 GDP 在全国倒数。当他在贵州团讨论会场坐下时，大家一开始并不知道谈话会朝哪个方向走。意外的是，他与代表谈起了“食品”“白酒”和“旅游”。这些是当地人增收的手段。

媒体对这一场景罕见的详细报道在互联网上获得很高的点击和点赞。

无疑，人民才是习近平强国战略蓝图中的主角。他说：“中国共产党人的初心和使命，就是为中国人民谋幸福，为中华民族谋复兴。”

2013 年 11 月，习近平来到湖南西部贫困的十八洞村。不识字也不会说“官话”的苗族大妈石爬专把习近平迎入家中，非常客气地问习近平：“怎么称呼您？”习近平自我介绍：“我是人民的勤务员。”

那一次，他和乡亲们在空地上围坐一圈，首次提出“精准扶贫”——要建档立卡摸清每户致贫原因，不能“手榴弹炸跳蚤”，要下一番“绣花”功夫。对于石爬专大妈来说，“精准扶贫”就是她和邻居一起用政府发放的扶贫款项和个人存款，投资了一片猕猴桃种植园，以此增加了收入。

习近平最近在一次座谈会上高兴地说：“3 年多时间（十八洞村）摘掉了贫穷帽子，实现了全部脱贫，当年的 40 个光棍已有一半成了家，而且新娘都是外村人。”

习近平誓言使中国最后一批 4000 万贫困人口在 2020 年全部脱贫。这场人类历史上前所未有的反贫困斗争，被联合国誉为中国对世界最大的贡献之一。

他的目标不仅仅是让 13 亿多人吃饱穿暖——尽管这本身就是一项了不起的成绩，他还要让老百姓获得“更好的教育、更稳定的工作、更满意的收入、更可靠的社会保障、更高水平的医疗卫生服务、更舒适的居住条件、更优美的环境、更丰富的精神文化生活”。

他说，中国特色社会主义进入新时代，中国社会主要矛盾已经转化为人民日益增长的美好生活需要和不平衡不充分的发展之间的矛盾。这个“历史性变化”对中国将来的发展提出了新要求、新指引。

为满足人民对美好生活的更高要求，他推动优先发展教育事业，努力让每个孩子都能享有公平而有质量的教育；他多次主持中共中央深改领导小组会议，审议关于医改的重大文件，“健康中国”成为国家战略；他推进健全产权保护制度，回应亿万人民“有恒产者有恒心”的期待；他深化户籍制度改革，让更多人享有均等化的公共服务……

习近平身上体现了中共全心全意为人民服务的宗旨。特别之处在于，这还与他 15 岁就到农村插队的经历有关。他曾在陕北梁家河农村当了 7 年知青。“那时候什么活儿都干，开荒、种地、铡草、放羊、拉煤、打坝、挑粪……几乎没有歇过。”“我懂得了什么叫实际，什么叫实事求是，什么叫群众。这是让我获益终生的东西。”他说。

他有足够的资历和自信来了解这个大国民众生活的真实情况。习近平的从政经历始于 44 年前，从大队党支部书记到党的总书记，从普通公民到国家主席，从一般军官到军委主席，经历遍及党、政、军各个领域，历经村、县、地、市、省、直辖市，直至中央等所有层级的主要岗位，每一层级都历练多年，都扎扎实实而政绩卓著。

习近平带领中共，完全围绕人民的利益作出决策——常常是长期的，超前几年到几十年，并且“一张蓝图绘到底”。俄罗斯专家奥莉加·米古诺娃说：“我尊敬习近平。中国的领导人拥有新时代所需的素质。”

四、有担当的国家改革发展战略家

为推进 21 世纪国家现代化的伟大事业，习近平发起的新一轮改革是全球规模最大的。“改革开放是决定当代中国命运的关键一招。”他说。

30 多年的改革开放，创造了“中国崛起”这个当今地球上的最大奇迹，之后剩下的改革都是难啃的“硬骨头”——从“不合时宜的思想观念和体制机制弊端”到“利益固化的藩篱”。

中国向何处去？境外一些人充满疑虑。“经济硬着陆”“金融风险爆发”“改革缓慢”“中国崩溃”等论调频现。

引领改革开放新时代的习近平重任在肩。他引用诸葛亮的《出师表》表达自己的心情：“受命以来，夙夜忧叹，恐托付不效。”他用“五位一体”“四个全面”来进行顶层设计和谋篇布局。他判断中国经济发展已进入“新常态”，为此在速度、结构、动力等方面要有新对策。

2013 年 4 月，中共十八届三中全会文件起草组正式成立，习近平亲任组长。中共中央政策研究室原副主任郑新立说：“各个地方、各个部门很踊跃，提出了上万条的改革建议。那么重点集中在什么地方呢？……最后总书记一锤定音，集中解决制度性的问题，集中解决社会矛盾比较尖锐的问题，集中解决群众反映比较强烈的问题。”

中共十八届三中全会提出使市场在资源配置中起“决定性作用”。而自 1992 年中共十四大以后提的一直都是“基础性作用”。讨论时，有人认为新提法跨越太大，建议暂缓，最后是习近平拍板定论，实现了重大理论突破。参加中共十八届三中全会文件起草的学者回忆说，没有习近平下决心，很多重大改革是难以出来的。

国企国资、户籍制度、财税金融、农村土地、公立医院……一项项议论多年、阻力重重、牵涉深层次利益调整的改革接续启动，以前不敢想、不敢碰、不敢啃的“硬骨头”被逐一砸开。

习近平推动“官邸制”写入中共十八届三中全会公报。此前，对于这项改革，社会一直有呼声，但迟迟没有回应，因为这是向高级官员开刀，要得罪人。舆论称，这是习近平“自我加压”。

中共中央机关报《人民日报》网站把习近平称作“我们的组长”。5 年来，他挂帅的机构主要有中央全面深化改革领导小组、中央网络安全和信息化领导小组、中央军委深化国防和军队改革领导小组、中央财经领导小组。他还宣布将成立中央全面依法治国领导小组。

在每一领域，习近平都亲力亲为。他认真审阅重大改革方案的每一稿，逐字逐句亲笔修改。这样保证了政出一门、意志统一，同时通过督察等措施，确保改革不沦为“纸上谈兵”。

习近平夙夜在公，勤勉工作。据中共中央办公厅权威人士介绍，报送给他的请示，不管多晚，即使到了夜里 12 点，第二天早上都能收到他的批示。

在习近平领导下，一个新型的现代化经济体系正在中国逐步建立。它包括供给侧结构性改革，以及国家创新、乡村振兴、区域协调发展、社会主义市场经济体制、全面开放新格局等系统化的战略和安排。

为了让官员理解供给侧结构性改革的意义，他用中国游客到国外买马桶盖和电饭锅的故事来给他们“上课”。

宏大而鲜明的改革总目标体现了习近平的战略眼光：“完善和发展中国特色社会主义制度，推进国家治理体系和治理能力现代化。”这是针对推动中国特色社会主义制度更加成熟更加定型的理论回答和现实回应，着眼于为国家长治久安提供一套更加完备、更加稳定、更加管用的制度体系，被舆论称作“第五个现代化”。

从全面依法治国到美丽中国，从社会主义核心价值观到文化自信，习近平对建设社会主义现代化强国作出了更为深入的部署。他力图使社会主义生产力和生产关系都能最终超越资本主义。这也体现在他创立的中国特色社会主义政治经济学上。

从这个意义上讲，习近平不仅为中国跨越“中等收入陷阱”谋划出一条途径，也为治理社会主义国家这样的全新社会形态找到了有效对策。

五、重塑军队和国防的统帅

作为中央军委主席，习近平要引领世界最大规模军队在新时代实现由大到强的“关键一跃”。他在中共十九大报告中提出：“力争到2035年基本实现国防和军队现代化，到本世纪中叶把人民军队全面建成世界一流军队。”

2014年，他带着400多名高级军官来到福建古田。1929年，毛泽东就在这个村子里作出思想建党、政治建军的决定。习近平和他的将军们一起吃85年前红军吃过的红米饭、南瓜汤——这既是形式，也更是内容，意在回顾历史重振革命精神。

毛泽东的口号是“枪杆子里面出政权”，而新时代的中国军队面临新形势：从捍卫广阔的陆地、天空和海洋主权，到促进实现国家统一；从保护越来越多的中国海外利益，到反恐维稳以及抢险救灾。

习近平的头等大事是把全军置于统一而绝对的领导之下，保证军队听党指挥。他在新古田会议上重新强调政治建军、党指挥枪的原则和传统。他指出，军队干部中存在的突出问题“已经到了非解决不可的时候了！否则军队就有变质变色的危险”。

中共十八大以来，全军查处涉嫌严重违纪违法军级以上干部100多名，包括两名中央军委原副主席，这个数字已经远远超过枪林弹雨中为缔造新中国而牺牲的将军数量。

习近平组建了新的军委纪委、军委政法委，并制定出台军事法规40余件，以保证军队作风优良、纪律严明和士气高昂。

他要求军队全面退出经营性活动。这牵涉很多既得利益，不少人劝他能不能留个口子，但他认为“军队要像军队的样子”，把这件难事办成了。

这使得军队可以专注于战斗力这个“唯一和根本”的标准。习近平语重心长对他的将军们说：“军事上的落后一旦形成，对国家安全的影响将是致命的。我经常看中国近代的一些史料，一看到落后挨打的悲惨场景就痛彻肺腑！”5年前他就指出，我军打现代化战争能力不够。

习近平主导的中国历史上最大规模国防和军队改革始于2015年底：原来以陆军为核心的七大军区调整为五大战区，陆军占全军总员额比例历史上首次下降到50%以下；改进联合作战指挥体制；将原来的四总部调整组建为15个军委机关部门；成立火箭军、战略支援部队等新兵种；数百名将军调整岗位，军官数量减少30%，几十支部队移防部署……

过去5年成为中国军队彻底重塑、大踏步迈向现代化的关键时期：“军委－战区－部队”作战指挥体系和“军委－军种－部队”领导管理体系得以确立；科技兴军目标提出；军民融合发展成为国家战略；国产航母、隐形战机、大型运输机、先进战略导弹、卫星导航系统等大批高新武器装备研制取得突破；练兵备战从难从严实现高标准常态化。

变革后的中国军队规模更加精干，结构更加优化，编成更加科学，从根本上改变了长期以来陆战型的力量结构，改变了国土防御型的兵力布势，迈出了由数量规模型向质量效能型转变的一大步。

一位解放军高级将领说：“习主席在关键时刻扶危定倾，力挽狂澜，他对军队的变革是颠覆性的，解决了长期制约发展的体制性障碍、结构性矛盾和政策性问题。”俄罗斯《独立报》称：“习近平改变了中国军队的面貌。”

习近平对军队怀有深情。他是一名“老兵”。1979年，他从清华大学毕业就穿上军装，进入中央军委办公厅，担任国防部长的秘书。3年后，来到河北正定工作时，习近平仍穿着褪色的军装，有时会背一个军用挎包。他在地方工作时，还担任军队职务。

如今，在习近平的办公室里，还摆放着他刚工作时的军装照。他说：“从小我就较多接受了我军历史的教育，目睹了我军很多老一辈领导人的风采，从少年时代就形成了对军队的真挚感情。”

但他不愿仅仅坐在北京的办公室里指挥军队。5年中，他到海岛、踏边关、走戈壁，上战舰、进战车、登战机，入班排、看哨所、去前沿，每到一个地方必视察驻地部队。

他和战士同桌吃自助餐；会伸手去试营房浴室的水热不热；会催促战

士抓紧办婚礼；即使时隔多年，他仍能认出曾接见过的基层老兵。一次，他在风雪严寒中爬上海拔 1000 米陡峭的边防哨所，在登记本上签下自己的名字，对战士们说：“今天，我和你们一起执勤站岗。”

5 年间，习近平主持了两次阅兵。2017 年解放军建军 90 周年前夕，在内蒙古朱日和基地，习近平身穿绿色迷彩服，登上越野车，检阅野战部队。这是中国领导人一次罕见的野战化沙场阅兵。

另一次是 2015 年，中国首次以纪念抗日战争暨世界反法西斯战争胜利为主题举行阅兵，他要求将军亲自领队各受阅方阵。俄罗斯等 17 国官兵亦参与。那次，他提出裁军 30 万，并强调维护世界和平。

习近平的军事思想深刻把握了人类战争与和平的辩证关系。他提出“能战方能止战，准备打才可能不必打，越不能打越可能挨打”，体现的是对实现长久和平的渴望和追求。

六、国际舞台上的大国领袖

47 分钟演讲，30 多次掌声。讲到关键处，几乎是一句一掌声。2017 年 1 月，习近平来到日内瓦这个与新中国外交颇具渊源的地方，发表题为《共同构建人类命运共同体》的主旨演讲。

联合国秘书长古特雷斯在现场真诚表示：“习主席，在您领导下，中国已成为多边主义的重要支柱，而我们践行多边主义的目的，就是要建立人类命运共同体。”2 月，“构建人类命运共同体”理念写入联合国决议。

2016 年 6 月，在中欧班列抵达华沙的仪式上，习近平和波兰总统杜达一起有滋有味品尝波兰苹果。如今，波兰苹果等产品已借力“一带一路”出口到中国。

作为“一带一路”总设计师，习近平为各国加快发展提供了包容性平台。全球 100 多个国家和国际组织支持和参与“一带一路”建设。2017 年 5 月，习近平主持的“一带一路”国际合作高峰论坛成为新中国成立以来由中国首倡主办的层级最高、规模最大的主场外交活动。包括七国集团所有成员国在内的世界主要经济体均派代表出席。

在国际人士眼中，习近平是经济全球化的坚定推动者。他是首位出席达沃斯论坛的中国元首，讲话让人印象深刻：“搞保护主义如同把自己关进黑屋子，看似躲过了风吹雨打，但也隔绝了阳光和空气。打贸易战的结果只能是两败俱伤。”德国《商报》评论称，中国国家主席发表了拥护公正的全球化的主旨演讲，当今世界最大的共产党的领导人在达沃斯的经济精英年会上成为维护自由贸易最强有力的先锋。

他着力推动共商共建共享的全球治理，促使国际秩序朝着更加公正合理的方向发展；提出正确义利观、发展观、安全观，以及和而不同、兼收并蓄的文明交流观。他在金砖厦门会晤、杭州 G20 峰会、北京 APEC 会议、上海亚信峰会以及其他国际讲坛上宣示这些创新理念，越来越广泛影响着世界。

5 年来，习近平足迹遍及五大洲、57 个国家以及主要国际和区域组织，里程相当于绕地球 14 圈。据外交部礼宾官员介绍，他的出访日程总是紧张繁忙，活动环环相扣。在南非主持中非合作论坛约翰内斯堡峰会时，他深夜 12 点还在参加双边会见；在印度果阿金砖会晤期间，他早晨 8 点离开酒店，一直工作到午夜快 1 点返回。

他同俄罗斯总统普京会晤 20 余次，深厚友谊引领两国关系进入历史最好时期。他先后同美国两任总统奥巴马和特朗普坦诚沟通、增信释疑，为实现两国关系健康稳定发展明确方向。

他是到访欧盟总部的首位中国元首，并遍访欧洲主要国家，挖掘出每个到访欧洲国家和中国的特殊联系。中国倡导成立的亚投行 57 个创始成员国中，欧洲国家占近三分之一。他把出访行程一半留给周边，提出亲诚惠容周边外交理念。他访问非洲、拉美、中东，深化全方位外交格局。

《华尔街日报》文章称，在全球舞台上，习近平主席将中国打造成不同于西方的一个选择，拥有独特的政治体系和文化，是一个在贸易、平等和气候变化等方面领先的国家。不少专家学者认为，习近平的智慧和方案有助于破解“文明冲突论”“修昔底德陷阱”和“金德尔伯格陷阱”。

中共十九大上，习近平在阐述新时代中国特色社会主义思想时，明确中国特色大国外交要推动构建新型国际关系，推动构建人类命运共同体。这是习近平本着“以天下为己任”的情怀一直坚持的理念，体现将中国自身发展同世界共同发展相统一的全球视野和大国担当，超越零和博弈和强权政治为基础的西方传统国际关系学说。

习近平的文学艺术积淀使他在国际舞台上颇具沟通力：他接受记者采访时能一口气说出10多位俄罗斯作家的名字和大量俄罗斯名著；在访问欧洲时，他提及多位法国和德国文化名人，拉近了与当地民众的距离，以充满文艺色彩的表达阐释他对世界和人生的看法。

他经常用生动语言讲述中国道路：中国是“和平的、可亲的、文明的狮子”，是“大块头”不是“墨菲斯托”，“欢迎大家搭乘中国发展的列车”。

习近平以诚待人，温暖细心，流露出率真性情。普京曾谈起，APEC会议期间，习近平为他送上生日蛋糕，两人“就着三明治喝伏特加”。2016年7月，刚果（布）总统萨苏第14次访华。习近平向他赠送70多张他历次访华的照片。萨苏的国家历经内战，档案缺失，他表示“这是我收到的最珍贵礼物”。

在为俄罗斯援华老战士颁奖时，习近平看到对方腿脚不便，马上说：“我过去给您颁奖，您就别过来了。”他念故重情，履诺前往澳大利亚看望已故老友培根的家人。

他和英超曼城俱乐部球星阿奎罗的自拍照引发网友“围观”。在阿根廷愉快地接受印有他名字的10号球衣。他喜爱体育运动，如足球、篮球、排球、拳击，还会抽时间游泳，每次一口气游1000多米。

习近平夫人彭丽媛的随访成为中国元首外交的一道亮丽风景。2015年秋，彭丽媛走上联合国讲台，用流利的英文做了两场演讲：一场讲述她的“中国梦”——“我希望所有的孩子，特别是女孩，都能接受良好的教育，这就是我的中国梦”；一场讲述她与艾滋孤儿的故事。

他们的活动细节展现出中国家庭的质朴温情。每当专机舱门打开，他们总是手挽手走下舷梯，服装搭配、举手投足间总有默契。2013 年 6 月，他们在哥斯达黎加走访一户农家。面对主人端来的点心，习近平很自然地拿起一块，表示“我们俩吃一块就行”，说着把点心递到彭丽媛面前，让她掰去一半。

各国对习近平的到访多给予破格礼遇：俄罗斯国防部和作战指挥中心首次向外国元首打开大门；英国王室用皇家马车迎请习近平夫妇进入白金汉宫；柬埔寨莫尼列太后特意请习近平在西哈努克太皇生前常坐的椅子上就座……

G20 汉堡峰会期间，每阶段会议后都有茶歇，茶歇后习近平总是准时返回会场。这时，有的国家领导人还在会场内外聊天。主持人德国总理默克尔便说：“习主席进入会场了，我们现在可以开会了。”

七、新时代现代化建设的总设计师

习近平新时代中国特色社会主义思想，写入了新修订的中共党章，上升为全党的统一意志，成为马克思主义中国化的又一次飞跃。这是中共十九大的最大亮点。

注入新思想的党章明确提出，中共十八大以来，以习近平同志为主要代表的中国共产党人，顺应时代发展，从理论和实践结合上系统回答了新时代坚持和发展什么样的中国特色社会主义、怎样坚持和发展中国特色社会主义这个重大时代课题，创立了习近平新时代中国特色社会主义思想。

党章说，在习近平新时代中国特色社会主义思想指导下，中国共产党领导全国各族人民，统揽伟大斗争、伟大工程、伟大事业、伟大梦想，推动中国特色社会主义进入了新时代。

显然，习近平指引的现代化新途径，不同于传统西方发达国家通过产业革命和殖民扩张迈向现代化的历程，也迥异于“华盛顿共识”倡导的新自由主义模式。

2017 年，《资本论》出版 150 年；2018 年，《共产党宣言》将迎来发表 170 年，社会主义中国的改革开放也将届 40 周年。习近平认为，中国特色社会主义进入新时代，“意味着科学社会主义在二十一世纪的中国焕发出强大生机活力，在世界上高高举起了中国特色社会主义伟大旗帜”。

习近平曾专门主持中共中央政治局集体学习，系统梳理社会主义 500 年的思想源头和演进。他总结中国近代以来对世界上多种主义制度的失败尝试和对社会主义的成功选择，尤其是改革开放近 40 年的经验，还从世界各国执政道路、理论、制度发展中寻找镜鉴，得出“鞋子合不合脚，自己穿了才知道”的结论，决定“不走封闭僵化的老路，也不走改旗易帜的邪路”。

在中共十九大报告中，习近平说：“中国特色社会主义道路、理论、制度、文化不断发展，拓展了发展中国家走向现代化的途径，给世界上那些既希望加快发展又希望保持自身独立性的国家和民族提供了全新选择，为解决人类问题贡献了中国智慧和中国方案。”

美国《外交》双月刊网站报道称，在中国模式中，许多人看到了自己国家的光明未来。对全世界雄心勃勃的国家来说，这是一个具有吸引力的选项。

社会主义在中国的发展实践及其理论开拓表明，这不仅将使这个国家走出“历史周期律”、避免“塔西佗陷阱”，还对“历史终结论”作出了另一种回答，为人的全面发展、社会全面进步带来新启示。

皮尤研究中心的一项覆盖了 37 个国家的调查表明，西方某些国家的支持率下降，在世界事务方面，更多人信任习近平会做正确的事情。

习近平引领中国特色社会主义进入的新时代，也是站在十字路口的人类探索发展路径的新时代。

新华社北京 2017 年 11 月 16 日电

采访札记

习近平总书记在全国宣传思想工作会议上强调，宣传思想工作者要“不断增强脚力、眼力、脑力、笔力”。我理解，面对西强我弱的国际舆论格局，面对国际社会对中国的空前关注，只有不断在报道中增强“四力”，才能以我为主、回应海外关切，讲好中国领导人故事。

“脚力”是在跟随采访中获取新闻的能力。以十九大后新华社播发的《习近平：新时代的领路人》（以下简称《领路人》）为例，这篇12500余字的文章中含括了近50个有关总书记的小故事和生动场景，其中一些是笔者和同事们在长期跟随总书记活动中记录下的,也有一些是通过对权威部门、权威人士采访获得的。当然，为了写作领导人人物特稿，大量的素材还来自于对已有文献的搜集，包括中外文的新闻报道、书籍、中外领导人传记写作比较等，仅外媒关于总书记的报道这一项资料就整理了数十万字，这种扎实的资料搜集能力，对人物特稿写作而言也是不可替代的一种“脚力”。

“眼力”是指在现场的观察力。观察力体现在能不能以小见大，用小细节体现大格局。《领路人》这篇人物特稿很多时候体现了记者的“集体观察力”。《领路人》中有这样一段描写：“他们的活动细节展现出中国家庭的质朴温情。每当专机舱门打开，他们总是手挽手走下舷梯，服装搭配、举手投足间总有默契。”这是我与长期跟随总书记的摄影大咖兰红光老师反复确认打磨的一个“集体观察力”的体现。文章中类似的例子还有很多。

“脑力”是思考力、思想力，在《领路人》这篇文章中主要体现在谋篇布局的能力。写作组成员经过多次讨论后决定，用“开创性的领导人”“伟大斗争中形成的党的核心”“为人民谋幸福的勤务员”“有担当的国家改革发展战略家”“重塑军队和国防的统帅”“国际舞台上的大国领袖”“新时代现代化建设的总设计师”这七个小标题作为这篇人物特稿的灵魂和主题，以打造一个崭新的逻辑框架，既反映总书记十八大以来治党治军、内政外交国防等各个方面的成就，又体现鲜明的人物风格。

“笔力”是表达力。在近 4 个月的稿件写作过程中，何平总编辑提出人物特稿的表达要“新、深、活”。在这方面我们数易其稿，仅仅罗列事实文章就会写成综述或者纪实，怎么样才能写成一篇栩栩如生的人物特稿？稿件从 15000 字到 8000 字，从 8000 字到 12500 字……不断尝试把观点和故事以“黄金比例”融为一体，夹叙夹议，提炼出总书记的风格风范。文章中有不少具有独家观察的表述，被媒体和网友广泛转引评论点赞。

（孟娜）

专家点评

如何向世界介绍中国的领导人。这个命题在中国的国际传播工作中，一直都是一个重要的工作。在中国共产党第十九次代表大会胜利闭幕之后，这个命题更是全球关注的问题。而最能够回答好这个命题的，当然是中国的主流媒体。

这篇稿件，既是一个领袖的刻画，又是一个时代的聚焦。稿件通过写人物、写工作、写成就、写时代，最后写出了伟大的中国人民在新时代所描绘的壮美蓝图。稿件充分体现了作者站在国家通讯社的视角上，胸怀祖国，放眼世界的眼力和脑力。

《习近平：新时代的领路人》这篇稿子发表于 2017 年 11 月 17 日，在一个全球瞩目的历史性时刻。2017 年的 10 月，习近平作为党中央的核心，站在人民大会堂的讲台前，向全国、全世界规划了未来中国发展的宏伟蓝图，讲述了两个百年奋斗目标下的中国故事，他和所有共同奋斗的同胞，都构成了这个故事最重要的主角。这篇人物特稿生动全面地展现了习近平总书记是全党拥护、人民爱戴、当之无愧的党的领袖，起到了凝心聚力、振奋人心的作用。稿件大量引用西方人士和媒体的言论与观点，使人物形象兼具国际化与多维度的立体感，展现出一个“世界的习近平”。

作为对外传播的重点稿件，这篇稿子站在一个重要的时代大背景下，向世界回答了“他是谁，他从哪里来，他到哪里去”的问题，也真正体现了国社记者的“脑力”。稿件以党的十八大以来，在以习近平同志为核心的党中央的领导下，以中国的发展成就为背景，讲述了习近平治国理政道路的形成，介绍了习近平本人和他领导的党中央在政治、经济、军事、党的建设、社会发展等多个领域的成绩。稿件作为一篇特写，一手写时代一手写成就，一手写领袖一手写人民。稿件既有气势磅礴的一面，又有细致入微的一面。从时间的纵轴和空间的横轴两个维度上，回答了世界对于过去5年的关注，也充分引导了全球对于未来中国发展和习近平治国理政思想的理解。

稿件同样体现了作者扎实的“脚力”和“笔力”。报道以清晰严谨的结构统领大量素材并巧妙运用，以生动的细节透视深刻重大主题，表达上质朴无华而又引人入胜，可读性和感染力强。虽是万字长篇，但读来犹如行云流水，引人入胜。该报道采访扎实，把人物与众多的事件相连，点面结合，以清晰严谨的结构统领大量素材并巧妙运用。报道善于以生动的细节故事表现深刻重大主题，为人们披露了大量习近平执政和生活细节，定格了数个精彩瞬间，细腻温情，感人至深，使领袖形象更加立体；稿件中说“习近平使用了容易被非党员理解的简单语言”，这篇报道同样体现了这样的语言特色，在表达上质朴无华，自然生动，恰到好处，使人物的魅力跃然纸上，可读性和感染力较强，堪称同类作品的典范之作。

（周庆安 清华大学新闻与传播学院副院长）

3 弄潮儿向涛头立

——习近平主席出席二十国集团领导人杭州峰会系列活动纪实

秦杰　霍小光　李忠发　熊争艳

初秋九月，钱江潮起。世界的目光聚焦“G20 杭州时间”。

出席 13 场会议活动，发表 11 次演讲致辞，同 27 位外方领导人会晤……80 多小时密集日程以分钟计算，习近平主席为峰会顺利举行作出的贡献，赢得各方高度赞赏。

历史的时空中镌刻下清晰的“杭州坐标”，时代的大潮里澎湃着强劲的“中国动力”。

总揽风云、运筹经纬，中国主张世界回响，大国外交结下金秋硕果

最忆是杭州。

月色如水、波光潋滟。习近平主席邀请出席二十国集团领导人杭州峰会的贵宾们登上画舫，泛舟西湖。世界最具影响力的领导者们同船共渡，畅叙未来。

这如诗如画的短短航程，引领世界潮流的新方向。

一年之前，习近平主席用谚语“上有天堂、下有苏杭”，向二十国集团领导人发出邀约——2016 年 9 月，我将在西湖之畔欢迎各位。

习主席之邀，应者云集。

各国政要宣布出席杭州峰会的消息纷至沓来，世界主要经济体无一缺席。

今年 7 月就任英国首相的特雷莎·梅，专门派人向习近平主席递交亲笔信，表达对出席杭州峰会的热切期待。

9 月 2 日下午，巴西总统特梅尔上任伊始便赶来中国。见到习近平主席第一句话是：“选择中国作为首个出访国家，是我莫大的荣幸。”

西方媒体评论说，历史上，从未有过如此多的手握重权的政治家同时前往中国，中国也从未拥有如此大的世界政治构建空间。

G20 为何选择中国?

有国外媒体揭秘：当初多个国家争办 2016 年 G20 领导人峰会。在征询成员广泛意见后，中国成为首选。

“这既体现了国际社会对中国的高度信任，也展示了中国愿为国际社会作出贡献的真诚愿望。”习近平主席说。

8 年前，二十国集团峰会机制在国际金融危机最紧要的关头应运而生，各成员和世界各国共同努力，把正在滑向悬崖的世界经济拉回到稳定和复苏轨道。

当世界经济再次走到关键当口，风险挑战重重依旧。

国际社会普遍认为，从危机应对机制向长效治理机制转型，是二十国集团自身发展面临的重要任务。

中国，无疑在关键当口发挥着关键作用。

一张“全家福”，将杭州峰会的盛况定格在历史相册中。

4 日下午 3 时，钱塘江畔的杭州国际博览中心，如扬帆待航的巨轮。习近平主席在这里迎接出席峰会的外方代表团团长，同他们一一握手，互致问候，集体合影留念。

与会成员、嘉宾国及国际组织的 35 面旗帜整齐排列。习近平主席居中站立。细心的人不难发现，照片中既有老朋友又有新面孔。

人们记得，2013 年，习近平主席首次参加峰会时，对这一机制准确定位:

“二十国集团是发达国家和发展中国家就国际经济事务进行充分协商的重要平台。”

老挝、乍得、塞内加尔、泰国、哈萨克斯坦、埃及，当中国成为 G20 主席国，峰会受邀嘉宾国中来了 6 个发展中国家。杭州峰会成为 G20 历史上发展中国家参与最多的一次盛会。

拉美社评论：“杭州峰会在中国的领导和经济智慧的指引下进行……致力于打造一个发达国家和发展中国家的命运共同体。”

往事历历。杭州峰会筹备时，习近平主席指出：“我们要树立人类命运共同体意识……使各国人民公平享有世界经济增长带来的利益。”

走进联合国，走进非盟总部，走进七十七国集团，走进世界各地的一些最不发达国家、内陆之国、大洋岛国……在习近平主席领导下，中国始终秉持开放、透明、包容的办会理念，同各成员保持密切沟通和协调，倾听各方利益诉求。

中国筹划，世界期盼。

当杭州峰会大幕开启时，国际舆论如是评价：“G20 中国时刻”——世界经济走向的重要转折。

杭州国际博览中心四层会议厅古朴典雅，一桌一椅、一纸一笔都充满浓郁的中国韵味。4 日下午至 5 日傍晚，习近平主席连续主持 G20 峰会开幕式、第一至第五阶段会议及峰会闭幕式，在这一重要讲坛，阐述中国观点，提交中国方案。

中国声音，引领着杭州峰会进程。

德国《商报》撰文指出：“中国曾经长期处于世界政治的外围，如今在 G20 这一平台上扮演起核心角色。”

建设以合作共赢为核心的新型国际关系，提出亲诚惠容、真实亲诚和正确义利观，倡导建立人类命运共同体……3 年多来，习近平主席高瞻远瞩、运筹帷幄，亲自推动和发展独立自主的和平外交政策，为中国外交注入新的活力。

从大国到周边，从国家到国际组织，从伙伴到兄弟……3年多来，习近平主席出访22次，行程相当于环绕地球飞行10圈，在国内同100多位外国元首、政府首脑会谈会见，亲力亲为打造合作共赢的全球伙伴关系网络，将中国的“朋友圈”越做越大。

世界舞台的聚光灯频频投向习近平主席，中国抓住一切时机向外界传递携手共进、互利共赢的坚定决心。

“共赢发展”的中国主张得到越来越多国家的深刻理解和广泛认同。

“携手共进”的中国行动不断赢得国际社会的信任和赞誉。

G20杭州峰会，散发出历史和现实交汇的独特韵味，折射出中国外交的时代印记。

峰会虽已落幕，影响深远持久。

与会政要不约而同祝贺中国成功举办本次峰会，高度赞赏习近平主席卓越的领导能力，向中国为世界繁荣发展作出的贡献致敬。

风雨同舟、兼济天下，中国主动作为践诺守信，彰显大国责任与担当

“今天我们见面，是我这次峰会期间最后一场外事活动，可以说叫‘压轴戏’。”5日晚9时30分许，习近平主席在西湖国宾馆会见法国总统奥朗德。

3个多小时前，习近平主席主持的杭州峰会画上圆满句号，取得丰硕成果。

峰会期间，习近平主席和各方嘉宾就加强政策协调、创新增长方式，全球经济金融治理，国际贸易和投资，包容和联动式发展等议题，以及影响世界经济的其他突出问题，深入交换看法，达成许多重要共识。

闭幕式上，习近平主席总结致辞，用“五个决心”显示各国携手应对挑战的共同意志。创新增长蓝图、全球贸易增长战略、全球投资指导原则、支持非洲和最不发达国家工业化倡议、全球基础设施互联互通联盟倡议……一个个实实在在的成果、一份份沉甸甸的文件，无不凝聚着中国理念、中国倡议。

“我深信，这次会议将成为一个崭新起点，让二十国集团从杭州再出发。”习近平主席向世界郑重宣布。

出席峰会的外国领导人深有感触。“这次峰会非常成功，包括每个细节。二十国集团不应只清谈而无成果。这次我们取得诸多实质性成果，这也得益于您的亲自推动。”奥朗德对习近平主席说。

德国将是2017年二十国集团主席国。总理默克尔表示，筹备期间会与中方保持亲密伙伴关系。“中国担任轮值主席国期间，通过举办杭州峰会，推动了很多全球合作方面议题，取得了丰硕成果。感谢中国的热情招待，感谢杭州百姓。”

历史必将铭记——

杭州峰会第一次把发展问题置于全球宏观政策框架的突出位置，第一次就落实联合国2030年可持续发展议程制定行动计划，第一次集体支持非洲和最不发达国家工业化，这“三个第一次”，具有开创性意义。

“杭州峰会从开始筹备，就一直把非洲发展问题纳入议题，充分体现了中非紧密关系和中国的领导能力。”塞内加尔总统萨勒这样对习近平主席说。

“发展”二字浓墨重彩地写在二十国集团峰会的长卷上。

“国家不论大小、强弱、贫富，都应该平等相待，既把自己发展好，也帮助其他国家发展好。大家都好，世界才能更美好。”

这是和衷共济的大国担当，是兼济天下的世界情怀。

3日下午5时30分，杭州西湖国宾馆如意厅，一个特殊仪式引人注目。

习近平主席起身向前，将气候变化《巴黎协定》批准文书正式递交给联合国秘书长潘基文。

二十国集团领导人杭州峰会前完成参加协定的国内法律程序，是中国作出的承诺。当天上午，全国人民代表大会常务委员会批准了加入《巴黎协定》的决定。

“中国倡议二十国集团发表了首份气候变化问题主席声明，率先签署了《巴黎协定》。中国向联合国交存批准文书是中国政府作出的新的庄严承诺。”习近平主席这样说。

胸怀世界，心系天下。从气候变化到联合国维和，从非洲十大合作计划到“一带一路”建设，在关乎人民福祉和人类未来的问题上，习近平主席提出的一系列倡议和行动为世界和平发展贡献中国智慧。

3日下午3时，杭州国际会议中心，习近平主席出席二十国集团工商峰会并发表主旨演讲。南非总统祖马、加拿大总理特鲁多以及1100余名工商界人士认真听讲，50分钟演讲中，掌声不断。

习近平主席提到一个细节：“中方把工商峰会安排在领导人峰会前夕举行，就是要充分汇集工商界的思想和智慧。”

“我们希望向国际社会传递这样一个信号：二十国集团不仅属于二十个成员，也属于全世界。我们的目标是让增长和发展惠及所有国家和人民，让各国人民特别是发展中国家人民的日子都一天天好起来！”

时代将会证明——

4日上午，习近平主席同印度总理莫迪、南非总统祖马、巴西总统特梅尔、俄罗斯总统普京面对镜头站成一排。

金砖国家是新兴市场国家和发展中国家的领头羊，但受全球经济影响各自经济发展均面临新的挑战。此时此刻，习近平主席再次提出发扬“金砖精神”，鼓实劲、出实招。

“相信只要我们秉持开放、包容、合作、共赢的金砖精神，不为风雨所动，不为杂音所扰，不为困难所阻，不断强化伙伴关系，金砖国家必将实现更大发展。”

未来正在招手——

出席杭州峰会之前，加拿大总理特鲁多来华访问，宣布了一个重大决定：加入亚洲基础设施投资银行。加拿大由此成为第一个申请加入亚投行的北美洲国家。

发起成立亚投行，倡导构建“一带一路”，出资设立丝路基金，成立金砖国家新开发银行……一系列具有中国特色的公共产品，凸显合作共赢、共同繁荣的东方智慧，逐渐呈现出无限魅力和吸引力。

2日，习近平主席与老朋友哈萨克斯坦总统纳扎尔巴耶夫会谈。纳扎尔巴耶夫提出支持“丝绸之路经济带”建设同“光明之路”新经济政策对接。

习近平主席密集的双边活动中，“一带一路”频频出现。俄罗斯、澳大利亚、意大利、土耳其、新加坡、老挝、沙特等各国政要纷纷表示出对接合作的强烈愿望。

真金不怕火炼，患难更见真情。伙伴的意义和价值，不仅在于顺境中共襄盛举，更在于逆境时携手前行。

5日下午，杭州国际博览中心二楼新闻发布厅，中外记者早已等候在这里，见证重要时刻。

下午6时40分，习近平主席和参会外国领导人道别后，来到大厅发表致辞。“峰会之后，我们将继续同各方一道，为落实和推进杭州峰会各项成果作出积极努力。”

铿锵有力的话语，体现中国的责任担当，昭示出世界和平发展的美好前景。

沉稳睿智、真诚亲和，中国领导人展现大国风范，赢得世界尊重

“山站在那儿，高入云中，水在他的脚下，随风飘荡，好像请求他似的，但他高傲地不动。”

4日晚，杭州西子宾馆漪园宴会厅，灯光熠熠生辉，宾朋谈笑晏晏。习近平主席致辞时，列举了泰戈尔游览西湖时写下的诗句。

从400多年前的意大利人利玛窦记述“上有天堂、下有苏杭”，到出生于杭州的美国前驻华大使司徒雷登骨灰安葬于此，再到上世纪90年代南非前总统曼德拉游览西湖后表示“愿意在这里住上一辈子”，习近平主席拉家常般地讲起外国友人在杭州的故事，拉近了同现场外国嘉宾的距离。

平易亲切、融通中外、人情味浓，既在习近平主席的致辞中一以贯之，也在待人接物中处处可见。

4 日下午 3 时，钱塘江南岸，杭州国际博览中心二楼迎宾厅内，身着深色西装、系红色领带的习近平主席，在这里迎接八方嘉宾。

主人、主场、主持、主导、主张……随着习近平主席敲下木槌，峰会正式开幕。每阶段会议开始，习近平主席先介绍具体议程和中方考虑，接着邀请各方代表依次发言，衔接紧凑，过渡流畅。最后，习近平主席总结各方观点，结束讨论。

杭州峰会既是习近平主席与世界最重要经济体领导人共谋大计的多边舞台，也是习近平主席与新朋老友发展友谊的双边场合。

中美元首之间的一次握手，一句问候，从来都备受世界瞩目。

44 年前，西湖国宾馆，见证了《上海公报》的谈判。

44 年后，依然是西湖国宾馆。3 日晚上，习近平主席和奥巴马总统在结束 3 个多小时的高强度会见后，在月光下散步。

尽管奥巴马即将卸任，但习近平主席为构建中美新型大国关系倾注的智慧与努力，独具匠心地与美国总统开创的会晤形式，将长久镌刻在中美交往史上，留在两国人民记忆中。

之江山水，同样见证中俄领导人友情历久弥深。

4 日上午，从符拉迪沃斯托克远道而来的俄罗斯总统普京，给习近平主席送来了一份特殊的礼物：一箱俄罗斯冰淇淋。

几天前普京接见外国企业家时，听中国企业家说，中国人很喜欢俄罗斯冰淇淋。得知这一消息，普京特意带来这份礼物。

小小礼物，正是中俄元首 3 年 18 次会晤，不断巩固信任、加深友情的体现。惟其如此，中俄领导人才能利用一次访问时机发表 3 份重要联合声明，签署近 30 个务实合作协议。

2 日上午至 5 日夜晚，习近平主席的行程繁忙紧张、环环相扣。尽管如此，他仍为发展中国家领导人做了特殊安排：同哈萨克斯坦总统纳扎尔巴耶夫会谈，同埃及总统塞西共进早餐……

真诚相待是习近平主席赢得国际社会信任和尊敬的一个重要原因。

峰会期间，会见意大利总理伦齐时，习近平主席提及意大利 8 月底发生的地震，提出“中国也是深受地震等灾难影响的国家。只要意方有需要，中方愿意随时以各种方式给予支持”。

会见阿根廷总统马克里时，习近平主席说“你是参会领导人里飞行行程最远的”。他还对阿根廷今年纪念独立 200 周年表示祝贺。

……

在全球注目下，中国走向世界舞台的中央。外国媒体评论：习近平主席展示了卓越的领导能力，稳健的外交风度，坦诚的处事方式，恰与中国日益提升的大国地位相契合。

两年前也是秋季，风翻白浪，雁点青天。雁栖湖畔，习近平主席主持亚太经合组织领导人非正式会议，为共建面向未来的亚太伙伴关系聚共识、绘蓝图。

一年前，也是 9 月，中国举行盛大阅兵，隆重纪念中国人民抗日战争暨世界反法西斯战争胜利 70 周年，奏响和平发展的时代最强音。

世界潮流浩浩荡荡，犹如钱江潮起，奔涌向前。

“弄潮儿向涛头立。”中国，站在了新的起点上……

新华社杭州 2016 年 9 月 6 日电

采访札记

2017 年秋，第二十七届中国新闻奖评选结果揭晓，《弄潮儿向涛头立——习近平主席出席二十国集团领导人杭州峰会系列活动纪实》获评特别奖。获奖让我们欣喜，然而我们更加珍视这次报道的经历。它考验了我们的脚力、眼力、脑力、笔力，增强了我们作为时代风云记录者的职业荣誉感，坚定了我们当好新华社记者的决心。

2016年9月，二十国集团领导人峰会首次在中国举行，习主席同27位外国领导人齐聚杭州。外媒评论说，历史上，从未有过如此多的手握重权的政治家同时前往中国，中国也从未拥有如此大的世界政治构建空间。作为新华社记者，我们有幸站在历史舞台最近处观察，但我们要如何记录下这样的历史性会议？

习主席在杭州的80多小时日程密集、环环相扣，包括13场会议活动，发表11次演讲致辞，同27位外方领导人会晤等。峰会开幕式在市郊萧山区的国际博览中心，会晤多安排在杭州城内两座国宾馆里，观看文艺演出则在西湖画舫上。我们兵分几路，披星戴月地奔波在杭城各处，往往提前数小时抵达现场观察场景，活动中捕捉亮点，还要在活动结束后回访与会者，确保每场采访扎实深入。

如果说“脚力”让我们在寻常中发现了“精彩”，那么“眼力”则使我们在偶然中获得了“必然”。我们以全面的、辩证的、历史的眼光审视思考采访所得，由表及里，由此及彼，揭示G20杭州峰会背后的世界潮流和历史趋势。得益于扎实采访和深入思考，我们落笔时言之有物，深入浅出。比如，为了说明中国之邀、应者云集，我们不仅列举各国反响，还讲了个小故事——刚刚履新英国首相的特雷莎·梅就派专人向习主席递交亲笔信，表示要出席峰会的强烈愿望。描写习主席与奥巴马会谈3个多小时后在月光下散步的场景时，我们点明地点是西湖国宾馆，恰是40多年前中美《上海公报》谈判所在地。我们还挖掘到一些细节，如普京总统送给习主席一份特殊礼物——一箱俄罗斯冰淇淋，习主席在繁忙日程中为发展中国家领导人做特殊安排，早上7点同埃及总统塞西共进早餐等。

大稿件需要大格局。我们把中国主办G20杭州峰会放在厚重的历史背景和开阔的世界视野里描摹，以习主席在杭州的80多个小时为时间轴，以党的十八大到G20杭州峰会的三年多为大背景，以大国外交、峰会成果、领导人风采为逻辑线索，将习主席在峰会的精妙引语、细节、场景，与过往出席重大外交活动的精彩画面和精辟观点有机穿插，展现中国领导人为峰会作出的贡献，反映国际社会对峰会的肯定，说明中国理念、中国方案和中国贡献在世界产生回响。

稿件播发后，我们获得很多鼓励。有同行说，用“弄潮儿”的意象寓意走到世界舞台中央的中国和中国领导人，真是神来之笔；有读者说，每逢大事还是要读新华社稿件，此稿格局宏阔，取材丰富，写作细腻，可读性强，堪称一文读懂 G20 杭州峰会。

（熊争艳）

专家点评

新闻的魅力在于“与时间赛跑”。习总书记深刻指出：“时度效是检验新闻舆论工作水平的标尺。”

新闻舆论工作特别讲究的“时”，指的是时机、时效、时代、时务。传播学中的“首发效应”就是针对时机运用而言的。

习主席出席二十国集团领导人杭州峰会系列活动的时间，是 2016 年 6 月 2 日至 5 日晚。这篇“全景式”的纪实于 6 月 6 日发出，抢在了“第一落点”，完全合乎重大活动新闻报道的时间要求。

纪实是运用叙述、描写、抒情、议论等多种手法，具体、生动、形象地反映新闻事件或典型人物的一种新闻报道形式，突出真实性、客观性、时间性和形象性。本篇纪实的一个突出特点是于细微处见功力。

本篇纪实贯穿着一条红线——习主席的系列活动；围绕着一个主题——中国对 G20 峰会的担当与贡献；展现了一个舞台——世人瞩目的 G20 峰会；锁定于一个时间——“杭州时间”；发出了一个声音——中国已成为 G20 的核心角色。

“时间轴”在这篇报道中发挥了“轴心作用”，这也是纪实报道的惯用技法。本篇纪实选取了G20杭州峰会期间的15个时间节点，通过这些时间节点，拉出一个个新闻细节，将峰会概貌呈现给读者；通过一个个细节，将习主席出席13场会议活动、发表11次演讲致辞、同27位外方领导人会晤等场景映入读者脑海，彰显了习主席卓越的领导能力、稳健的外交风度、坦诚的处事方式。

细微处见“脚力”——习主席系列活动“80多个小时密集日程以分钟计算”，记者寸步不离，记下了每一个历史瞬间。各国领导人的言谈举止，会场内外的交流磋商，每一个场景的完整记录都不能落下。这既是对记者基本功的检验，也是政治上的要求。在这里，记者的“脚力”不是要去踏遍千山万水，而是跑遍会场的每一个角落，紧抓每一场活动中的细节，如此方能在新闻报道上既大处着眼，又小处发力。

细微处见“眼力”——领导人峰会时时处处有新闻，它考验着记者的眼力。你有眼力，就能紧紧抓住“活鱼”，写出新闻；你无眼力，“活鱼”就会瞬间从你眼皮底下溜走。真可谓机不可失，时不再来。在这种重大国际场合，一句话是新闻，一个动作也可能是新闻。纪实中记下了习主席5日晚会见法国总统奥朗德时说的一句话：“今天我们见面，是我这次峰会期间最后一场外事活动，可以说叫‘压轴戏’。”这句话就是新闻。3日晚上，习主席和奥巴马总统在结束3个多小时的高强度会见后，在西湖宾馆的月光下散步，这也是新闻。这些新闻都很细小，但放在文中，却增加了纪实的丰富性、可读性。体现了记者的新闻发现力。文中时空的交错、历史的参照、思想的印证，则见记者的政治眼力。

（董国政 解放军报高级编辑、原理论部主任）

4 中国反贫困斗争的伟大决战

新华社记者

2017 年 6 月，瑞士日内瓦。

联合国人权理事会第 35 次会议上，中国代表庄严登上发言席，代表全球 140 多个国家，就共同努力消除贫困发表联合声明。

这是全球与贫困斗争的历史上，中国人刻下的一座里程碑。

联合国开发计划署前署长海伦·克拉克说："中国最贫困人口的脱贫规模举世瞩目，速度之快绝无仅有！"

久困于穷，冀以小康。

这是中华民族千年追求的梦想；

这是中国共产党人初心不改、前赴后继的百年拼搏；

这是党带领人民用短短 30 多年让 7 亿多人脱贫，并将在未来 3 年让 4000 多万群众走出绝对贫困的伟大决战。

"我们要立下愚公移山志，咬定目标、苦干实干，坚决打赢脱贫攻坚战，确保到 2020 年所有贫困地区和贫困人口一道迈入全面小康社会。"

未来 1000 余日，决战进入倒计时。以习近平同志为核心的党中央正在带领全国各族人民，以非凡的意志和智慧，镌刻出中国反贫困斗争伟大决战的时代画卷。

这是中国共产党的使命，只要还有一家一户乃至一个人没有解决基本生活问题，就不能安之若素

山西吕梁，中国最贫瘠的土地之一。这里山大沟深，十年九旱，13个县（区、市）中还有10个尚未脱贫。

上世纪30年代，中国共产党晋绥抗日根据地在此创立。

穿越时空80载，几位当年参加对敌斗争的老战士清晰见证，从反侵略、大生产、闹土改，到如今的脱贫攻坚，党带领人民谋幸福的脚步从未停歇。

2017年6月21日，习近平总书记风尘仆仆来到他们中间。此时，中国反贫困斗争决战鏖战正酣，脱贫攻坚进入重点解决深度贫困问题的阶段。

吕梁之行，习近平总书记完成了一个心愿——走遍全国14个集中连片特困地区。

在这里，他发出坚强有力的动员令——

“攻克深度贫困堡垒，是打赢脱贫攻坚战必须完成的任务，全党同志务必共同努力。”

在中华民族近代史上，贫困如影随形：多灾多难、饿殍遍地的记录不绝如缕。尤其是西方列强的欺辱、难以计数的赔款，让中国戴上更为沉重的苦难枷锁。

1921年，中国共产党成立。与追求民族独立、人民解放相伴，摆脱贫困落后，成为一代代中国共产党人铭记于心的使命、扛在肩头的责任。

从土地革命、新中国成立到改革开放，中国共产党不仅历史性铲除了导致中国积贫积弱的制度根源，更不断创新思想和方略，带领中华民族向着千年小康梦想奋勇进发。

不忘初心，风雨兼程。近百年的历史坐标下，中国反贫困斗争使人民生活天翻地覆。

2012年，党的十八大召开，历史的接力棒传递到以习近平同志为核心的党中央手中。此时，中国反贫困斗争进入新的阶段。

国际经验表明，当一国贫困人口数占总人口的10%以下时，减贫就进入“最艰难阶段”。2012年，中国这一比例为10.2%。

非常之阶段，需要非常之谋划、非常之举措。4年多来，习近平总书记花精力最多的是扶贫工作，去得最多的是贫困地区，牵挂最多的是贫困群众，在脱贫攻坚中，他亲自挂帅、亲自出征、亲自督战。

4 年多来，以习近平同志为核心的党中央把脱贫攻坚摆到治国理政突出位置，提出精准扶贫方略，带领全国各族人民向着最后的贫困堡垒发起总攻。

最嘹亮的号角吹响，最艰难的冲锋开始。

江西井冈山，茅坪乡神山村，村干部制作好脱贫攻坚作战图，牢牢钉在墙上。

贵州乌蒙山，迤那镇五星村，扶贫工作队完成一笔一画绘制的扶贫作战图，小心揣进怀中。

相隔千里，两份作战图上，描绘的是不同的山川与村庄，勾画的却是一个个同样醒目的红色标注：那里代表贫困。

一张巨大的决战图，已迅速在中国大地铺开——

14 个集中连片特困地区、12.8 万个贫困村，这是跨越中国中西部广阔版图的主战场；

“五级书记抓扶贫”，层层立下军令状、责任书，这是指挥高度统一的大会战；

19.5 万名第一书记驻村，77.5 万名干部帮扶，这是不拔穷根绝不撤退的突击队；

……

中国共产党执政体系上的各层“链条”全面转动。

每年脱贫约 1000 万人，意味着每月脱贫要达到近近 100 万人，每分钟脱贫约 20 人，这是一场进入读秒时间的决战。

贫有百样，困有千种。

只有真正了解有着广阔疆域、苦难历史的中国，才能真正读懂中国反贫困斗争的艰巨。

一些贫困村、贫困户连找到都很困难——

贵州武陵山区腹地，一口刀村，村民田桂花家。

远远望去，仿佛挂在尖刀的刀背上。

举目皆是山，遍地都是石。即使是巴掌大的石缝间，也被栽下一颗玉米苗。家门口的1.5亩水田，是田桂花所在高毛组唯一一块水田，34户村民们轮流耕种。

石头缝里求生存。村民们世代辛劳，世代贫苦。

一些贫困千年未解甚至被认为无解——

甘肃定西，千沟万壑，旱渴荒凉。

“陇中苦瘠甲天下”，100多年前，清朝陕甘总督左宗棠的那声叹息至今仍回荡在历史的长空。40多年前，联合国专家来此考察，给出的仍是绝望的评价：“这里不具备人类生存条件”。

相比于自然条件，另一种贫困则集中于最难改变的思想观念领域——

云南滇西边陲山区，苦聪人寨子。

上世纪50年代，解放军从原始森林中找到这个拉祜族支系时，苦聪人一下子从刀耕火种、衣不遮体的原始社会直接进入社会主义社会。千年一瞬的巨变下，苦聪人转变观念仍在路上。

直到2014年，这里没人好好读过书，绝大多数不会说汉语，全村6岁至14岁的26个儿童全部失学。

“让娃读书吧！”帮扶干部黄素媛挨家挨户动员。

“娃还要砍草喂猪哩。”村民们难为所动。

黄素媛给村民们送来一台台34英寸彩电，条件是收了电视的家长得让孩子去上学。

终于，村里开始有了第一批学生，老师从教他们洗脸、洗脚开始。孩子们一点点开始汲取知识，家长们也越来越主动送孩子上学……

从历史中走来的决战，唯有以创造历史的坚毅才能攻坚，唯有以继承历史的奉献乃至牺牲才能打赢。

柴生芳，甘肃定西临洮县原县长。2014年8月15日，在连续工作超过17个小时后，45岁的他和衣睡在办公室里，再也没有醒来。身上的被子只盖了一角，一旁的萝卜只咬了一口。

这个戴着眼镜、本可一路顺风进高校、当教授的海归博士，怀揣一颗赤子之心，最终选择用生命为“苦瘠天下”的家乡亲人奔出一条脱贫之路。

在临洮的 3 年里，柴生芳转如陀螺：

323 个行政村他走遍 281 个，写下 29 本工作日记；

偏远贫困的苟家山村，到县城来回需颠簸数小时，他去过 11 次；

临洮县贫困人口，从他来时的 11 万人，减少为不到 5 万人。

柴生芳走了。苟家山村村民从几十公里外赶来，与万人一同上街，为他送上最后一程。“县长来我家 11 次，连一口水也没喝过……”一位村民痛哭流涕。

李和林，四川南充市大林镇李家坝村原村支书。查出胃癌晚期后，依然与死神竞速般高强度工作，家里除了一台 21 英寸的老式彩电，一贫如洗，英年 52；

姜仕坤，贵州晴隆县原县委书记。从放牛娃成长起来，立下“只要县里还有一个人没有脱贫，我就不能休息”的誓言，但常年高负荷工作，却最终让这个硬汉倒下，年仅 46；

蒋富安，四川美姑县四峨吉村原第一书记，劳累猝死，告别26岁的青春。送别时，村民泪流满面：“你不是说好今后有了娃，也要送到村里幼儿园么？”

……

2013 至 2016 年间，120 多名共产党员牺牲在反贫困斗争的决战场上，用生命与付出铺就百姓致富路。

乌江滚滚，在武陵山中逶迤蜿蜒。峡谷间，一艘艘小船正浮于江面，逆流而上。在村支书的带领下，一口刀村的村民们带着被条、猪油、斗篷……彻底搬离这座困住他们的大山；

六盘山下，定西在这场艰苦的鏖战中，“县不漏乡，乡不漏村，村不漏户，户不漏人”，走出了一条造血式扶贫新路；

吕梁山深处，一座座新村迎来易地扶贫搬迁的新主人，告别深山沟的乡亲们带着希望开始建设他们的新生活。

不屈于命运，不甘于贫困，竭尽拼劲、韧劲和闯劲，以伟大的决战标注民族精神的新高度

有一种精神叫“不屈”，推开甘肃定西扶贫开发纪念馆的大门，它扑面而来。

定西，年人均水资源量仅为全国三成。不毛的土山、漫天的黄土和山坡上踟蹰的放羊人，是人们最深的记忆。风沙吹了一年又一年，吹出人们脸上的皱纹沟壑一样深。

难道这里的土地只能生长贫穷?

定西人不信!

干旱缺水，定西人就发明“水窖抗旱法”，截至目前，定西已挖了30多万眼水窖；降雨少，小麦不行，就摸索种土豆，成了全国土豆三大主产区之一；冰雹多，地上庄稼常遭灾，就种根茎类药材，发展成全国中药材种植、加工和交易的重要基地。

有一种信念叫“不甘”，它鼓舞着人们铆足一股劲改天换地。

贵州省织金县核桃寨地处群山深处，无路，背篓伴随这里每一个人生。

娃娃在背篓里长大，又继续背着背篓起早摸黑在大山里讨生活。一条布满脚印的山中小道，当地人走起路来大都是身子向山壁一侧倾斜，脊背微拱，一手扶着土石树木，一手反背在后，托着背篓，抬头望向前方——这个姿势仿佛成了历史的定格。

背篓太小，装得下几口人的生计，却装不下一家人的幸福。山里的好东西运不出去，山外的好日子也背不进来。村民好不容易喂大的猪，准备赶到山下卖个好价钱，常常还没等赶出山，猪便累死在半路。老人对年轻人经常说的就是“有本事就出去别回来”。

村里出去的年轻人还是回来了。2011年春节，一个叫杨文学的青年揣着在贵阳用背篓挣下的 13 万元，回来装修新房。酒菜摆好，杨文学招呼大伙儿坐下来“摆龙门阵”：

“从小当‘背篓’，背了 10 多年，还是这么穷！”

“外面的路这么好，什么时候咱这也能有路？”

“难！怕是这辈子等不到了。”

……

你一言，我一语，几杯米酒下肚，愁云笼罩心头。

杨文学“腾”地站了起来：“不修房了，钱拿来修路，谁愿一起干？”

“干，再苦再难也要刨出一条路来！”饭桌上的人先是一愣，然后异口同声。

无路难，开路更难。热火朝天地干了两个月，毛路还没见影儿，没钱了。寨子里 22 名年轻人凑在一起喝了顿酒，第二天背上背篓再次出发“闯贵阳”，发誓“背条大路回故乡”。

杨文学们背篓筹钱时，“背篓哥修路”的故事在十里八乡传开来。人们被这些年轻人的梦想深深感动着：有捐钱的，有捐砂石的，寨子里越来越多在外地打工的人回来出工出力……

一千多个日夜，抹平了最后一块水泥，一条紧贴悬崖、跨越河谷、穿寨入户的两公里连寨路竣工了。

一通百通，核桃寨的“小康路”越来越宽。通路两年多来，寨子里盖了 30 栋新房。当年当“背篓”的年轻人放下背篓回来搞起了养殖和特色种植，产业已成规模。

脱贫有多难，这片热土上的人就有多拼。

杨文学们“背”出一条路的脱贫故事，在千里之外的定西、井冈山、秦巴山区，在全国每一个贫困角落上演着，一条条脱贫致富的新路正不断在人们的脚下伸向远方——

30 多年前，定西顶着脱贫的巨大问号；30 多年后，定西人把这个问号变成了巨大的惊叹号：贫困人口由 1982 年的 170 万人下降到 2016 年底的

37 万人，贫困面从 78% 下降到 14%，农民人均纯收入从当初的 105 元提高到 2016 年的 5854 元。

90 年前，井冈山的乡亲们手捧着分田地后收获的玉米，唱着《十送红军》送亲人；90 年后，井冈山全市 4000 多贫困户靠着自强不息的精神摘掉了贫困的帽子。

“快顶不住时，就躲在屋里哭一场，哭完后，继续干活。”回忆起自己的脱贫路，井冈山荷花乡高陇村 49 岁的村民梁清香感慨万千。她身后，竹林掩映中的三层小楼格外引人注目。盖起这房子，她用了 12 年。

丈夫截瘫，公婆多病，儿女年幼，她从不叫一声苦，从下地种田上山种树，到养猪养牛，靠自己的双手一点点改变着贫困的现状……

每一个贫困户，都有一个自己的战场。

“宁愿苦战，不愿苦熬”。这是一幅写在篱笆墙上的标语，字迹歪歪斜斜，却振奋人心。

“为啥想到写这幅标语？”

“为栽花椒树，去年我在山坡上砍荒，到处是荆棘，双手流了很多血。但是，要想脱贫就不能当懒人。种花椒树跟红军打仗一样，剩我一个人也要打赢。所以我在墙壁上写了这八个字。”四川省通江县柳林村贫困户李国芝说。

柳林村，位于秦巴山区深处的一座山顶上，山下是通江县两河口乡。1932 年，红四方面军挺进四川占领两河口，迈出了创建川陕革命根据地的第一步。

“宁愿苦战，不愿苦熬”。这是当年革命精神的继承，是今天反贫困战场上人民群众的坚守。

改革是重锤。与贫困斗，唯改革者赢，唯改革者进

王洪梅，河南省滑县大子厢后街村党支部书记。

2016 年 12 月 12 日，她在日记中这样写道：

“今天有点阴冷，人们仍然热火朝天地在村里葡萄园干活，一座座现代化的葡萄大棚慢慢露出了雏形。这一切，都源于村里搞土地流转……60 岁的王长发土地流转了，还长期在葡萄园打工，一年能挣近 2 万元。村民高兴，我心中也是美滋滋的。”

“土地流转”，这一载入中国反贫困史册的新词汇，标刻出当代中国又一新的巨大变革。

这不由让人们又想起了 30 多年前的那个冬夜——

安徽小岗村的一间旧屋内。

35 岁的严金昌和另外 17 户村民以“托孤”的方式在白纸条上按出一片红手印，把村里土地包产到了户。第二年，严金昌等村民家的院子里第一次堆满了粮食。

30 多年后，严金昌又一次按下红手印，将家中的 10 亩土地流转出去。第二年，他家年收入第一次突破 10 万元。

两次红手印，两次巨变，印证了同一个历史逻辑——穷则变，变则通，通则久。与贫困斗，唯改革者赢，唯改革者进。

从前不敢碰、不敢啃的“硬骨头”被一一砸开，见证着改革的勇气，推动着反贫困斗争一步步走向胜利。

这是一场仍从土地入手的历史性变革——

“土地流转”，林权制度改革，农村集体产权制度改革……带来了我国农村生产力的又一次大解放。

吕胜勤老汉这样讲述土地流转给自己生活带来的变化：“我现在是到地里上班了。”他说，“干的活轻松，离家还近。”

吕胜勤是山东菏泽市孟庄村人，他去年把家里全部 5 亩多地流转到牡丹专业合作社，开始收租金、给合作社当工人。

“5 亩多地一年租金就是 9000 多元。”吕胜勤脸上一直挂着笑。

土地流转唤醒了农村“沉睡的资本”。截至去年，全国农村土地流转面积4.71亿亩，超过耕地总面积35%。全国农户家庭农场超过87万家，依法登记的农民合作社超过188.8万家。

从山下的土地延续到山上林地，与土地流转“二重唱”的是林权改革。

上世纪80年代，由于一些历史原因，以家庭联产承包责任制为主要方式的农村土地改革，没有延续到山上，山林一直属于集体所有。

回忆起那段日子，福建省武平县捷文村的村民李桂林感触颇深：“全村164户村民守着2.6万亩林地，却过着穷日子。”

2001年12月30日，李桂林领到了全国第一本新式林权证。转过年来的初夏，时任福建省省长的习近平到武平调研，作出了“集体林权制度改革要像家庭联产承包责任制那样从山下转向山上”的指示，林权改革在福建全面推开。2008年，这项改革在全国全面铺开。

所有权明晰，激发了群众的积极性，让山定权，树定根，人定心，林农走上了致富路。

这是一场涉及干部责任的制度性变革——

改革贫困县考核机制，扶贫开发成为考核的主要内容，提高贫困人口生活水平、减少贫困人口数量、改善贫困地区生产生活条件成为考核的主要指标。

“在2016年扶贫开发工作成效考核中，我县考核结果全省挂末。对此，县委、县政府集体深刻检讨，作为县委书记和全县脱贫攻坚第一责任人，我负主要责任。”

2017年5月，贵州省天柱县委书记陆再义，在一次全省的大会上作出公开检讨。

看GDP，天柱并不差：在全省处中游，在所属自治州处上游，但作为国家扶贫开发重点县，因为贫困人口识别退出不精准，在这次全省脱贫攻坚综合考评中排名垫底。

在大会上作检讨，让陆再义深受震撼。“我们已经没有退路，到了破釜沉舟、背水一战的境地。”

县里四大班子专门建了“知耻后勇脱贫攻坚”微信工作群；16 个乡镇对脱贫数据逐一进行入户调查核实；每月开一次脱贫攻坚大比武现场会，各战区各乡镇在擂台上晒成绩、亮短板……

改革带来工作重心的转变，广大贫困地区干部状态、当地贫困人口的生活面貌，都“脱胎换骨”。

贫困地区党员干部不再唯 GDP，贫困乡亲的生活小事成了他们的心心念念。

罗军元，江西省农业厅派驻到井冈山新城镇排头村担任第一书记。翻开他的工作日志，就能感受到他日日挂心的“小事”：“搜集 24 个贫困户的‘微心愿’，让农业厅的同事认领；重阳节，为 24 个 80 岁以上的老人每人送上一床棉絮、一个暖手袋……”

“‘微处发力’让百姓待自己就像朋友一样，能够和我一起撸起袖子加油干。”罗军元说。

这是一场以市场为导向的根本性变革——

井冈山人便走在这条路上。

清晨，黄坳乡刚刚从沉睡中醒来，乡电商服务站的黄小华又开始了一天的忙碌。“从开业到现在一年多，寄出了 1.7 万多个包裹，价值 160 多万元哩！”拿着厚厚一沓快递单，黄小华告诉记者，这些寄出的商品大多是贫困户生产加工的，其中合作社入股的 46 户贫困户是最直接的受益者。

井冈山 18 个乡镇都有电商扶贫站点，“前店后村”的电商产业模式带动 2446 名贫困群众增收致富。

山东沂蒙山的农民也走在这条路上。他们竟把自己种的蜜桃卖到了 6000 公里外的中东迪拜。

历史上，沂蒙山“四塞之崮、舟车不通、外货不入、土货不出”。沂蒙深处的毛坪村，有着果业种植传统。过去这里种出来的水果只在周边销售，果农辛辛苦苦一年挣不了几个钱。

将蜜桃卖到迪拜的人叫刘宗路。

2015年，他得知迪拜的蜜桃价格很高，但路途遥远，往往还没运到迪拜就已经腐烂了。

别人听个热闹，刘宗路却上了心。随着国家推进“一带一路”建设，刘宗路越发觉得万里之外有商机。

他跑到上海，请教国内水果保鲜权威专家，改进储存方法；咨询了海关，改进了报关流程……

刘宗路成功了。4万斤蜜桃到达迪拜，基本完好无损，几毛钱一斤的蜜桃，在迪拜卖到了十几元。

思路一变天地宽。

全面深化改革，打开了脱贫的万千路。

一根稻草抛不过墙，一根木头架不起梁。扶一把，送一程，社会主义的政治优势和制度优势，为反贫困斗争凝聚无坚不摧的伟大力量

入夜，秦巴山区深处的甘肃宕昌县。微弱的煤油灯下，一个男人攥着木炭，在坑坑洼洼的泥墙上一笔笔画着：

车头、车轮、车厢……粗糙的墙面上，浮现出一列火车的轮廓。

“这就是火车？”抱着刚出生不久的女儿，一辈子从未见过火车模样的农民杨尕女，问专心画画的丈夫。

“是啊。听说火车一响，黄金万两，不知道咱这穷山沟里，啥时候能见到真的火车？”男人说。

大山深处画火车——这是20多年前一个闭塞的贫困山区农民对山外世界最深切的渴盼。

门前万重山，抬脚行路难。在其他类似的连片特困地区，脱贫致富的指望仿佛山间游丝般的小路，总是被连绵不绝的大山吞没。

要致富，先修路。从兰州到重庆修一条连接西北、西南的铁路大通道，秦巴山区正是关键节点。

然而，让墙上的火车变成现实，谈何容易。

这里的地质属于隧道施工领域的世界难题。以最艰巨的胡麻岭段为例，地层含水量最高达28%，堪比“水豆腐”，不时涌水、涌砂，严重时甚至如泥石流般掩埋隧道。

在铁路隧道施工中享有盛誉的德国专家，曾专门自带顶级设备和施工团队到胡麻岭应战，以失败告终，离开时留下一句话：“不可能在这种地层中打隧道。”

然而，在社会主义中国的大家庭里，扶贫从来不是一个地方、一个单位、一个人的事。“扶贫开发是全党全社会的共同责任，要动员和凝聚全社会力量广泛参与……”习近平总书记强调。

大扶贫格局完整地体现了社会主义制度的优越性，扶贫道路上，再难的障碍也能跨越。

于是，千里兰渝线，集结了10万筑路大军——全国最优秀的专业技术人才、最富经验的作业队伍、最先进的机械设备。面对前所未有的高风险地质状况，坚韧顽强的建设者们挤牙膏般一点点向前推进。

2017年6月19日，胡麻岭隧道终于贯通了！兰渝铁路在历经近9年的艰苦奋战后，一举扫除了全线开通的最后障碍。

这条铁路，从百年前孙中山先生《建国方略》规划中走来，从20多年前贫困农民墙上跃出，终于在中华民族反贫困决战中贯通，给沿线数百万贫困人口送上最珍贵的礼物。

“没有社会主义集中力量办大事的制度优势和政治优势，没有党和政府对贫困地区的深切关怀，类似兰渝铁路这样高投入、高难度的‘扶贫路’如何能修得成？”全国扶贫宣传教育中心主任黄承伟感叹。

集中力量攻坚是优势，对口帮扶同样是我们的优势。作为祖国大家庭的儿女，你帮我一把，我扶你一程，目标就是实现共同富裕。

宁夏永宁县，闽宁镇。

站在自家宽敞的小院里，63岁的谢兴昌可以望见镇区一排排新房，宽阔的马路直直伸向远方的贺兰山，绿白相间的路灯在壮阔的落日下闪着亮光。

“当年那个‘天上无飞鸟，地上不长草，风吹砂石跑’的荒滩，要是没有福建亲人的帮助，怎么能一步步变成如今的样子呢？”

谢兴昌的感慨来源于21年前，时任福建省委副书记习近平为组长的“福建省对口帮扶宁夏领导小组”正式成立，“闽宁扶贫协作”大幕开启。

从那时起，一批又一批援宁干部真心奉献，数以万计的闽商在宁夏创新创业，几万宁夏贫困群众在福建稳定就业，创造出对口协作实现共同发展的成功范例。

20年后，还是在宁夏这片土地。习近平总书记主持召开东西部扶贫协作座谈会，推动东西扶贫协作继续迈向新的征程。

谢景军，武警河南省总队医院的一名军医。一年的援助青海时间里，他承担的手术就有200多台。2014年6月，谢景军满载荣誉回到河南。

一进家门，同为医生的妻子见面后的第一句话，让他自豪与感动涌上心头：“老谢，今年的援青任务下来了，我报名了。现在我把家交给你，我也要到青海为那些需要救助的患者尽一份力。”谢景军将妻子拥入怀中。

丈夫归来，妻子接力。多少支援贫困地区的各界人士，如同这对质朴的夫妻一样，舍小家为大家，为贫困群众的美好生活不懈奋斗，有的甚至献出生命。

从江南鱼米之乡的浙江湖州，到大漠戈壁荒原的新疆柯坪，援疆干部黄群超一门心思为当地谋脱贫。反复研究后，他决定把湖州生长发育快、繁殖周期短的湖羊引进柯坪，当做农民增收突破口。

2014年底，在黄群超精心“护送”下，1600只湖羊种羊从太湖南岸启程，踏上了数千公里的“西迁之旅”。

一路上，他和同事们不敢休息，每隔4个小时就要停车看羊，补充饲料和水。历经3天4夜，辗转7省份，1600只湖羊毫发无损到达目的地。

如今，这些湖羊已产出数千只羊羔，成了当地人脱贫的希望。

2015 年 8 月，黄群超突发心脏病栽倒在地，再也没有起来。

遗体火化那天，妻子汪素琴和儿子黄卓尔在当地种下一棵杏树。儿子含泪一边培土，一边说：“爸爸，这棵树就是你的眼睛，你可以一直守在这里，看着这山、这水，这里的百姓。”

“来的时候是一粒种子，离别的时候要满园硕果。”刚来援疆时，黄群超曾在日记本里留下这样的期待。

他的一半骨灰，永远留在了柯坪。

大扶贫格局的优势，还体现在社会主义制度下政策的快速精准实施。

投钱——在财政转移支付基础上，为中西部地区专设了中央财政专项扶贫资金，2017 年资金规模超过 860 亿元；

派人——全国向各地贫困地区派驻了近 80 万名帮扶干部，与困难群众同甘苦、共奋进，攥着劲瞄准脱贫目标；

搬迁——自 2016 年至 2020 年，一次足以改写历史的大迁徙在中国大地进行，约 1000 万贫困人口将通过易地扶贫搬迁告别世代生活的贫瘠土地，走向新的生活。

“我们都搬下山来了，今后的娃娃可能都不知道我们从哪里搬来的，应该记录一下村子的历史。”甘肃省文县丰元山村的木匠张代全不顾身体残疾，当起了当代的“司马迁”——写“村史”。

“丰元山村有四大姓，大多从清代嘉庆年间搬迁而来。穷了一辈又一辈，直到扶贫搬迁才看到新的生机……”

张代全笔下的村史，述说着丰元山村的变迁，折射的却是反贫困斗争伟大决战的真实画卷。

……

时间，是最忠实的记录者。

2000 多年前，中国先人发出“民亦劳止，汔可小康”的希冀，开启了对温饱和幸福的期盼；

90 年前，秋收起义的一支部队翻越莽莽罗霄山后，抵达井冈山的茨坪，

“红军来到掌政权，春光日子在眼前，穷人最先得好处，人人都有土和田”，开始了中国共产党领导下中国反贫困斗争的最初实践；

60多年前，中华人民共和国成立，为反贫困提供坚实的政治制度保障；

30多年前，改革开放大幕开启，大规模人口脱贫迈入新进程；

5年前，面对中外记者，习近平发出“人民对美好生活的向往，就是我们的奋斗目标”的宣言，吹响了全面建成小康社会的冲锋号；

再过3年，中华民族将历史性地摆脱绝对贫困，全体中国人将共同迈入全面小康的崭新时代。

千年梦想，浓缩于未来一千多个日日夜夜；

世纪担当，扛在我们这代共产党人的肩头。

百年初心不改，百年前赴后继。在以习近平同志为核心的党中央坚强领导下，咬定目标、勠力攻坚，我们一定能决战决胜，创造反贫困斗争的人间奇迹。

新华社北京2017年8月13日电

（记者陈二厚、王宇、何雨欣、林晖、姜伟超、郭强、范世辉、杨洪涛、庞明广、潘林青、邹欣媛）

采访札记

2017年8月13日傍晚，当终审发稿人为《中国反贫困斗争的伟大决战》一稿点下沉甸甸的“签发”键，所有主创人员终于长舒一口气。

这可能是我们从事新闻工作以来采写周期最长、耗费心血最多、投入感情最深的一次报道：总社和7个分社的13名记者，历时整一年时间，深入14个集中连片特困地区，采访的贫困家庭和扶贫人物成百上千。

漫长的采写过程，我们既震惊于贫困之深、脱贫之难，也被一份份坚守、冲锋、牺牲感动得泪流满面。于我们，可谓是上了一堂国情教育课、精神洗礼课、责任担当课。其间的收获和意义，远远超越一篇重点报道、一篇被评为中国新闻奖特别奖的稿子。

她让我们愈发体会到“脚”之于记者的意义。中国的反贫困斗争推进到今天，剩下的都是难啃的硬骨头，是贫中之贫、坚中之坚。这些地区大多山大沟深、交通极其不便，有时从北京去一个贫困村采访来回就要十天，其中 90% 的时间都是在路上颠簸、行走。我们采访过的一个“悬崖村”，山下的村小组和山上的村小组之间要走近一天，而且要在悬崖峭壁上爬几个小时。不真正去走、去爬，很难体会到那种自然环境之恶劣、生活状态之贫瘠的境况。比如贵州武陵山腹地的一口刀村，如果不是亲眼所见，我们怎么也想不出那种“举目皆是山、遍地都是石”的穷困状况，怎么也想不到这里仅有的一块 1.5 亩水田，要被 34 户村民轮流耕种。

只有真正踏上这片土地，才会切身感受到“石头缝里求生存”的艰难和抗争，感受到扶贫干部带领群众啃出一条出路的坚持和壮烈，感受到大山中孩子们背着书包的欣喜和期待。我们一路走，一路被震撼、一路被感动。在甘肃临洮，当我们采访到原县长柴生芳连续工作 17 个小时，晚上和衣睡在办公室再也没有醒来，身上的被子只盖了一角、一旁的萝卜只咬了一口时，我们不禁痛哭。就在伴着泪水的足迹里，我们记录了近五十万字的采访素材，采集到了上百个动人心弦的脱贫攻坚故事。

用“脚”挖掘出的原生态故事，如何通过手中的笔在有限的篇幅里把她讲好？面对厚厚的采访笔记，我们一度犯愁、痛苦：社领导在稿件采写之初就要求，不能写成一般的新闻作品，而要全景式描绘反贫困斗争的时代画卷。

简单的故事拼接显然达不到这个要求。我们结合一路走来的感悟和思考，大开脑洞，从主题、立意反复思索、反复讨论。最终，得益于丰厚的采访积淀，得益于团队的思想碰撞，得益于社领导的点拨，我们的思路逐渐清晰，主题开掘也越来越深入——中国波澜壮阔的反贫困斗争是人类发展史上前所未有的壮丽篇章，也是中国共产党带领人民艰苦奋斗奋勇拼搏的伟大实践，更是中国共产党人从成立之初就一直坚守的初心，真实而动人地记录历史，为伟大决战立传、为伟大时代放歌，既是我们这代记者所应担负的重大责任和使命，也是这篇稿子的主题和站位。

经过这一从脚力升华为眼力、脑力，最终转化为笔力的过程，我们找到了串珍珠的线，把一个个散落的故事置于反贫困决战的大背景下，从中提炼共性、发现亮点、升华主题，而故事的取舍、细节的彰显、叙事逻辑的安排，都凸显出“百年初心不改，百年前赴后继”这一伟大决战主题，从而使报道在表达上呈现出历史厚度、思想深度和情感温度的力量。

（陈二厚、林晖）

专家点评

一个重大报道题材，如何选取适当的角度和典型事件，实现点面结合，呈现扶贫工作的既有成就和现实挑战，阐释中央扶贫开发政策的重要意义及其落实情况，不仅能使报道取得积极有效的传播效果，甚至还能使其兼具审美价值，这并不是一件容易的事情，而新华社于2017年8月13日刊发的长篇通讯《中国反贫困斗争的伟大决战》则无疑是做到了，为我们提供了一个很好的报道范本，也真正体现了“四力”要求。

体现脑力，主题传达高屋建瓴。消除贫困、改善民生、逐步实现共同富裕，是社会主义的本质要求，是我们党的重要使命。改革开放以来，我国已经有7亿农村人口摆脱了贫困，缔造了举世瞩目的伟大成就。但是，剩下的贫困人口不仅贫困程度较深，脱贫难度更大，而且在中西部一些省地区规模还比较大。记者抓住扶贫开发工作也进入到“啃硬骨头”的攻坚阶段特点，深入思考党的十八大以来扶贫开发工作被纳入“四个全面”战略布局的重要意义，从战略高度将其摆在报道更加突出的位置，实现了高屋建瓴的主题传达。

练就眼力，营造厚重质朴的历史感。记者将报道内容与“党带领人民在短短30多年内实现7亿多人脱贫”这一伟大创举历程有机结合，营造出厚重的历史感，以全面、辩证、历史的眼光看待并记录反贫困斗争的历史过程，全景式地描绘一幅中国反贫困斗争的恢弘时代画卷。稿件将党带领全国人民实现脱贫致富的时代进程与近百年来的历史坐标穿插交融，行文大气而质朴、平实而稳重，深刻揭示这一伟大历程的本质和趋势。

注重笔力，故事细节刻画入微。记者以对联合国人权理事会中国代表发言的现场气氛刻画开篇，引用习总书记坚强有力的动员令“攻克深度贫困堡垒，是打赢脱贫攻坚战必须完成的任务，全党同志务必共同努力”开门见山直入主题，勾勒出中国人民脱贫攻坚战的伟大轮廓，为后文以历史事实和人物故事展开细节的深入刻画奠定了根本基调，展现出作者扎实的政治理论功底和新闻业务实力。

践行脚力，塑造有故事有品质的人物。聚焦对普通群体的人文关怀，在普通的新闻事件中捕捉人物真实的言行特征，塑造丰满的人物形象，成为该报道又一大突出特色。作者深入一线，以大量鲜活生动的故事，塑造出一系列坚韧动人的时代人物，细节生动且手法专业，人物形象的展现和作品温度的渲染并不是记者“硬说”出来的，而是通过一系列具体的、个别的细节客观表现出来的。例如，河南省滑县大子厢后街村党支部书记王洪梅的日记“村民高兴，我心中也是美滋滋的”，张代全笔下的村史“述说着丰元山村的变迁，折射的却是反贫困斗争伟大决战的真实画卷。”等等。细节的生动描述，语言的精准传达，各类故事间的递进对比，不仅提高了传播实效，也提升了报道的审美价值。

（史学军　北京大学新闻与传播学院副教授）

5 “大就要有大的样子”

——献给中国共产党成立 97 周年

黄小希　罗争光　王琦　凌军辉

“中国共产党是世界上最大的政党。大就要有大的样子。”党的十九大胜利闭幕后，习近平总书记在同中外记者见面时的话语，既是庄重豪迈的宣示，也是鼓舞人心的鞭策。

成立 97 年，执政 69 年，带领亿万人民走过 40 年改革开放宏伟征程，推动中国特色社会主义进入新时代，让一个曾经面临“被开除球籍”危险的国家走近世界舞台中央，让一个饱经磨难的民族接近复兴梦想……

中国共产党必然因其使命非凡而壮大，必然因其道路壮阔而伟大，必然因其本领高强而强大。

大抱负与大担当：为人民谋幸福，为民族谋复兴，为世界谋大同，中国共产党肩负宏大使命，在波澜壮阔的世纪大潮中发展壮大

感受使命的力量，要到开始的地方。

“我志愿加入中国共产党，拥护党的纲领，遵守党的章程……”七一前夕，来到中共一大会址纪念馆瞻仰的人络绎不绝。一批又一批来自全国各地的共产党员，面对鲜红党旗重温入党之时的铮铮誓言。

一位老党员深有感触地说：“习近平总书记为全党作出了表率。”

党的十九大闭幕不久，习近平总书记带领中共中央政治局常委来到这里，向世人郑重宣示：不忘初心、牢记使命、永远奋斗。

近一个世纪前，承载非凡使命，中国共产党应运而生，成为“开天辟地的大事变”。

1921 年 7 月，上海。身着长衫、中山装、西装的 10 多位有志之士，怀着对民族命运的忧虑、对马克思主义的信仰，从四面八方赶到位于法租界的一处幽静小院，轻轻叩响铜环。

通往理想之门，悄然开启。从这里出发，中国共产党从一个不到 60 人的“地下党”，发展壮大到拥有 8900 多万党员的世界最大执政党。

为中国人民谋幸福，为中华民族谋复兴。

以使命之名，中国共产党人义无反顾，推动百年中国浩荡前行。

“这个初心和使命是激励中国共产党人不断前进的根本动力。”习近平总书记在党的十九大报告中，道出世界最大政党根深叶茂、蓬勃壮大的力量源泉。

1935 年，江西南昌军法处看守所。面对牢狱的阴森，面对现实的黑暗，方志敏写下的《可爱的中国》，却洋溢着无法阻挡的阳光与希冀。

如今，那所监狱所在地，南昌市叠山路，已成为市中心的一条繁华街道，商场、学校、银行，车水马龙，川流不息。

今日之中国，正如烈士所愿，“到处都是活跃的创造，到处都是日新月异的进步……”。

“我父亲毕生都在为一个可爱的中国而奋斗。长期的革命斗争使他坚信，只有在党的领导下，中国才能站起来、富起来、强起来。”方志敏的女儿方梅说。

潮起潮落，风云际会。

或许没有第二个国家像近代中国一样，历经如此巨大的冲击和落差。这个国度孕育了悠久灿烂的中华文明，也在列强的铁蹄下遭受了千年未有之大变局，开始了艰难的复兴。

也没有哪个政党，能比中国共产党更懂中国，更懂中华民族的渴望，更能扛起复兴使命。

这是一个大党的坚定信念。面对枪林弹雨视死如归，面对艰难险阻无私奉献，面对波折浩劫从不消沉，面对改革挑战勇往直前……一代代中国共产党人的接续奋斗，深刻改变亿万人民的命运。

这是一个大党的自信自觉。站在人类真理和道义制高点的马克思主义，催生了一种新的革命实践、一套新的政治制度、一条新的发展道路，让中国共产党的成长壮大与中华民族的涅槃重生融为一体。

作始也简，将毕也巨。

今天，当曾经遥不可及的梦想已是望得见桅杆尖头的航船，只有初心不忘的中国共产党才能有这样的豪情宣告：中华民族积蓄的能量太久了，要爆发出来去实现伟大的中国梦。

今天，当光芒四射的红日喷薄欲出，只有使命必达的中国共产党才能有这样的勇毅，向世人公开自己的强国“时间表”。

今天，当马克思、恩格斯设想的人类社会美好前景不断在中国大地上生动展现，只有矢志不渝的中国共产党才能有这样的坚韧：牢记共产主义远大理想，坚定中国特色社会主义共同理想，一步一个脚印向着美好未来和最高理想前进。

有人说，大国注定要创造伟大和永恒。执掌大国的政党更是如此。

从为人民谋幸福、为民族谋复兴到为世界谋大同，对人类前途命运的深切关怀，始终深植于中国共产党的血脉基因。

新中国的缔造者胸有壮志：“中国应当对于人类有较大的贡献。”

改革开放的总设计师目光长远：“到下世纪中叶……社会主义中国的分量和作用就不同了，我们就可以对人类有较大的贡献。”

新时代的领路人心怀天下：“中国共产党始终把为人类作出新的更大的贡献作为自己的使命。”

“推动构建人类命运共同体，推动建设持久和平、共同繁荣的和谐世界。”世界上最大的政党，已在自己的章程中郑重宣告。

瓦努阿岛，南太平洋岛国斐济第二大岛。中国企业在这里修建的纳布瓦鲁高速公路和布扎贝高速公路，解决了人们出行的“老大难”问题，有力拉动了经济发展。“我要感谢中国政府及中国企业，‘一带一路’是件好事情，对像斐济这样的发展中国家大有裨益。”经营一家建材连锁店的乌梅什·普拉萨德说。

两条路带来的改变和希望，是“中国人民愿同各国人民一道，推动人类命运共同体建设，共同创造人类的美好未来”的生动诠释。

大道之行，天下为公。

复旦大学政党建设与国家发展研究中心主任郑长忠指出，中国共产党是最具有使命担当的马克思主义政党。这个使命型政党的“任务清单”里，从共同理想到远大理想，从近前的全面小康到长远的民族复兴，再到为世界谋和平、谋大同……使命指引着中国共产党成就世界最大政党的自信与自觉。

千秋伟业，百年恰是风华正茂。决定中国共产党格局的，从来不是时间的长短，而是使命的力量。

大视野与大航程：高举真理旗帜，勇立时代潮头，中国共产党锻造独特气质，引领社会主义在中国开辟发展新境界

1921 年—2018 年，世界东方。面对创世纪般的伟业，有人感慨中国共产党是“史上最强创业团队”：

烽火 28 年，在生与死的考验中，把马克思主义基本原理与中国革命具体实践相结合，走出一条国家独立和民族解放的正确道路；

执政 69 年，在弱与贫的突围中，沿着社会主义的航向，开创出驶向伟大复兴的壮阔航程；

改革开放 40 年，在破与立的变革中，走出一条中国特色社会主义的康庄大道。

向着彼岸奋进，中国共产党在马克思主义思想灯塔的指引下，以理论

上的自信与自觉不懈探索——

2017 年 10 月 24 日，历史性的时刻。人民大会堂万人大礼堂，出席党的十九大闭幕会的 2300 多名代表和特邀代表庄严表决，通过关于《中国共产党章程（修正案）》的决议，习近平新时代中国特色社会主义思想正式写入中国共产党章程。

一本党章，见证马克思主义中国化的宏阔历程，“浓缩”中国共产党的“思想简史”，成为这个百年大党的精神源泉。

两年前，有着 62 年党龄、参加过抗美援朝的爷爷，把一本党章作为考入大学的礼物，送给孙女杨雯迪。今年 6 月 20 日，距离 20 岁生日还有 2 天时，这位东南大学医学院的大二学生，光荣地加入中国共产党。

那本党章的最后一页空白处，爷爷这样写道：“爷爷 20 岁入党，爸、妈 20 岁入党，奶奶、大伯、大妈也是党员，希望你在大学入党。”

奋进的力量，来自祖辈的期许，更是思想的引领。

“爷爷用党章来激励我，是希望我在思想最为活跃的青春年华，用科学理论武装头脑，树立正确的世界观、人生观、价值观。”杨雯迪正在和老师同学一起深入学习习近平新时代中国特色社会主义思想，不断坚定着为中国梦贡献青春力量的信心和决心。

没有哪个政党，比中国共产党更能体会手握马克思主义真理所拥有的力量，更能读懂“在实践中检验真理和发展真理”的可贵。

那是革命徘徊时的预言：“星星之火，可以燎原”；那是社会主义低潮时的坚定：“不要惊慌失措，不要认为马克思主义就消失了，没用了，失败了。哪有这回事”；那是新时代的自信：“中华民族伟大复兴的中国梦一定要实现，也一定能够实现”。

百年求索，唯有一个始终重视理论创新的大党，才有这样的笃定与魄力宣示，当代中国的伟大社会变革，不是简单延续“母版”、套用“模板”，更不是“再版”“翻版”。面对东欧剧变、苏联解体，中国共产党义无反顾高举中国特色社会主义旗帜，让这面旗帜在 21 世纪、在世界上人口最多的国家高高飘扬。

向着彼岸奋进，中国共产党在坚强舵手的指引下，以行动上的团结一致劈波斩浪——

北京，人民大会堂巍巍矗立。

2017 年 10 月，作为党的十九大代表，南京航空航天大学马克思主义学院党总支书记徐川步入万人大礼堂，这位“80 后”为世界最大政党所表现出的同心同德激动不已。

“我们的队伍在不断壮大，但不是大而不当、大到走形，而是更加紧密地团结在以习近平同志为核心的党中央周围，团结一致向前看。这样的党，怎能不越来越大，越来越强？”徐川说。

沧海横流显砥柱，万山磅礴看主峰。

时代交汇点上，习近平总书记在领导党和国家事业发展、在领导开展具有许多新的历史特点的伟大斗争中展现出坚定信仰信念、鲜明人民立场、非凡政治智慧、顽强意志品质、强烈历史担当、高超政治艺术，众望所归地成为梦想航程的掌舵者。

一个体量庞大的政党，有了核心就有了顶梁柱，有了核心就有了主心骨。

8900 多万党员通过牢固树立“四个意识”，维护习近平总书记核心地位、维护党中央权威和集中统一领导；通过加强和规范党内政治生活，立根铸魂，立规明矩；通过坚持民主集中制，既充分发扬民主，又坚决服从大局……

“全国上下向党看齐，全党上下向中央看齐。这就是我们党、我们国家能团结一切可以团结的力量，办成其他政党和国家所办不了的大事，展现强大生命力的‘密码’。”中央党校教授、马克思主义理论研究和建设工程课题组首席专家严书翰说。

向着彼岸奋进，中国共产党以自我革命的胆识纠正偏差、校准航向，将巨轮带入新的辽阔海域——

走一条从未有人走过的路，注定不可能一帆风顺。

从某种程度上讲，中国共产党 97 年的历程，所遭受的曲折与所赢得的荣光一样多。但没人能够否认，一如这个百年大党对真理的坚持，她同样随时准备修正错误。

今天的人们，用“春雷”形容十一届三中全会开启的伟大转折。60岁的卜宪升印象至深的，是当年刷下的那条“从来没有见过”的标语。

上世纪70年代末80年代初，河南尉氏县。卜宪升提着涂料桶，在村子的墙面刷写上这样一句话：“交足国家的，留够集体的，剩下的都是自己的。”村民们争相围观，有惊奇，有欢欣：“政策不一样了！”

40年风云激荡，40年铸就辉煌。

在中国共产党领导下，亿万中国人民走出了一条中国特色社会主义道路，迈入中国特色社会主义新时代。

这是一个大党的气质，这是一个大国的品格。

历史是最好的注解，现实是有力的印证，未来是必圆的梦想。

大智慧与大作为：既要政治过硬，也要本领高强，中国共产党展现自信与自觉，为人类社会发展进步注入不竭动力

“最能打仗的人”，被集结在了中国共产党必须打赢的一场攻坚战上——摆脱贫困，全面小康！

以前泥泞的通组路实现了硬化，过去杂草丛生的荒山种上了茶树，留守妇女在家门口就可以就业……这是驻村第一书记姜海泉两年来在贵州省丹寨县排调镇甲石村的亲身经历。

当得知这位来自审计署的驻村第一书记将期满离开，村民们联合写信托人带到北京，恳求组织让姜书记再留任一段时间。放心不下乡亲们，孩子刚上小学的姜海泉决定克服家庭困难，再留一年。

“小康路上一个也不能少”——当代中国共产党人对历史、对人民许下铮铮誓言。有奋斗，就有牺牲。2013年到2016年间，献身在反贫困战场上的党员有100多名。

办好中国的事情，关键在党。

不仅仅是脱贫攻坚。面对不容错过的历史机遇，面对不容回避的风险挑战，中国共产党只有以“打铁必须自身硬”的自觉，建设成为世界上最强大的一个政党，方能不负时代、不负人民。

“要使我们这样一个党员数量比一些国家的人口数量还要多的大党时刻不忘初心、牢记使命，不断焕发生机活力，并实现由大到强的目标，既是一个世界性的挑战，也是一个历史性的担当。”中央党校教授韩庆祥说。

弄潮儿向涛头立。中国共产党以对党情国情世情的高度清醒，直面世界性挑战，肩负历史性担当。

大就要有大的样子。全面从严治党，不断推进一个百年大党“党的建设新的伟大工程”——

党的十八大以来，“打虎拍蝇猎狐”保持高压态势，反腐败斗争无禁区、全覆盖、零容忍，压倒性态势已经形成并巩固发展，“得罪千百人，不负十三亿”。

以政治建设永葆共产党人政治本色，以思想建设“加油”“补钙”，以组织建设构建改革发展的坚强战斗堡垒，以作风建设正风肃纪，以纪律建设强化不敢腐的震慑、增强不想腐的自觉……中国共产党的“大党治理”工程构建起独特的理论逻辑，形成有效的实践方法，党内政治生态气象一新，党心民心空前凝聚。

大就要有大的样子。加强党的全面领导，一个百年大党不断书写治国理政的恢弘答卷——

党的十八大以来，党中央召开一系列重要会议，从宣传思想工作、网络安全和信息化工作，到城市工作、高校思想政治工作……习近平总书记亲自出席会议并发表重要讲话，充分体现“党是领导一切的”。

“党的领导不是抽象而是具体的，必须把党的领导具体务实地贯彻到治国理政全部活动之中，体现在经济建设、政治建设、文化建设、社会建设和生态文明建设各领域各方面。”中国浦东干部学院教授刘靖北说。

党的十九届三中全会作出深化党和国家机构改革的决定。这场以加强党的全面领导为统领、以国家治理体系和治理能力现代化为导向的深刻变革中，一个马克思主义执政党肩负对整个国家重大领导责任的自信与自觉，一览无余。

从推进党和国家机构职能向着优化协同高效的目标迈进，到建设平安中国、法治中国、健康中国、美丽中国……领航巨轮的中国共产党，正以不断精进的本领，持续提升自身的执政能力和领导水平，让新时代的长征路越走越宽广。

大就要有大的样子。推动构建人类命运共同体，一个百年大党为人类进步事业作出新的更大贡献——

计划成立党校，并派遣党员到中国学习中国共产党的治国理政经验——这是今年4月，肯尼亚执政党朱比利党总书记拉斐尔·图朱接受新华社记者采访时透露的“学习计划”。

“对非洲而言，中国的发展道路让人惊讶，也让人振奋。”图朱说，中国的成就在人类历史上没有先例，它给非洲人民带来希望，让他们感到光明就在隧道的尽头。

胸怀天下，立己达人。中国共产党是为中国人民谋幸福的政党，也是为人类进步事业而奋斗的政党。

这是大党大国的气魄：面对“逆全球化”浪潮涌动，中国开放的大门越开越大。

货物进出口总额11.63万亿元创同期历史最高水平、全国新设立外商投资企业同比增长97.6%、医疗仪器设备及仪器仪表制造业利用外资大增442.3%……今年前5个月的数据显示，外资外贸稳中向好态势稳固，外企深耕中国信心进一步增强。

这是大国大党的气派：面对动荡纷扰的国际格局，中国共产党积极搭建政党交流平台。

去年12月，来自阿根廷的不同政党，在中国共产党与世界政党高层对话会上坐到了一起，“尽管在国内观点有时相左，但在涉及人类命运问题上则存在共识”。

正如习近平总书记所言，当前，世界格局在变，发展格局在变，各个政党都要顺应时代发展潮流，把自身发展同国家、民族、人类的发展紧密结合在一起。

大就要有大的样子。怀着强烈的问题意识和忧患意识，一个百年大党不断续写伟大斗争史的时代新篇——

一路筚路蓝缕，栉风沐雨，涌动着革命血液的中国共产党人，从不曾停下“赶考”步伐，始终保持重整行装再出发的精神状态，昂扬着“永远在路上”的斗志与执着。

距离梦想越近，挑战往往越大。中华民族伟大复兴，绝不是轻轻松松、敲锣打鼓就能实现的。当前，国际形势波诡云谲，周边环境复杂敏感，社会主要矛盾变化的影响广泛深远，改革发展稳定任务艰巨繁重。外部风险、内部风险、一般风险、重大风险犹如拦在前进道路上的一座座险峰、一道道沟壑。

“我们既要有防范风险的先手，也要有应对和化解风险挑战的高招；既要打好防范和抵御风险的有准备之战，也要打好化险为夷、转危为机的战略主动战”，这是新时代中国共产党人的“战斗宣言”，向世人展示世界最大政党时刻准备战胜一切艰难险阻、朝着伟大目标不懈奋斗的胆魄和勇气。

回望来路，信心更坚。

我们走过从无到有的“雄关漫道真如铁”；

我们历经从小到大的“人间正道是沧桑”；

我们正在迎接由大向强的“长风破浪会有时”！

当中国日益走近世界舞台中央，习近平总书记勉励全党，我们党要搞好自身建设，真正成为世界上最强大的一个政党。

新华社北京2018年6月28日电

采访札记

一个拥有8900多万党员的大党，是什么样子？被称为“史上最强创业团队”的中国共产党，到底因何成就其大？当中国不断走近世界舞台中央，中国共产党如何在不断加强自身建设的过程中实现由大而强？带着这些疑问，我们开始了《“大就要有大的样子”——献给中国共产党成立97周年》这篇稿件的采写。

实事求是地说，5月下旬我们刚领到任务时，题目之“大”，令我们有点“摸不着北”，不知从何写起。近一个月的时间里，从广泛采访专家学者、深入基层捕捉鲜活故事，到一遍遍梳理框架结构，再到反复打磨文字，直至最后成稿，我们不仅收获了一篇“镇版刷屏”之作，也在脚力、眼力、脑力、笔力上得到了难得的锻炼。

写稿子，靠闭门造车是绝对不行的。我们决定抓紧时间向专家学者请教，启发思路。最初10天，我们先后采访了中央党校、复旦大学、浦东干部学院的多位教授，倾听他们对于“大就要有大的样子”这句话的理解。在以采访形式“博采众长”的同时，我们通过阅读相关书籍和理论文章，推动对一系列问题的思考，我们还通过各种途径寻找典型故事，方志敏烈士的女儿方梅、刚刚成为一名党员的大学生杨雯迪、南京航空航天大学马克思主义学院党总支书记徐川、在河南尉氏县刷了几十年标语的卜宪升……他们的故事，从不同侧面解读了中国共产党能够成其大的“密码”。

通过采访加深认知、积累素材后，我们开始了对稿件框架的设计。这着实是一个锤炼“脑力”的过程。从最初“贪大求全”，追求四平八稳、面面俱到，到带着一种历史纵深感，站在民族、站在社会主义、站在世界的高度去写一个政党的伟大，写一个政党非凡的使命、特质和本领，我们逐渐梳理清楚思路，最终确定了“聚焦使命写百年大党的大格局大担当，聚焦特质写百年大党的大品格大气象，聚焦本领写百年大党的大智慧大作为”的框架，让稿子有了立得起来的筋骨。

初稿拿出来后，我们在各级领导的指导下进行了多达8次的修改，这让我们充分体会了锻炼“笔力”的重要性。比如，稿子中有这样一段话——“那是革命徘徊时的预言：‘星星之火，可以燎原’；那是社会主义低潮时的坚定：‘不要惊慌失措，不要认为马克思主义就消失了，没用了，失败了。哪有这回事’；那是新时代的自信：‘中华民族伟大复兴的中国梦一定要实现，也一定能够实现’”，何平总编辑在修改时，以“预言”“坚定”“自信”三个层层递进的词，替代了此前稿件中平淡的表述，一下子就让整段话的气势提升起来，意蕴丰满起来，历史纵深感彰显出来。

一分耕耘一分收获，是至简至真的道理。对于记者而言，只有以脚力、眼力、脑力、笔力的倾情投入，才能写出经得起检验的稿子，也只有在一篇篇稿子的写作过程中不放松要求，才能积累起扎实过硬的脚力、眼力、脑力、笔力。

（黄小希）

专家点评

作为世界上最大的政党，中国共产党迄今已走过97年光辉历程。对这样一个成立97年、执政69年，带领亿万人民实现从站起来、富起来到强起来宏伟目标的领导核心，我们怎样用手中的笔，表达出对她的崇敬、热爱、拥护与跟随？

笔力见文风。对于党媒记者来说，我们不仅要“身入”所要报道的领域，更要“心入”“情入”其中，这样才能用群众喜闻乐见的形式，写出有筋骨、有品质、有温度的优秀作品。这篇政论文体新闻述评的作者，正是因为“心入”“情入”于党，饱含着对党的深厚感情、对党的深刻认识、对党的百倍信心，才能以新闻作品的形式向党的97华诞献礼。

习总书记提出的“四力”要求，对党的新闻工作者来说，就是要通过“脚力”的躬身实践，更好地认识世情、国情、党情、社情、民情；通过“眼力”

的广大精微，淬炼观察力、发现力、判断力、辨别力，既见人之所见，更见人之所未见；通过“脑力”的深思审问，练就拨云见日的硬功夫，更好地守正创新；通过“笔力”的精确阐释，更好地让主流思想和正能量入脑入心，牢牢占领新形势下新闻传播的制高点。

本文作者正是在落实“四力”要求上下足了功夫，做足了功课，才能在面对建党 97 周年这一重大题材时，驾轻就熟，“笼天地于形内，挫万物于笔端”。

本文紧扣中国共产党成立97年来的抱负、担当、视野、航程、智慧与作为，以立于历史桅杆之上的大格局，深刻地勾勒出党的光辉历程和光辉形象，用强有力的事实印证了中国共产党对于人民性、革命性、实践性、创新性的高度契合，得出了经得住历史和时间检验的正确结论：“中国共产党必然因其使命非凡而壮大，必然因其道路壮阔而伟大，必然因其本领高强而强大”。

文章具有开阔的眼界。著名报人约瑟夫·普利策认为：“假使国家是一条船，新闻记者应是站在船桥上的瞭望者，他要在一望无际的海面上观察一切。”党媒记者正是这样的瞭望者。他们既需要敏锐的双眼、智慧的头脑、冷静的思考、睿智的判断、坚定的信念，更需要有一颗敢于追求真理、不畏艰险、秉持公正的社会良心。作者立意高远，用“六个大”高度概括了党的历程与使命，这也反映了作者的政治眼界和政治敏锐度。由于作者向历史、向现实、向未来，向党情国情、向世界作了广阔的瞭望与求证，才能提炼出极具理论视野的六个思想点。

文章显示了厚实的底蕴。对成立 97 的中国共产党进行历史评说，没有极其深厚的政治功底、理论功底、历史功底、新闻功底以及写作功底，是难以完成这样的鸿篇巨制的。通读全文不难发现，作者为写作此文进行了广泛阅读，深入调研，掌握了大量第一手材料和资讯，进而深入思考，理论概括，新闻表述。文中的金句，如：那是革命徘徊时的预言：“星星之火，可以燎原”；那是社会主义低潮时的坚定：“不要惊慌失措，不要认为马克思主义就消失了，没用了，失败了。哪有这回事”；那是新时代的自信：

“中华民族伟大复兴的中国梦一定要实现，也一定能够实现”。这样的概括新颖而精当，能给读者打下深深的思想烙印。方志敏女儿的言说、参加过抗美援朝的老爷爷对孙女的红色传承、肯尼亚执政党总书记计划成立党校并拟派遣党员到中国学习的“新闻爆料”等事例，也很有新闻性和说服力，从侧面反映了作者备足了“脚力”功课。

政论文体的新闻述评，写作上是有难度的。事例不过硬、不新颖，就会流于空泛，或是述少评多，小道理连着大道理，会降低读者的阅读兴趣和接受度。此文力避重复别人讲过的故事，做了艰难的尝试。

（董国政 解放军报高级编辑、原理论部主任）

6 生命，为祖国澎湃

——追记海归战略科学家黄大年

新华社记者

题记：“人的生命相对历史的长河不过是短暂的一现，随波逐流只能是枉自一生，若能做一朵小小的浪花奔腾，呼啸加入献身者的滚滚洪流中推动历史向前发展，我觉得这才是一生中最值得骄傲和自豪的事情。”

——摘自 1988 年，黄大年的入党志愿书

2017 年 1 月 8 日，科学的星空中，一颗璀璨的明星悄然陨落。

7 年前的那个冬日，他顶着纷飞的雪花，从英国归来，大步流星走进这里的时候，震动海外。有外国媒体报道说：“他的回国，让某国当年的航母演习整个舰队后退 100 海里。”

他就是国际知名战略科学家黄大年。

“科研疯子”——“中国要由大国变成强国，需要有一批‘科研疯子’，这其中能有我，余愿足矣！”

2016 年 2 月 14 日情人节，黄大年在微信朋友圈写道：

“……真正从事科学的人，往往看重与事业发展攸关的情谊群体，面对‘知音’常有相见恨晚的遗憾，发展的是与众不同的情……”

科技部有关负责人对此印象深刻：“当时我们有一项地球勘探项目，

缺一个领军人物。我去长春找了他，第二次见才敢开口求他。因为这个上亿元的项目他分不到一分钱……”

“没问题。”如此痛快的回答让对方愣住了……

大家并不知道，黄大年看中的是这个项目瞄准的尖端技术——就像在飞机、舰船、卫星等移动平台上安装“千里眼”，看穿地下每一个角落。早在上世纪 90 年代，美英等国已使用这项技术进行军事防御和资源勘探。

大家更不知道，几年前，黄大年的父母相继离世时，他在国外忍痛未归，攻关的正是这个技术。

一天都没有等。他提出“从移动平台、探测设备两条路线加速推进”；他向吉林大学打报告，创设移动平台探测技术中心，启动“重载荷智能化物探专用无人直升机研制”课题。

没有机库，他在地质宫门前寻了块儿空地，拉着团队挥汗如雨忙活个把月。

机库建成第二天，出事了。

“这是违章建筑，必须得拆！”有人开着卡车来就要动手。

原来，他们不清楚审批程序，只给学校打了报告，没有履行相关手续。

“不能拆！我们打过报告的。”黄大年急了，一边喊一边往卡车前一躺。阳光正强，他眯着眼睛，就这样躺着。他的几个学生马上也在他身边躺下……

事情传开了，有人说黄大年就是个“疯子”。他不在意：“中国要由大国变成强国，需要有一批‘科研疯子’，这其中能有我，余愿足矣！”

不疯不成魔。

就在这种“疯魔”中，我国在这一项目的数据获取能力和精度与国际的研发速度至少缩短了 10 年，而在算法上，则达到了国际先进水平。

“拼命黄郎”——“我是活一天赚一天，哪天倒下，就地掩埋”

回国 7 年，黄大年三分之一的时间都在出差。

“白天开会、洽谈、辅导学生，到了晚上别人都休息了，他就坐午夜航班去出差，因此人送绰号‘拼命黄郎’。”

“拼命黄郎”的一天大多是这样度过的：

早起，冷水洗脸，一大杯黑咖啡，转头埋在小山似的资料中。

中午，大家去食堂，他盯着电脑喊一声：“两个烤苞米。”没有烤苞米，他就从书包里掏出两片皱巴巴的面包。

下午，办公室门口排起长队，校内外的科研机构和专家学者找他请教。

半夜，他不出差就加班，有时还会和一些专家电话交流。

“黄老师经常会接到一些单位的电话，就一些重大突发事件和棘手问题征询意见，时间多半是在后半夜。”

同一个团队的“千人计划”专家王献昌很担心：“你这是拿命在做科研啊！”

这位“拼命黄郎”却在微信朋友圈里这样说：“我是活一天赚一天，哪天倒下，就地掩埋……”

2016 年 11 月 29 日凌晨，北京飞成都的最晚航班刚一落地，黄大年被急救车接走。

“病人什么情况？”成都市第七人民医院急诊室内，医生一边推着担架床，一边问同行的人员。

“胃很疼，在飞机上就昏过去了。”

“他吃什么了？”

“今天没顾上吃饭，登机前就喝了一瓶冰可乐。”

“可乐？”医生皱皱眉头，伸手想抽出病人怀里抱着的笔记本电脑为他做初步检查，却被对方抱得死死的。黄大年醒来第一件事就赶紧摸了摸怀中的电脑，然后长舒了一口气，对旁边同行的人员说：“我要是不行了，请把我的电脑交给国家，里面的研究资料很重要。”

天刚擦亮，黄大年一边往嘴里塞了一把速效救心丸，一边头也不回地走出了医院：“还有个会，挺重要的，我得去。”

回到长春，黄大年被强制做了体检。等结果的那两天，他又去北京出了趟差。

检查结果出来了：胆管癌。

肿瘤已蔓延到胃部和肝部……

爱国情怀——“海漂”18年，难忘初心：“振兴中华，乃我辈之责！”

2004年3月，父亲突然病重，进入弥留之际。黄大年正在1000多米的大洋深处进行“重力梯度仪”军用转民用领域的技术攻关。如果不是英国导师极力推荐，美方不会让一个中国科学家参与其中。黄大年把眼泪咽到肚子里，坚持做完试验。再次回到陆地时，父亲已入土为安。

两年后，同样的试验从潜艇搬上飞机，母亲临终前嘱咐爱子：“……早点回国，给国家做点事情……”

作为英国剑桥ARKeX地球物理公司的研发部主任，黄大年带领一支包括外国院士在内的300人“高配”团队，实现了在海洋和陆地复杂环境下通过快速移动方式实施对地穿透式精确探测的技术突破。妻子开了两家诊所，女儿在英国上大学。

2008年，中国开始实施“海外高层次人才引进计划”（简称“千人计划”）。没想到，他用最短时间辞职、卖掉房子和诊所、办好回国手续。

国土资源部科技与国际合作司副司长高平说：“是‘千人计划’成就了他，让他义无反顾、全身心地实现理想抱负，抒发他的爱国热情。”

整理黄大年遗物，黄大年的秘书王郁涵在他卧室床头柜的三个抽屉里发现了满满的治肝病的药，泪水再次夺眶而出——

不知有多少个深夜，黄老师靠着这些药物熬到天明。

赤子之心——以出世的态度做学问、搞研究，以入世的态度爱国家、爱科学

回国这几年，黄大年在科研领域搅起一片涟漪。用高平的话说：“大年对待科学是很‘任性’的，他不唯上不唯权不唯关系，不允许‘你好我好大家好’，如同一股清流。”

“深部探测技术与实验研究”是中国有史以来最大规模的深探项目，黄大年回国不久便出任该项目第九分项的首席专家。

第九项目斥资逾3亿元。自认为和他关系不错的专家找来，想替某研究机构“拉点儿经费”，他一句“我没有对手、也没有朋友，只有国家利益”，直接把对方“噎个半死”。后来对方发现“居然连吉林大学也没有多拿一分钱”。

更让一些人难以接受的是，他还从国外引入一套在线管理系统，把技术任务分解到每月、每周甚至每天。每晚11点他必登录检查，谁偷懒、谁落后，软件一开，一清二楚。

有人领教过他的“火爆”：

那是2010年春天的一个早上。

“怎么回事？小王，你催过了吗？”听得出黄大年有些烦躁。

“都催过了啊，黄老师！”王郁涵偷偷瞄了眼墙上的表，9点50分了，离开会还有十分钟，材料没交齐，人也没到齐！

“人浮于事！”大手一挥，黄大年突然把手机砸向地面，手机屏幕立刻摔了个粉碎：“我们拿了这么多纳税人的钱，怎么如此草草了事呢？！”

事后，他带着歉意说：“我很急躁。我无法忍受有人对研究进度随意拖拉。我担心这样搞下去，中国会赶不上！”

黄大年并非“不食人间烟火”，并非“吹毛求疵”。

在学生们心中，黄大年从来不是一个“高高在上的学术权威”，而是一个“严师慈父的长辈”、一个“推心置腹的朋友”。

当年的学生马国庆和李丽丽家在农村，黄大年看好他们的专业潜质，创造各种机会送他们学习英语、参加国际交流。两人谈了恋爱，他帮他们争取留校。毕业结婚，又帮他们张罗租房。

有人嫌他管得太细、婆婆妈妈。他说：“我们的国家太需要人才，现在多用点心，他们中就有可能出大师、出诺贝尔奖。”

学校领导几次催他抓紧申报院士，他却说“先把事情做好，名头不重要”。地球探测科学与技术学院党委书记黄忠民说，参加学术会议或讲座，他能一口气准备十几页的材料，但要让他填报个评奖材料，半页纸都写不满。

最后清醒的日子，他还倚在床上、打着点滴，为学生们答疑；他嘱咐于平“把咱们自己的经费再压缩一些”，确保其他机构积极参与；他记挂团队里的姚永明参评副教授，硬是用颤抖的手，写下一段歪歪扭扭的推荐语。

尾声：不说再见

2017 年 1 月 1 日，新年元旦，手术后第 18 天。

病房里，黄大年手臂上插满了管子。在青年教师焦健的帮助下，黄大年认真收听着习近平主席的新年贺词：2016 年，“中国天眼”落成启用，“悟空”号已在轨运行一年，“墨子号”飞向太空，神舟十一号和天宫二号遨游星汉……

讲话中，习近平主席提到科技攻关，黄大年显得有些激动，他猛地深吸一口气，用沙哑的声音对焦健说：“国家对科技创新这么重视……有了国家的决心……我们的技术马上就要到了派上用场的时候……你们都要准备好，加油干啦……”

说完，一阵剧烈的咳嗽。

焦健忍着泪，直到出了病房的门他才哭出来。他看见了黄老师眼角含着泪光。

1 月 4 日傍晚，坏消息接踵而至。黄大年内脏出现大出血，转氨酶升高、肝功能有衰竭倾向……

此时，万里之遥的英国，黄大年的外孙降临到这个世上。

春伦，是黄大年为他的外孙起的中文名字：长春的春，伦敦的伦。黄大年曾说过，这是他最难忘、最喜欢的两个城市……

“哥，哥，你快醒醒，潇潇生了，是个男孩……”妹妹黄玲拿着手机冲进重症监护室里，把照片举到黄大年眼前。

照片里，小宝宝黄皮肤、黑头发、圆脸蛋，眉眼之间，像极了黄大年的神韵。

此时，黄大年已失去了意识……

1 月 8 日 13 时 38 分。正午的阳光照进重症监护室的窗棂，黄大年永远地休息了。

不说再见，黄大年没有走，学生们耳边响起他熟悉的声音：

“要树立远大理想和家国情怀，做出得去、回得来的科学家。”

不说再见，黄大年没有走，这片他热爱的故土的每一个角落都有他熟悉的身影。

他的生前助手于平、秘书王郁涵，常常静坐在黄大年的办公室里，仿佛在等待着出差回来的老师。

总有办公室电话和手机铃声打扰这宁静。在每一次来电点亮屏幕的时候，她们一次次地接起电话，告诉对方黄老师离去的消息……

新华社长春 2017 年 5 月 17 日电

（记者吴晶、陈聪、周立权、张建，参与采写：王海鹰）

采访札记

2017 年 1 月 8 日，正午的阳光照进重症监护室窗棂，一双拖鞋安放在床下，黄大年走了。他留给我们的是一个个难题与谜团：为什么要放弃英国的高薪洋房，回到祖国重新开始？为什么不求院士头衔、行政职务，一心只埋头研究？为什么非得忙到回不了家，甚至连命都可以不要？

黄大年的事迹在内参上发表后，随即引起社领导的高度重视，要求国内部进一步组织好调研。

春节期间，我们穿着厚重的羽绒服，走进被严寒包裹着的长春，凝望着始建于上世纪50年代的吉林大学地质宫，看到那斑驳的墙壁、老旧的楼梯，我们立刻就理解了当初很多人对他的不解：“黄大年，你疯了！人到中年，功成名就，你还要折腾什么？”

我们试着去了解一个故去的人。然而，了解一位逝者又何其艰难？我们越来越深刻地明白，这是一次对新时代奋斗者、强国梦的定格，也是对新一代新华社记者“四力”的检验。

我们与吉林分社记者一道，经历数月，进行了三个阶段的采访，形成了40万字的采访笔记：第一阶段，了解事实，全面采访黄大年生前同事和学生；第二阶段，发现价值，围绕科研攻关等进行采访；第三阶段，升华精神，按照社领导和总编室领导对初稿的意见，带着问题补充采访……

在采访过程中，我们接触的人越多，越看到黄大年不同的侧面；问的问题越细，越感受到他强烈的棱角；越是有新的发现，越停不下追寻的脚步……每天长达12个小时的奔波采访，但我们沉浸其中，不觉其苦。

我们常常食不知味、夜不能寐。白天，我们就像“中了魔”，走进一个受访者的办公室，就开始一刻不停地敲击键盘；晚上，又像“失了魂”，即使身处街头，也仿佛能感受到黄大年在无尽忙碌中的孤独与充实。

那么几次，我们居然不约而同地梦到了黄大年。“他有跟你说什么话吗？”“没有，只是在和他的团队说着工作上的事。”

当我们和赵承主任交流这种感受时，他说，“如果我们开始去体味他的心境，去思考他的人生法则，稿子就成功了一半。”此后，赵主任和我们一起，梳理了每一个故事细节，研读了几乎所有的采访要点，反复修改、认真打磨，将文字表达和主题凝练提升到了新高度。

“堪称精品佳作。”后来，何平总编辑在稿签上写下这样几个字。稿件播发后，海内外有436家媒体采用。融媒体产品在腾讯视频、新华社客户端获得500多万次的点击。

“生命，为祖国澎湃。”回忆采写过程，我们不禁再次想起黄大年在入党志愿书中写下的誓言——“人的生命相对历史的长河不过是短暂的一现，随波逐流只能是枉自一生，若能做一朵小小的浪花奔腾，呼啸加入献身者的滚滚洪流中推动历史向前发展，我觉得这才是一生中最值得骄傲和自豪的事情。”

（吴晶、陈聪）

专家点评

新华社刊发的通讯《生命，为祖国澎湃——追记海归战略科学家黄大年》，追记了国际知名战略科学家黄大年短暂而精彩的人生。记者通过黄大年的亲人、共事共处过的领导、同事和朋友，以及受教过的学生，生动而真切地再现了黄大年短暂而感人的生命历程。作者在看似零碎的一个个不经意的叙事中为我们勾勒了作为科学家的黄大年更为丰满的形象。

从他的崇高的理想追求看，黄大年作为一个科学家，既体现了中国传统读书人或士人“修齐治平”的理想追求与家国情怀，也展现了当代一个真正的中国共产党人所具有的理想、公心与责任担当；记者不仅以开篇的入党志愿书、微信群里的发言、对学生的勉励等方式，直接呈现出黄大年的理想追求，而且把他的追求与情操体现于他具体的待人做事中，于细微处让我们感受到黄大年人格的魅力：

——在待人上，作者既让我们感受到他感情的真挚，让我们看到一位对祖国母亲忠诚的赤子、身养父母的孝子、慈祥的父亲与外公、慈父般的恩师，又让我们见到了他待人的原则性，即使是好朋友，也不能徇私情而滥用国家科研经费，即使是对同事学生，也会为拖拉和人浮于事而痛心疾首摔碎手机。

——在事业上，作者通过多个事例、细节，让我们看到他争分夺秒，殚精竭虑，为了祖国科研事业和人才培养，不仅牺牲了自己的饮食、睡眠、健康，甚至也可以牺牲学者的“体面”，竟然横卧在地阻拦实验室的拆迁。

——在公私之间，他可以抛弃自身优厚的物质享受，甚至天伦之乐乃至自己的生命，却不愿滥用或私用国家科研经费的一分钱好处于自己、于私交，于供职单位（吉林大学），真是做到了舍身报国、一心为公。

这些无不体现出作者深厚的新闻采访功底，既是从“脚力”得来，更是靠“脑力”深化，由于作者深入采访黄大年生前共事共处过的亲友、领导、同事和学生，认真总结提炼，抓住了黄大年的为人做事的核心，以细腻的笔法，于细微处发力，让事实说话，由这些感人的事迹和动人的心灵境界，生动灵活地再现黄大年的生命历程。

（史学军　北京大学新闻与传播学院副教授）

7 从一棵树到一片“海”

——塞罕坝生态文明建设范例启示录

新华社记者

中国首都北京向北400多公里，河北省最北端。一弯深深的绿色镶嵌于此。

她叫塞罕坝。

在中国森林分布图上，相对于全国2亿多公顷的森林面积，这112万亩的人工林似乎有些微不足道。

在中国沙化荒漠化分布图上，地处风沙前缘的这一弯绿色，却显得弥足珍贵。

她，每年为京津地区输送净水1.37亿立方米、释放氧气55万吨，是守卫京津的重要生态屏障。

三代人，55年。将昔日飞鸟不栖、黄沙遮天的荒原，变成百万亩人工林海，相当于为每3个中国人种下一棵树，创造出当之无愧的生态文明建设范例。

绿色奇迹

树，在塞罕坝是最平常的东西，也曾是塞罕坝最稀罕的东西。

从塞罕坝机械林场场部驱车向东北方向驶去，进入红松洼自然保护区。在一整片低矮的樟子松林中，远远就能望见一棵落叶松兀自挺立。

20多米高，枝杈密布，主干粗壮，两个人才能合抱起来，树龄已超过

200 岁。

不知谁悄悄用红布把树干围了起来，树枝上还系着一条条五彩绳，随风飘动。

“这是树神吗？”记者好奇。

“我们叫它功勋树。没有这棵树就没有今天的塞罕坝。”林场党委办公室主任赵云国说。

时间回溯到清朝同治年间，她还是茫茫原始森林中的一棵小树。那时的塞罕坝，物产富饶，牲兽繁育，是皇家猎苑木兰围场的一部分。

塞罕坝的命运从那时起遭遇逆转。

清朝晚期，国势渐衰，为弥补国库空虚，同治皇帝宣布开围垦荒。此后，树木被大肆砍伐，原始森林逐步退化成荒原沙地。

往北是茫茫大漠，往南是京畿重地，这道连南接北的重要生态屏障，轰然倒下了。大自然的报复如洪水猛兽一般。西伯利亚寒风长驱直入，内蒙古高原流沙大举南进。

北京被几大风沙区包围，来自不同方向的“灌沙”让首都上空常常灰黄一片。如果不堵住这个离得最近的沙源，不扼住这个风口，首都的生态环境将难以为继。

上世纪 60 年代初，正值国民经济困难时期，国家仍咬紧牙关，下定决心建一座大型国有林场，恢复植被，阻断风沙。

1961 年，时任林业部国营林场管理总局副局长刘琨临危受命，带着 6 位专家登上塞罕坝。10 月，本应秋色斑斓，坝上却已刮起遮天蔽日的白毛风。在凛冽寒风中行进到第三天，不知谁喊了一句：“你们看！”大伙儿的眼睛瞬间都亮了：渺无人烟的荒漠深处，一棵落叶松迎风屹立。

一群人扑上去抱住树，大喊：“塞罕坝能种树，能种出大树。我们要在它周围建起一片大森林、大林海！”

塞罕坝机械林场由此成立。

1962 年，369 人肩负使命，或坐车，或骑马，或徒步，豪迈上坝。他们来自全国18个省区市，平均年龄不到24岁，127人是刚走出校园的大中专毕业生。

5年过去了，绿色不断萌发，希望不断升腾。

10年过去了，60多万亩树木让濯濯童山换了人间。

凭着超常的恒心和意志，塞罕坝人仅仅用了20年，就造林96万亩，总量3.2亿多株。

一道坚实的生态屏障再次拔地而起，浑善达克沙地的南侵步伐戛然而止。三代人的青春和岁月，还清百年间历史欠下的生态账。

时间走到2012年，中共十八大召开，生态文明建设被提升至前所未有的高度，中国生态文明建设开启新的征程。

塞罕坝的绿色攻坚，也向着更强的堡垒进发。那就是最后近9万亩石质荒山。

在这里种一亩树，成本至少要1200元，而国家补贴只有500元，种得越多搭进去的就越多。更何况，当时塞罕坝的森林覆盖率已达八成，最后这一小块硬骨头，塞罕坝人义无反顾地选择了宣战。

“党中央明确提出，生态文明建设功在当代，利在千秋。”林场场长刘海莹说，“哪能只想着眼前值不值呢？”

塞罕坝人硬是啃下7.5万亩硬骨头，全部实现一次造林、一次成活、一次成林。

“剩下的1.4万亩，2018年将全面完成。”林场副场长张向忠说，那时，塞罕坝将完成全部荒山造林，实现森林覆盖率86%的饱和值，让绿色遍布塞罕坝的每一个角落。

“塞罕坝处于森林、草原和沙漠过渡地带，三种生态景观历史上互有进退，是全国造林条件最艰苦的地区之一。”中国工程院院士、森林培育专家沈国舫感叹。

但塞罕坝交出的成绩单却令人惊讶：单位面积林木蓄积量达到全国人工林平均水平的2.76倍，全国森林平均水平的1.58倍，世界森林平均水平的 1.23 倍。

绿色接力

大光顶子山，海拔 1940 米，塞罕坝制高点。沿着石子路向上攀爬，一座五层楼高的望海楼映入眼帘。

46 岁的刘军和 47 岁的齐淑艳 11 年前登上望海楼，当起防火瞭望员，就被“钉”在这里。

“望海楼”，望的是林海，观的却是火情。每天的工作就是每 15 分钟拿望远镜瞭望一次火情，做好记录，不管有无情况，都要向场部电话报告。晚上，他们再轮流值守。

简单重复的工作，坚持一天都让人心生烦躁，更何况是 11 年。

为了排解寂寞，刘军拿起画笔，每天花 15 分钟跟着电视学习。如今，望海楼里的墙上挂满了他的书画。初中还没念完的他，硬被寂寞逼成了“画家”。

“我父亲刘海云是‘老坝上’，他一辈子就干了种树这一件事。把父辈种下的树养好、护好、看管好，这是做儿子的责任。”刘军说。

见不到爸妈的儿子刘志钢也“崩溃”了。但慢慢长大后，对父母的埋怨逐渐变成了理解。刘志钢放弃了上海的工作，回到林场做森林消防员，成为“林三代”。

如今，从红外防火到雷电预警，塞罕坝已经建立了现代化立体防火监测系统。“但再好的设备也不能取代人眼的精确度，更不能取代防火瞭望员的责任心。”林场防火办副主任孙文国说。

塞罕坝仍有 9 座望海楼，其中 8 座由夫妻共同值守。

年轻一代的塞罕坝人，有的是林三代，有的是对这里一见钟情，还有的是被配偶“骗”来的。但只要在这里扎下来，他们就会扎得很深很深，心甘情愿为这片绿色付出一切。

绿色贡献

北京环境交易所，塞罕坝林场18.3万吨造林碳汇正在挂牌出售。全部475吨碳汇实现交易，可获益1亿元以上。

森林每生长出1立方米的林木蓄积量，平均可吸收1.83吨二氧化碳，释放1.62吨氧气，这是大自然回馈给塞罕坝的巨大财富。

“荒原变成森林，森林换来绿水青山，绿水青山在无声无息中变成金山银山，塞罕坝形成了良性循环发展链条。”林场副场长陈智卿说。

但仅仅5年前，时任千层板分场场长的陈智卿还在为职工每个月的工资发愁。那是塞罕坝发展进程中无法回避的一段阵痛期。木材占林场全部收入的90%以上，销售渠道单一，主要供应给煤矿用于巷道支护。随着各地小煤矿接连关闭退出，木材价格跌入谷底。

痛定思痛，塞罕坝从生态文明建设大棋局中找准落子时机。造林施工员曾立民告诉记者：“当年人工造林时每亩按照333棵的高密度栽植落叶松，我们通过近自然管护，不断去除次树、选留好树，最终每亩保留15棵左右，再利用树下空间种上幼苗，高大的树冠能为树苗挡风抗寒，对病虫害的抵抗力也更强。”

2012年，塞罕坝自我加压，将每年木材砍伐量从15万立方米调减至9.4万立方米，这一数量不及年蓄积增长量的四分之一。

红线之下，塞罕坝建立了极严格的林业生产责任追究制，一旦发现超蓄积、越界采伐林木行为，实行一票否决制，坚决追究责任。

少砍树不但没有砸了塞罕坝人的饭碗，反而倒逼塞罕坝人开辟出一片新天地。

把最擅长的育苗投入产业经营，塞罕坝人如鱼得水。几年时间，8万余亩绿化苗木基地一片嫩绿，1800余万株树苗可供商业销售，每年给林场带来近千万元收入。

一番转变之后，木材收入占林场总收入的比重下降到50%以下，以前只有一条腿的“板凳”有了越来越多的支撑点。塞罕坝人最终受益。目前，林场职工人均年工资收入 9 万多元，还有 4 万多元的绩效奖金。

这样的工资水平，不仅明显高于当地城镇职工平均水平，也高于全国林场平均水平。

眼下正是塞罕坝的旅游旺季，天南海北的游客纷至沓来。去年，塞罕坝国家森林公园接待旅游者 50 万人次，门票收入达到 4400 万元。

按照规划，塞罕坝完全可以承受 100 万人次接待量，再轻松增加收入 4000 多万元。这可是几乎不用任何投入就可以落袋的真金白银。但塞罕坝人做出决定：严格控制入园人数、控制入园时间、控制开发区域、控制占林面积。

“塞罕坝再未批过旅游项目用地，再未增加过酒店床位，对超过限额的游客，我们只好拒之门外。”林场旅行社经理闵学武说。

目前，林场正联合地方政府展开生态旅游环境提升行动，为住宿和餐饮场所安装小型污水处理器，并建设一座垃圾处理场。

守住绿水青山，塞罕坝创造了价值难以估量的金山银山——

曾经的皇家狩猎场，成为今天的动植物物种基因库。塞罕坝有陆生野生脊椎动物 261 种，昆虫 660 种，植物 625 种，大型真菌 179 种。

在华北地区降水量普遍减少的情况下，当地年降水量反而增加 60 多毫米，为辽河、滦河涵养水源、净化水质 1.37 亿立方米。

周边区域小气候有效改善，无霜期由 52 天增加至 64 天，年均大风天数由 83 天减少到 53 天。

以现有的林木蓄积量，塞罕坝每年释放的氧气可供近 200 万人呼吸一年。

中国林科院评估显示，塞罕坝的森林生态系统每年提供超过 120 亿元的生态服务价值。

沈国舫评价说：“从造林、护林到用林，塞罕坝将绿色理念贯穿始终，成为建设美丽中国的一支重要力量。”

大自然没有辜负人的努力和付出——上世纪50年代，北京年均沙尘天数为56.2天，如今已下降到10.1天。2016年，北京沙尘天仅有5天。

巨变背后，塞罕坝的绿色贡献功不可没。

更大的绿色奇迹，还在路上——到2030年，塞罕坝森林面积达到120万亩，生态功能将显著提升，生产生活条件明显改善，绿色产业健康发展，建成人与自然和谐相处，经济、社会、环境协调发展的现代林场。

新华社石家庄2017年8月3日电

（记者陈二厚、张洪河、赵超、曹国厂、于佳欣、侯雪静）

采访札记

“加强调查研究，不断增强脚力、眼力、脑力、笔力”——这是习近平总书记在2018年8月的宣传思想工作会议上，对宣传思想工作提出的要求之一。这“四力”既是我们践行“走转改”的方法，也是锤炼记者业务能力的关键。

2017年8月，我有幸与同事合作采写了稿件《从一棵树到一片“海”——塞罕坝生态文明建设范例启示录》。报道团队一共六人，在半个月时间内，我们共三次上坝采访，社领导和部领导期间对稿件进行了多次指导修改，发出后采用超过240家。回想起来，这次报道对我们来说是一次很好的“四力”教育课，也让我们对如何让重大主题报道“立”起来有了更深刻的认识。

脚力是四力的前提，只有先迈开步子，深入基层，才可能对报道对象有更深刻的理解和把握。“扎根”是塞罕坝三代人接力的选择，也是我们挖掘细节的关键——自始至终，我们坚持用“扎根”的塞罕坝精神报道塞罕坝。

为了加深了解、挖掘细节，我和同事前后三次上坝，每一次采访都丰富和刷新着我们的认识。当时，面对上百家媒体集中采访，塞罕坝人的回答几乎有了套路，如何克服这一问题，成了对我们的考验。

又一次奔赴望海楼，采访完后，我们拉着防火瞭望员齐淑艳追问：“儿子的成长中，你们的缺席，他有没有不理解？”

这一刻，这位平日里憨厚朴实的女人眼圈一下子红了，哽咽着给我们回忆了让她伤心的故事：儿子因长期见不到她，将她梳头时掉下的头发偷偷捡回来，用作缓解思念之苦的寄托。在随后的聊天和追问中，我们得知，头发是用一团卫生纸包的，经常是卫生纸都搓烂了，儿子还把头发还存得好好的。

像这样的采访细节大都是我们在不断追问和挖掘中获得的。拓展脚力，对事物有更多感性认识是第一步，从感性上升到理性，从纷繁复杂的素材中找到价值所在，则需要通过独到的眼力和脑力来深化对主题的把握。

50多年的风雨兼程、斐然成绩，塞罕坝作为美丽中国建设进程中生态文明建设的范例，是习总书记关心所在。但是，“生态文明建设范例”的精神和内涵是什么？是忠于使命、艰苦奋斗，在全国造林最艰苦之一的地区实现了荒原变绿洲的奇迹；是绿色发展理念贯穿始终，不但种好树，而且用科学的方法管好树，用可持续发展的眼光用好树……

塞罕坝正是一个“生态兴则文明兴，生态衰则文明衰”的典型案例，透过它百年历史的更替，我们深刻感受到在实现中华民族伟大复兴中国梦的进程中，人民群众对于蓝天绿水青山的热切渴望和不断增强的底气与信心。它给我们带来感动的同时，也带来自信：只要努力实践，生态环境一定能够实现根本性改善！

塞罕坝人忠于使命的背后是对绿色发展理念的生态自觉。我们这次的使命和担当就是报道好这一典型，弘扬好塞罕坝精神，凝聚起更广泛的推进生态文明建设的共识和力量。

常说一篇好的稿件要“七分采、三分写”，但对主题和重大典型报道而言，写的环节怎么强调都不为过。引人入胜的细节，优美生动的文字，定为稿件增色添彩。

以齐淑艳和儿子的对话为例，开始我们是用齐淑艳讲述的口吻平铺直叙来说的，后来，按照领导要求，我们改为了对话体——

“谁的头发？”齐淑艳警觉地问。

儿子支吾了一会儿：“你的。”

“你藏我的头发干什么？”

“想你了，就拿出来看一眼。”

齐淑艳一时语塞，只觉胸口堵得慌。她冲进房间，关上门，放声大哭。

这种可视化的表达方式，虽然寥寥数字，却让母子间难以言说的情感顷刻跃然纸上。而这一细节也被众多读者所称赞，还有人转发时专门截取了这一对话，看哭了几遍……

这次主题宣传报道的创新除了表达之外，也在报道形式上做了尝试。比如在新媒体报道方面，全媒报道平台的同事推出了《国家相册：生命的颜色》，用珍贵的历史老照片，配合对典型人物的采访，让有着厚重历史感的塞罕坝从历史中走了出来，为其增添了多样的生命色彩。

（于佳欣）

专家点评

塞罕坝的建设与发展，当之无愧是生态文明建设的范例。当然，她的故事，不仅是绿洲变荒漠的奇迹，实际上更是几代人坚守与奉献的故事。新华社刊发的《从一棵树到一片“海”——塞罕坝生态文明建设范例启示录》将历史与新时代特征有机结合，点面结合，呈现了赛罕坝林海建设的历史成就和攻坚阶段面临的挑战，成功展现了林海建设者们的坚守与奉献精神。

一个个故事能否打动人心与践行“脚力”“眼力”紧密相关。这篇文章人物刻画生动丰满，深切感人。作者深入一线，采访相关当事人，挖掘辉煌成就背后的艰难故事，倾听建设者的心路历程，在恶劣的自然环境背景下，以细腻的笔触，记录了三代塞罕坝人55年守住寂寞、奉献一生的感人事迹。比如，作者对瞭望员刘军继承父辈的工作，驻守望海楼，日夜与孤独和寂寞为伍，甚至开始与社会脱节的事迹介绍，对“先坝上、再坝下，先顾树，后顾家”的林海人精神的凝练概括等，都使得报道生动丰满。

文章的冲击力和表现力则离不开在“脑力”“笔力”上下功夫。由于塞罕坝生态对于拱卫京津环境的重要性，60 年代初国家就已经着手建设塞罕坝林场，并取得了令人瞩目的成就；中共十八大以来，环境问题的突出重要性已经被以习近平同志为核心的党中央充分认识，生态文明建设被提升至前所未有的高度，在这样一种新发展理念下，塞罕坝林海建设进入了最后的攻坚阶段。作者点面结合恰当，既有典型人物的细腻描摹，又有历史的视野和时代的认识高度，有效地让读者认识到赛罕坝林海建设的必要性，并理解党和政府为什么高度重视林海建设，乃至将生态建设要提升到这样一个历史的新高度，给读者以感动、熏陶和启发。

（史学军　北京大学新闻与传播学院副教授）

8 向着新航程扬帆奋进！

——从小岗精神看中国改革开放40年

新华社记者

一个村庄的位置可以有多高？

安徽，小岗村，以不到100米的海拔标记了中国改革开放的精神高地；

一枚手印的力量可以有多大？

立下生死契，按下18枚红手印，释放出中国改革开放的初始动力。

40年前，发端于小岗村的“大包干”成为改革开放一声春雷，冲破思想桎梏，唤醒沉睡的大地……正是从那一年起，中国共产党领导亿万人民开启了改革开放这场决定中国前途命运的伟大变革，中国特色社会主义由此开启了伟大的实践征程。

历史是不断延续的进程。在中国迈入新时代的今天，让我们重温小岗精神，从波澜壮阔的伟大变革中汲取力量，以一往无前的奋斗姿态创造新时代改革开放的荣光。

“改革开放的一声春雷”

——小岗“大包干”成为改革开放的实践起点，在中国共产党领导下，亿万人民踏上了中国特色社会主义道路的新征程

“我们世世代代在这田野上生活，为她富裕，为她兴旺……”

——摘自歌曲《在希望的田野上》

冬日的皖东北，阳光普照。“凤阳县小岗村”的门楼矗立在村西头，门楼下笔直宽敞的马路直通村里，两边是一栋栋徽派建筑风格的小楼，农家乐、农村电商等招牌随处可见。

离村民文化广场不远，有一栋三层小楼，墙壁颜色深浅不一，这是“大包干”带头人之一严宏昌的家。这里 40 年前是一间茅草屋，上世纪 80 年代盖起了平房，此后几乎每十年，房子就加盖一层。

“是党的解放思想、实事求是，给了我第二次生命。”当年亲手起草生死契的严宏昌坐在宽敞的客厅里回忆。

1978 年冬夜，小岗人托孤求生、立誓为盟，在一张破损褶皱的薄纸片上，按上 18 枚鲜红手印。

“我们分田到户，每户户主签字盖章，如以后能干，每户保证完成每户的全年上交和公粮，不再向国家伸手要钱要粮。如不成，我们干部坐牢杀头也甘心，大家社员也保证把我们的小孩养活到 18 岁。”

如今，这张 10 多厘米见方的纸片，作为改革开放的珍贵物证，静静陈列在国家博物馆。

“小岗村当年的创举是我国改革开放的一声春雷”——2016 年 4 月 25 日，习近平总书记来到小岗村“当年农家”院落的大包干签字室时这样称赞。他察看当年的茅草屋，了解当年农户们商量搞大包干在这里签字的场景，叮嘱要好好记住这段历史。

今昔对比，习近平总书记在小岗考察中深有感触地说：小岗梦也是广大农民的梦。今天在这里重温改革，就是要坚持党的基本路线一百年不动摇，改革开放不停步，续写新的篇章。

18 枚红手印，见证了一段艰辛的岁月。

“泥巴房、泥巴床，泥巴锅里没有粮，一日三餐喝稀汤，正月出门去逃荒。”“大包干”之前小岗人讨饭所唱的凤阳花鼓词，真实反映了那时的生活状况。

小岗的贫困，正是当时中国的缩影。

什么是社会主义？怎样建设社会主义？……这一重大课题，考验着当代中国共产党人。

关键抉择，往往随着时间推移，其重大的意义愈发凸显。

按下红手印的18户农民当时不会意识到，他们的抉择其实触碰到一个重大而基本的问题——“包干到户”调整了生产关系，改变了原有的分配方式，极大释放了蕴藏在每个人身上的生产力。

如同释放了魔力，次年，小岗迎来大丰收，整个生产队粮食总产13.3万斤，是前十余年产量的总和，一举结束20余年吃国家救济粮的历史，并首次归还国家贷款800元。

穷思变，变则通，这是改革蕴藏的既深奥又简单的道理。

小岗是缩影，1978年的中国也在探索前进的方向。

这一年，中国派出了多个代表团到国外访问考察。在西欧，他们看到时速达100公里的高速公路，感到了“前所未有的震撼”。

这年10月，邓小平在日本访问时乘坐时速210公里的新干线。他说了一番让人铭记至今的话语：就感觉到快，有催人跑的意思，我们现在正合适坐这样的车。

……

要快，要大踏步赶上时代的步伐；

要变，要寻找到适合发展的道路。

从当年3月召开全国科学大会迎来“科学的春天”，到5月掀起关于真理标准问题大讨论，全国上下展开一场“解放思想、实事求是”的思想解放运动……1978年中国发生的这一切，校正着历史的航向。

“一个党，一个国家，一个民族，如果一切从本本出发，思想僵化，迷信盛行，那它就不能前进，它的生机就停止了，就要亡党亡国。”

“如果现在再不实行改革，我们的现代化事业和社会主义事业就会被葬送。”

历史的走向，总是隽永深长——

在小岗农民按红手印的那个冬天，1978 年 12 月 18 日党的十一届三中全会在北京召开，这次会议作出了把党和国家工作中心转移到经济建设上来、实行改革开放的历史性决策，中国特色社会主义大道从此开启。

历史转折的来临，背后已承受蓄势已久的推力。

在小岗人按下红手印前后，四川、甘肃、河南等多地农民也在想方设法摆脱体制痼疾，探索农业生产责任制。在安徽，凤阳县马湖公社实行“包产到组”，来安县、天长县一些公社建立“联产计酬”等责任制，肥西县山南公社小井庄干脆把地分到各户“先干一年再说”……

人民是改革的实践者和创造者，共产党则是改革的主心骨和领路人。

小岗改革的火种得以幸存，得益于当时安徽省委的支持，特别是党中央的肯定！

“‘凤阳花鼓’中唱的那个凤阳县，绝大多数生产队搞了大包干，也是一年翻身，改变面貌。有的同志担心，这样搞会不会影响集体经济。我看这种担心是不必要的。”小岗村民文化广场上，一本摊开的《邓小平文选》雕塑镌刻着这一讲话。

正是这一首肯，让始于小岗的大包干之火，迅速以燎原之势燃遍全国。

全国各地的人们蜂拥到凤阳学习“大包干”：没有地方睡，只能在教室打地铺；接待不过来，只能在县大礼堂重复播放录像带。到 1984 年底，全国 569 万个生产队中 99% 以上都实行了家庭联产承包责任制，人均粮食拥有量达到 800 斤，基本解决温饱问题。

冰河解封，大地开化。

中国改革从农村起步，向城市延伸。农民工进城、个体户、企业承包经营等新事物如雨后春笋不断涌现，对外开放、特区设立等重大举措不断推出……改革开放凝聚起最广大的共识，激发出亿万人的活力，神州大地万物复苏、生机勃发。

“我们的未来在希望的田野上，人们在明媚的阳光下生活，生活在人们的劳动中变样……”受小岗等农村改革的故事感染，词作家陈晓光和作曲家施光南在1981年创作的歌曲《在希望的田野上》，迅速传遍大江南北，唱出了改革开放的朝气，也道出亿万人民的心声。

“党始终同人民想在一起、干在一起”，改革就有了战无不胜的力量，就能不断从胜利走向新的胜利。

穿越时空，一脉相承。

2004年，被选派到小岗任村党委第一书记的“省城干部”沈浩带领小岗推进改革发展致富，让小岗的面貌又变了个样，人气大振。当他两次任职将满时，小岗村民两次按下红手印“请愿”沈浩连任。

任职6年，沈浩为小岗发展鞠躬尽瘁——2009年11月6日，年仅45岁的他因积劳成疾而心脏病突发逝世于小岗村。

噙满泪水的小岗人又一次按下红手印，请求将沈书记永远“留”在小岗。

如今，在小岗村东北一隅的陵园内，沈浩安息在苍松翠柏之间，和他深爱的土地、牵挂的小岗融合在一起。

从按红手印首创“大包干”，到三次按红手印留住“沈书记”——这四次红手印，感天动地、气壮山河，是党心民心团结一心、持续开创改革新局的最好见证。

“小岗村每个改革发展的关键阶段，都离不开党的指引！”当年“大包干”带头人之一、老村委会主任关友江深情地说。

回望40年历史风云，一个政党、一个国家、一个民族的梦想和改革的力量始终汇聚在一起。

肇始于小岗，沿着改革开放这条必由之路，中国共产党人率领亿万人民探索出一条马克思主义普遍原理与中国实际相结合的中国特色社会主义道路，让中国人民的面貌、社会主义中国的面貌、中国共产党的面貌焕然一新。

“走自己的路，建设有中国特色的社会主义”——这是改革的方向、历史的宣示，也是人民的选择。

“新的伟大革命”

——改革开放恰如撬动历史的支点，以雷霆万钧之势席卷神州大地，中国特色社会主义道路越走越宽广

“天地间荡起滚滚春潮，征途上扬起浩浩风帆……”

——摘自歌曲《春天的故事》

2018 年，一条停靠“凤阳小岗”附近的高铁进入勘察准备阶段。这个闻名遐迩的小村庄，将有更让人向往的远方。

路的变迁，让人百感交集。

“大包干”之前，这里羊肠小道蜿蜒逼仄、泥泞不堪。

1982 年，小岗村民们“分段承包”，每户人家各修一段路，村里有了第一条像样的土路。

1994 年，土路改建成沙石路。

1997 年，第一条水泥公路友谊大道诞生。

2008 年，村内标志性的改革大道正式通车。

小岗之路，就是中国改革之路。

“小岗村发生的翻天覆地的变化，是我国改革开放的一个缩影，看了让人感慨万千。实践证明，唯改革才有出路，改革要常讲常新。”习近平总书记在小岗村考察时这样感慨。

40年来，路似守望者，目睹着亿万中国人沿着改革开放的大道阔步前行，从站起来，到富起来，奔向强起来。

冲破僵化思想桎梏，改革开放释放出空前发展动力——

1983 年，“大包干”后第五年，严宏昌一家七口年收粮达到 2 万多斤，吃饱肚子不再是问题。严宏昌特意去了趟浙江农村，发现那里一些义乌人已开始摇着拨浪鼓，用“鸡毛换糖”等方式发展起经济、办起企业。

“他们有拨浪鼓，我们有凤阳花鼓！”严宏昌带回了塑料切割机，投资 5 万元办起了小岗村第一家塑料加工厂。

几乎同时，距离小岗 250 余公里的江边小城——安徽芜湖，年广久经营的“傻子瓜子”已很红火，但也陷入了争议中。

这件事惊动了邓小平，他三次点名相挺，“让‘傻子瓜子’经营一段，怕什么……”

1979 年，首钢成为国企改革的第一个采用利润递增包干制的重大试点；1980 年，卖纽扣的 19 岁温州姑娘章华妹领到第一张“个体工商户营业执照”……被思想禁锢和计划经济压抑已久的活力和创造力一旦释放，无数个“年广久”就汇成中国经济蓬勃发展的洪流。

对内改革，对外开放。思想一旦解放，封闭国门随之打开。

就在小岗村按下“大包干”红手印的第二年，党中央决定在深圳、珠海、汕头、厦门创办经济特区，“杀出一条血路来”。当年喊出“效率就是生命”“三天建一层楼”的深圳速度，让人真实感觉到中国要大踏步实现富强的急切！

如今的深圳，已从当年一个边陲渔村发展成为国际上知名的创新大都市，GDP 规模已与香港相当。与当年很多人通过深圳大规模“逃港”形成反差的是，现在已有越来越多香港人来深圳“圆梦”。

2018 年初，国务院批复同意撤销存在 30 多年的深圳特区管理线，深圳特区一体化发展迎来新的起点。“改革已更多从有形转为无形，特区已从个别转为普遍，标志着改革开放进入了新境界。”有观察人士如此评点。

历史，以这种令人感慨万千的方式，奔涌向前。

从小岗到芜湖，从义乌到深圳……40 年来，改革开放大潮滚滚向前，一个个村庄、一家家企业、一座座城市变化了模样。

“我们党靠什么来振奋民心、统一思想、凝聚力量？靠什么来激发全体人民的创造精神和创造活力？靠什么来实现我国经济社会快速发展、在与资本主义竞争中赢得比较优势？靠的就是改革开放。”2013 年 11 月，习近平总书记在十八届三中全会上作关于《中共中央关于全面深化改革若干重大问题的决定》的说明时如此表示。

今天的小岗，已从当初一百多人的生产队发展成为全国十大名村，在十年前区划调整后，小岗行政村已现辖 23 个村民组，有 4173 名村民；可耕种面积从当年的 500 余亩扩展到 1.45 万亩，村民人均可支配收入也从当年 22 元增长到 2017 年的 18106 元。

今天的中国，经济总量从 1978 年的“世界第十”跃升为“世界第二”，从“濒临崩溃”变为“世界引擎”，GDP 已突破 80 万亿元。外汇储备当时不足 2 亿美元，如今已达 3 万多亿美元，连续十多年位居世界第一；从当年电视、汽车等消费品少得可怜到如今网购消费成全球之首，高铁、共享单车国际驰名……一个 13 亿多人口的东方大国，谱写出一曲气魄宏大的壮丽史诗。

全方位深层次多领域展开，改革开放让中国特色社会主义充满活力——

凤画，凤阳的一张名片。画中凤凰“九尾十八翅”，聚集百鸟之长，少一尾、一翅都不行。

“改革开放是经济、政治、文化、社会、生态等各领域的全面进步。”在凤阳县委书记徐广友看来，只有“九尾十八翅”同频共振，社会主义这只金凤凰才能振翅高飞。

随着中国“软实力”的崛起，小岗人也开始挖掘自己的文化潜力。

小岗人已干起了红色旅游，把村里仅存的一套相对完整，附带井台、猪圈的茅草屋，改建成“当年农家”旅游点。总投资 300 万元、占地面积 30 亩的小岗村大包干纪念馆已于 2005 年落成。

沈浩纪念馆、村民文化广场、百亩葡萄示范园等“红色符号”和生态景区相结合的旅游线路，让这个小村庄跻身国家 4A 级景区，每年吸引几十万游客来探访“改革第一村”的新貌，汲取改革的精神。

从当年为了吃饱饭而奋斗，到今天期盼有更清新的空气、更美的山水，人们对美好生活的追求不断提升，改革发展理念也在深刻变化。

距离小岗近 40 公里有一座凤凰山，明朝年间中都城就建于此山之阳，故名“凤阳”。由于当地长期开山取石造成山体千疮百孔，成了连鸟儿都无处落脚的荒地。

“生态还凤阳，凤凰重振翅。”近年来，凤阳县下决心停止采石行为，推进生态修复工程，把凤凰山打造成风景观光、休闲娱乐的生态园。

以改善民生为重点的社会建设，是改革的重要一“翅”。

“80后”杨越岭，是小岗村当时为数不多的大学生。2009年，当他毅然决然辞掉城里工作，和妻子一起回到家乡创业时，友谊大道旁建的幼儿园已是欢声笑语，小学里书声琅琅；2013年，九年一贯制学校在小岗建起来。如今，小岗每年都有十几个孩子考上大学，前几年还出了博士。

“不谋全局者，不足谋一域。”

如同小岗不断拓展的改革足印，从农村到城市，从沿海到内陆，从经济基础到上层建筑……40年来，改革开放大潮波澜壮阔，各领域改革全方位推进，释放出无穷的活力。

中国像一个磁场充满吸引力，类似哈佛8位博士齐归合肥科学岛创业的事例并非个案，这种“凤还巢”的故事几乎每天都在上演……

“改革开放以来，在我的眼里是几百年来中国历史最好的一段……”1984年下海办企业的柳传志，在《写给一百年后人们的信》中如此写道。

百折不挠勇向前，不断增强改革开放的信心和勇气——

改革的道路并非一帆风顺。

1993年，作为“岗二代”的严宏昌之子严余山、严金昌之子严德双、关友江之子关正景相约到广东东莞打工，一到便被城市里矗立的高楼大厦、夜色中闪烁的霓虹灯所震惊，“这是小岗人没看到的景象，深深感觉我们落后了！”

在首创“大包干”后，小岗村在一段时间里的经济发展却滞后了，村民增收乏力，被称为“一夜越过温饱线，20年没过富裕坎”。

前些年，小岗每平方公里土地创造的产值仅为华西村的3%、南街村的6.4%，不少慕名而来的游客也感觉，小岗与别的村庄相比并无特别之处。

小岗立足“农”字，但也要试水办企业！

严余山试图续写他父亲当年的“创业梦”——这位凭借打工自学创出多项专利技术、在上海等地办厂经商的“岗二代”，回村办企业却遭遇“滑铁卢”：2000 年后投资的瓶盖厂、电表厂接连夭折，50 万元投资变成了一堆不到两千元的破铜烂铁，“我当时还不知道有‘投资环境’这四个字”。

严余山失望离乡。

其实，何止小岗。放眼全国，改革从来都是在破解难题中前行，尽管一路羁绊一路挑战，但除了坚定不移深化改革别无他途。

小岗从一度迷茫中奋起，在上级党组织领导下，特别是在以第一书记沈浩为代表的村两委直接带领下，小岗人发扬“大包干”精神，再度开启改革新局面。

2015 年 7 月 8 日，16 户小岗村村民代表领到红灿灿的《中华人民共和国农村土地承包经营权证》，拉开安徽农村土地承包经营权确权登记颁证的序幕。

从“红手印”到“红证书”，小岗又一次成为农村改革的先行者。

当年土地由“合”到“分”，是解放生产力的必然要求；40 年后，土地由“分”到“合”，亦是现代农业发展的内在需求，目前小岗 60% 以上的土地已实现流转。农村宅基地和农房确权发证试点、推进小型水利工程管理体制改革、以种粮大户程夕兵名字命名的土地股份合作社正在试点……近年来，小岗持续担当全省的农村改革探索先锋。

小岗产业经济也在崛起。5 平方公里的小岗产业园正在加快建设，小岗村品牌等无形资产评估入股小岗创新发展公司，设立 4 亿元的“小岗徽银现代农业改革支持基金”……党的十八大以来，小岗村迎来了发展最快的时期，特别是自 2016 年实施“三年大变样”行动后，小岗迎来快速改革发展期，2017 年小岗实现村集体收入突破 820 万元，农民人均收入比 2012 年增长 70% 以上。

严余山又回来了，成为首个入选小岗村党委的“岗二代”。他说，现在最大心愿就是“冲刺全面小康”。

“在新起点上实现新突破”

——中国“再出发”，继续沿着改革开放的康庄大道奋勇前行，不断开创新时代中国特色社会主义事业新局面

“啊，亲爱的朋友们，创造这奇迹要靠谁？要靠我，要靠你……”

——摘自歌曲《年轻的朋友来相会》

梦想与改革，始终相伴而行。

小岗村党委委员严余山的办公桌上放着一本厚厚的插图版小岗村旅游总体规划，一个现代田园化的小岗正在紧锣密鼓布局。

“改革标志，幸福小岗”是未来的形象定位：“国家5A旅游景区、全国研学旅游示范基地、国内知名特色小镇、皖北乡村旅游典范”是小岗的发展目标。在现有红色景点基础上，小岗还将建设一批特色民宿和“大包干田园”等观光休闲农业。

这是小岗村在新时代的“乡村振兴”蓝图，也是小岗人眼下正忙活的“大事”，要以“让人眼前一亮”的面貌，来迎接按红手印40周年的纪念日，希望各地的人都来小岗“走一走，看一看”。

2018年是贯彻党的十九大精神的开局之年，也是站在新的历史起点上接力探索、接续奋进的关键之年。

小岗，如同迈入新时代中国的缩影，在改革开放新起点上蓄势再出发，扬帆新启航。

改革开放是当代中国发展进步的必由之路，是实现中国梦的必由之路——

党的十八大以来，全面深化改革取得突破性进展，360个重大改革方案、1500多项改革举措推出并落地生根，各领域四梁八柱性质的改革主体框架拔地而起，党和国家事业发生历史性变革。

“我坚信，中华民族伟大复兴必将在改革开放的进程中得以实现。”2017年10月25日，再次当选中共中央总书记的习近平同中外记者见面时的话

语掷地有声。

这坚信，彰显了以习近平同志为核心的党中央坚定不移继续推进改革开放的决心；

这宣示，发出了迈入新时代的中国通过改革开放实现伟大复兴中国梦的豪迈动员。

这是以人民为中心、由人民来“阅卷”的新赶考——

2017 年 10 月 18 日，“大包干”带头人严金昌一家人在自家开办的饭店里观看十九大开幕会。

“总书记的报告给大家吃了定心丸，我对流转土地更加放心了，可以甩开膀子搞农家乐。”流转了全部土地、从事第三产业的严金昌，听到习总书记说第二轮土地承包到期后再延长三十年时格外振奋，“准备在后院空地上再建一栋三层小楼，建特色民宿，落实好乡村振兴战略。”

改革开放是人民的事业，要以人民是否满意为标准，这就是小岗精神的实质所在，也是新时代开启改革开放新征程的价值指向。

习近平总书记这样说：只要我们深深扎根人民、紧紧依靠人民，就可以获得无穷的力量，风雨无阻，奋勇向前。

“必须始终把人民利益摆在至高无上的地位，让改革发展成果更多更公平惠及全体人民”——党的十九大报告生动诠释出中国共产党人在新时代秉承的“以人民为中心”发展理念和执政情怀。

民心就是最大的政治。

2016 年 7 月 21 日，距离小岗村 100 余公里远的天长市迎来一位特殊客人——世界银行行长金墉，他来这里考察一项“破解世界性难题”的改革。

在这里，村民有“签约村医”提供基本医疗、公共卫生服务和签约的健康管理服务；通过建立以市公立医院为龙头涵盖全市乡镇卫生院、村卫生室的“医疗共同体”，村民可以共享全市医疗资源，有效降低医疗费用。

医学专家出身的金墉感叹：“安徽医改进展令人振奋”，不仅在中国具有推广意义，而且为世界其他国家提供了借鉴。

“去民之患，如除腹心之疾”。从强调“物质增长”到注重“公平正义”，从“以GDP论英雄”到更在意“环境生态”……在我国社会主要矛盾已经转化为人民日益增长的美好生活需要和不平衡不充分的发展之间的矛盾的今天，民心所望就是改革所向。

“40年前改革是解决‘有没有’的问题，今天的改革是解决‘优不优’的问题。”安徽省委改革办专职副主任王飞表示，迈入新时代，就要对人民的新期待有更为前瞻性的把握和认知。

这是依然要过“娄山关”和“腊子口”的新长征——

穿越革命和建设的洪流，激荡改革与开放的风云，按照“两个阶段”“两步走”的战略安排，中国这个有着5000多年文明历史的东方大国，如今正朝着决胜全面建成小康社会、建设社会主义现代化强国的目标奋进。

行百里者半九十。正如登顶前可能遭遇陡坡，离目标越近越要攻坚克难。

“一切不触及矛盾、不解决问题的改革，都是形式主义。”小岗所在的安徽滁州被誉为“改革之乡”，市委书记张祥安快人快语。

有的城市中曾有这种“铁路警察各管一段”的情况：道路上的垃圾归环卫部门管，个别不负责任的工人把垃圾扫进下水道；下水道又归市政部门管，结果垃圾挖出后堆到绿化带上；绿化带则归园林绿化部门管，垃圾又被重新清理到道路上……

深水区的改革，就是要刀刃向内自我革命，打破各自为政的利益藩篱。

滁州市近年来把农委、食药监、质监等各家都相近的检验检测业务整合集中。但“一合激起千层浪”，有的“上级婆婆”不干了，直接发函警告地方“如果撤去机构，今后停止项目支持”。“原有的牌子不摘，人和机构简化合并”——压力之下，滁州这样“应招”。

解决前进道路上的困难和问题，需要坚定不移推进全面深化改革，突出重点，攻克难点。

“深化供给侧结构性改革”“加快建设创新型国家”“加快完善社会主义市场经济体制”“推动形成全面开放新格局”……党的十九大对全面

深化改革作出总部署。今后，深化改革、扩大开放的领域将更广、举措将更多、力度将更大。

2017 年 11 月 20 日，习近平总书记主持召开十九届中央全面深化改革领导小组第一次会议，强调着力增强改革的系统性、整体性和协同性，并提醒在新征程上“必须准备付出更为艰巨、更为艰苦的努力”。

这是凝聚力量、抓住大有可为的历史机遇期的再出发——

春华秋实，四季轮替。

小岗 4300 亩示范田里的新麦，经历了冬雪的滋润，蓄势迎接新春的到来。

“不少有本事的年轻人在外不想回来，主要因素还在于村里没有好的投资项目吸引！”

“沈浩书记走了，但给村里留下了他的足印！我们呢？”

……

2018 年元旦后，“小岗青年创业交流”微信群里，展开了一场颇有火药味的讨论。

这个 30 多人的微信群是主抓青年工作的严余山建的，群里有小岗 18 位青年创业之星，还有远在上海、北京等地工作的“有想法有思路”年轻人，希望能为小岗新一轮的发展增砖添瓦。

在他们看来，改革开放 40 周年是对小岗一次审视，也是一次考验。

“父辈们的大包干解放了生产力，掀起了改革浪潮，今天怎样继承发扬小岗精神，如何再出发？”这是年轻人发出的小岗之问，也是当下中国的时代之问。

历史的契机，等待我们把握。

今天的中国已站在新的历史起点上，我们拥有以往从未有过的物质条件和机制优势，也正处于一个大有可为的历史机遇期。

“只有回看走过的路、比较别人的路、远眺前行的路，弄清楚我们从哪儿来、往哪儿去，很多问题才能看得深、把得准。”习近平总书记在学习贯彻党的十九大精神研讨班开班式上的讲话，给人启迪。

一代人有一代人的长征路。今天的新长征，就是将改革进行到底！

时序更替，梦想前行。

小岗村旁，有一条静静流淌的小溪河，它汇入淮河，浩荡东去，奔向大海。

改革大潮奔腾不息。今天的小岗村如同迈入新时代的中国一样，向着新航程扬帆奋进……

新华社安徽小岗 2018 年 2 月 23 日电

（记者王正忠、张旭东、杨玉华、熊争艳、张紫赟、陈诺）

采访札记

小岗，中国改革开放地图上一个闪亮的标志点。如何用它以点串线成面，通过回溯波澜壮阔 40 年的改革历程，描绘出气势恢宏的全面深化改革画卷，实现新华社领导点题时要求的“成为 2018 年改革报道的第一声春雷”的效果，成为采写考量的关键。

在近 2 个月的采写周期中，由国内部和安徽分社抽调骨干力量组成的采写组从以下几方面创新求变，全力打造报道精品——

提高政治站位，在思想力上下功夫。对于小岗这一耳熟能详的改革地标，要想做到不落窠臼，别具一格，首要是提高政治站位，需要跳出小岗看小岗，从探索中国特色社会主义道路的高度来思考，要从小岗看全国、看历史、看未来。采访启动前，我们就认真阅读十九大报告、改革开放、小岗精神等方面的书籍 50 余本，反复深入研究学习《习近平谈治国理政》《习近平关于全面深化改革论述摘编》《邓小平文选》等著作，夯实理论基础，把握住小岗精神实质。

从“省、地、县、村”逐层递进采访，全方位、广视角来透视小岗。从安徽省领导、改革办等宏观层面、到滁州凤阳中观层面、再到大包干带头人、直至“岗二代”……采访组座谈采访约百人，独家采访年过耄耋的凤阳县原马湖公社书记詹绍周、凤阳县人大常委会原副主任陈怀仁等小岗亲历者，海量搜集文字图片史料，揭秘大包干“红手印”前后细节、小岗道路变迁等鲜为人知的故事。同时辗转合肥、滁州、六安金寨等多地，前往科技创新一线、脱贫攻坚前线，更广度观察小岗，笔记素材超过15万字。

文章精巧布局，多轨并行彰显笔力。动笔之前，采访组反复研讨提炼主题达成共识：小岗村地理海拔不高，但却是改革开放的精神高地，是中国改革的实践起点，更是推进新一轮改革的强大支点。小岗精神历久弥新，意义不在小岗本身，而是具有穿越时空、一脉相承的时代意义。文章铺设多条明线暗线：一轨以小岗40年来跌宕起伏的改革故事为明线，以我们党如何推动改革开放、步入中国特色社会主义康庄大道为宏大景深；另一轨以小岗“解放思想、敢为人先”等精神内涵为明线，以40年来这条大道上如何坚定不移、百折不挠前进作为辅线。由此，从结构行文的角度上增强了文章的大气磅礴、荡气回肠之感。

创新笔法，力求金句迭出。由国内部和安徽分社抽调精兵强将组成的采写组十易其稿，逐字逐句提炼打磨，运用独有精辟个性语言深刻揭示这段非凡历史。文章精心选择改革开放经典歌曲《在希望的田野上》《春天的故事》《年轻的朋友来相会》为题记，文中予以巧妙勾连，唤起读者“共同记忆”，引发共鸣；选取“红手印”“凤画”“小溪河”等生动意象，引人入胜；选取从按红手印首创“大包干”，到三次按红手印留住“沈浩书记”，大包干带头人严宏昌和儿子严余山两代人的创业等故事，令万字长文读起来回味无穷、富有启迪，确保打造成新时代小岗的典范之作。

（张旭东）

专家点评

改革开放40年主题宣传报道，既是对历史的回溯，也是对现实的观照，更是对未来的展望。作为国家通讯社、世界性通讯社，新华社在这一重大主题宣传中占有十分重要的位置和分量。新华社播发的重头稿件，必然引起举国上下和全世界的关注。

这篇特稿就是在这一背景下应运而生的。每一个读完这个长篇述评的读者，都会心头一热。古人说，腹有诗书气自华。几位特稿作者则用倾心之作向读者表明，"腹有'史书'气自华"。

小岗精神源于安徽凤阳县小岗村，这篇特稿由安徽分社记者承担，责无旁贷。这篇作品之所以能打动读者、启发读者，给改革开放开出了一个令人信服的"成绩单"和"荣誉证书"，很大程度上源于他们心中的"史书"——对小岗村的透彻了解和思想解读。以鲜活的事实、有力的证据，证明了"小岗之路，就是中国改革之路"。

一、独到的新闻发现力。毋庸置疑，新闻的发现力是新闻记者的基本功，它是一种敏锐发现新闻价值，精准把握新闻事实的能力。小岗村是40年前的典型，这个早已不是什么新闻。但对一个40年前的全国典型进行历史考察，并从它身上找到新时代的新元素、新力量，则需要记者的洞察力、挖掘力，就像古人说的，"太山之高，背而弗见；秋毫之末，视之可察"。记者通过洋洋洒洒的雄文给我们展示的，是小岗精神历史和现实的样貌，它具象而生动，使人们对小岗精神有了新的深层次的感悟和认知。

二、深刻的新闻思想力。改革开放40年主题宣传报道，必然涉及中国特色社会主义道路自信、理论自信、制度自信和文化自信，也就是说，所有稿件都离不开思想性、理论性。甚至可以说，思想性的强弱，决定了相关稿件在这场新闻大战中的分量大小。述评这种形式，本身就是夹叙夹议，以一定的事实作基础，并对其进行中肯而深刻的评论，借以揭示新闻的本质，帮助读者理论新闻本身的意义。特稿从"改革开放的一声春雷""新的伟大革命""在新起点上实现新突破"三个维度剖析、解读小岗精神，将历史逻辑与理论逻辑相贯通，既讴歌了改革的实践者和创造者，又赞颂了改革的主心骨和领路人，使作品的思想性跃然纸上，引人思考，催人奋进。

三、较强的新闻表达力。对于新华社安徽分社的记者们来说，"小岗"

是他们的身边人、身边事，叙说“小岗”、挖掘“小岗”、诠释“小岗”，也是对“地域情结”和新闻内生力的释放。正是由于腹中有“史书”，对小岗村40年的变迁史能一一道来，游刃有余，得心应手，所以，他们在状写小岗精神时，精神饱满，情怀充溢其间，并淋漓尽致地诉诸文字。行文中，金句和数据链信手拈来，历史场景与现实样貌相互映照，小岗的“点”与安徽乃至全国的“面”相结合，夹叙夹议，纵联横切，气韵生动，文风质朴，很接地气。

这篇特稿既是新闻述评，也像一篇调研报告。记者在“四力”上下的功夫相当扎实，因而使稿件具有新闻的厚度和较强的感染力、说服力。

（董国政 解放军报高级编辑、原理论部主任）

9 西藏阿里楚松村“四代房”：中国边陲巨变的缩微影像

段芝璞　张京品　张宸

楚松村，一个距离拉萨2000余公里的偏远村落，位于西藏阿里地区札达县楚鲁松杰乡，比去往西藏墨脱县的道路还要艰难遥远得多。

楚松，藏语意为“湖泊干涸后的土地”。这里海拔约4000米，每年大雪封山时间长达半年，是名副其实的“雪域孤岛”。

穿过楚松村的如许藏布江，蜿蜒流淌。江北岸的山坡台地上，分布着三种不同风格、不同色彩的一片房屋旧址，而旁边是一幢崭新的白色两层楼房。

老房、新房，“四代同堂”，仿佛中国边陲巨变的缩微影像，记录了时代，讲述着变迁。

祖国最西南的“住房博物馆”

楚松村在哪里？

如果你打开一张中国地图，看到祖国最西南的末端，那里就是楚松村的坐标。

楚松村是中国最难以抵达的村庄之一。

记者从札达县城前往楚松村，需要翻越至少4座海拔5000以上的山峰，其中波博山海拔5776米，弯道90多个。沿途山高谷深，悬崖峭壁，道路崎岖。

翻过波博山一路盘旋着向下，就到了楚鲁松杰乡所在地。相传，古格王朝灭亡后，古格后裔逃到了这里。

沿着如许藏布江再往里走约20公里，就到了楚松村楚鲁组。

楚松原本是楚鲁松杰村的一个村民小组。2012年，西藏自治区决定撤销楚鲁松杰村，设立楚鲁松杰乡，楚松随之成为一个新的边境行政村。

站在如许藏布江岸边，当地干部向记者介绍了江对岸陈列的“四代房”——

位于最前面的土坯房是“第一代”：低矮，泥土色，西藏和平解放前修建，大多已成了断壁残垣。

再往里的土木房是“第二代”，两层，下层是土色，上层是白色，于2005年利用国家兴边富民资金修建，保存相对完整。

“第三代”是旁边的砖石房，有一层的，也有两层的，米黄色，是2012年农牧民安居工程政策实施时修建的，因遭受洪水侵袭，成了危房。

再往前，是崭新的两层独家院落，为“第四代”，白色的墙壁，暗红色的房顶，框架结构，安全、舒适，属于2016年实施的边境小康示范村项目。

金秋时节，楚松村背后的大山，依然是浑厚的土黄色，而村里房前屋后的树叶渐渐泛黄，与“四代房”呈现的四种色彩交相映衬，远远望去，宛如嵌在山坡上的一幅油画，层次丰富。

“楚松村‘四代房’，见证了我们这里翻天覆地的变化，可以说是一部西藏边民住房条件的变迁史。”楚鲁松杰乡乡长旦增索朗说，“看到‘四代房’，就知道西藏和平解放好，民主改革好，改革开放好。”

欧珠加措：三十年间换了三次房

69岁的欧珠加措，在楚松村生活了一辈子。

“1984年真正开始改变。在这之前，我一直住在这个小房里。”在欧珠加措的带领下，记者沿着山沟而下，来到他的第一代房子。

这是一间低矮的土坯房，只有一个过道和一间10多平方米的房间。房门高不足1.5米，与其说是门，不如说是洞，人必须弯下腰才能进去。房子没有窗户，里面一片漆黑。

在手机灯光的照射下，记者看到，正中间残存着用石头堆垒的灶台，旁边是已经熏得发黑的石凳，犹如古人留下的遗址。

“你看，就这么大一块儿地方，又要做饭，又要睡觉。小时候我在里面住过，没有床，一家人就直接躺在地上。”欧珠加措说，“就这个小房子，过去也不属于我，而属于头人。拥有一套属于自己的房子，是全家几代人的心愿。”

在这座老房子的旁边，是两层的土木房，每层约有40平方米。房间地面和墙壁都是夯土，檩子、椽子和柱子都十分稀疏、粗糙。

这套房子的院子也很小，碎石头垒砌的围墙上，覆盖着干枯的柳枝，风雨经年后已显破败。

从山沟里爬出来，在一片大坝子上，记者看到了欧珠加措的第三代房。客厅和卧室是藏族风格的图案，还吊了顶。但墙体已经出现裂缝，有明显被水淹过的痕迹。

“盖这个房子，国家补助了1.3万元。我坐了两天的车，到阿里地区选材料，然后找工人，很是下了一番功夫呢！”他说，“可惜后面被洪水淹了，当时特别难受。多亏政府帮忙，建起了更好的新房。”

在如许藏布江岸，红白相间的藏式小院排列成行，欧珠加措的新房就在这里。

2016年，楚松村边境小康示范村项目正式启动。按照人均25平方米的标准，欧珠加措分到了一套独家院落。

推开门，只见院子里的太阳能烧水壶正“扑扑”地冒着热气，崭新的玻璃阳光棚里，暖意融融。

“也就30多年时间，房子就盖了3次，一次比一次好。”欧珠加措一边喝着茶，一边和我们聊天，脸上洋溢着笑意。

美好的改变，永远都不晚

欧珠加措家客厅的柜子上，是精准扶贫建档立卡贫困户明白卡，上面清楚记录着他们一家的经济状况。储物间的冰箱里，放满了牛羊肉。

“没有党的好政策，今天的日子，是过去做梦都不敢想的事儿！”他说。

楚松村的改变，确实来得比较晚。由于这里长期与世隔绝，鲜有外人进入，当1959年的西藏民主改革如浩荡东风吹过万里高原的时候，这里成为全西藏仅有的几个没有进行民主改革的乡，俗称“未改乡”。

改变，从1984年开始。这一年，楚鲁松杰告别“原始状态”，正式纳入党和政府的管理体系。

改变，在2012年加速。这一年的9月11日，楚鲁松杰乡召开第一届人民代表大会，隆重举行乡党委、政府成立挂牌仪式，楚鲁松杰坐上了“发展快车”。

乡政府办公楼拔地而起，乡卫生院和乡小学、幼儿园陆续建成、翻新，边境小康示范村项目、易地扶贫搬迁项目有序推进……

发展快车给边民带来的实惠，看得见、摸得着。

欧珠加措给记者算了一笔账：他们家三口人，边民补贴每人4200元/年，草场补贴每人5500元/年，林业补贴每人3557元/年，他作为生态保护员每年补贴有3500元，上大学的女儿每个月有500元生活补助。

“过去都是我们给头人交钱，现在却是政府给我们发钱。”他说，“算算这些收入，就发自内心地感激党和政府。”

进入新时代的楚鲁松杰，正在迎来新的发展春天。

去年，楚鲁松杰乡人均可支配收入已达8743元，今年将全面脱贫摘帽。

今年2月，西藏开始实施以“神圣国土守护者、幸福家园建设者”为主题的乡村振兴战略，将边民脱贫致富和守边固边相结合，聚焦“水电路讯网、科教文卫保（社会保障）”十项提升工程，着力补齐基础设施和公共服务的短板，加快边境地区发展。

楚鲁松杰过去仅有一座小型光伏电站，只能满足小学、村小组会议室使用。村民使用的太阳能板供电，每天仅能保证基本照明。

为解决这里的用电难题，承担帮扶任务的国网河北省电力公司工作人员克服高原反应，傲风斗雪，已经完成变电站主控楼建设。很快，全乡群众就能用上安全电、长明电。

旦增索朗告诉记者，今年大雪封山期一结束，通往乡里的公路项目以及乡所在地的自来水项目，就会立即动工。

2014 年，楚鲁松杰乡通了移动互联网，楚松村与外面的世界接得更近了。记者在村里碰到的年轻人，都拿着手机，熟练使用微信和抖音。

“四代房”，见证着美好的改变。

采访札记

走进楚松村，有些偶然。发现“四代房”，有些意外。

西藏阿里地区札达县楚鲁松杰乡楚松村，是中国最难以抵达的村庄之一。地图上，楚松村的坐标就在中国陆地版图的最西南角。现实中，楚松村紧邻中印边境实控线。

今年 9 月，西藏分社记者深入阿里地区采访调研期间，从札达县城出发，翻过 4 座海拔 5000 米以上的高山，爬过海拔 5806 的香让拉山，绕过弯道达 90 多个的波博山，克服重重困难，抵达楚鲁松杰乡。

楚鲁松杰地理位置极其偏僻，路途遥远，地貌险恶，每年大雪封山季达半年，曾长期与世隔绝，属于独立的传统部落，实行残酷的头人制度。直到 1984 年，楚鲁松杰才正式纳入中国政府的管理体系，走上社会主义制度的康庄大道。

这是新华社西藏分社成立 67 年来首次有记者抵达楚鲁松杰进行采访，也是中央媒体首次到楚鲁松杰开展采访报道。

采访中，记者无意中得知楚松村“四代房”的故事——在党的惠民政策支持下，当地边民告别了第一代的土坯房，陆续建起了第二代的土木房、第三代的砖石房、第四代的独家院落小康房，在印军哨所碉堡下呈现出“四代房同堂”的发展景象，成为边民感念党恩、安心守边的“原生态教育阵地”。

多年从事新闻报道的直觉告诉记者，“四代房”正是改革开放给这个西藏偏远山村带来巨大变化的鲜活例证，也是改革开放在基层的生动实践。

记者立即改变行程，走村入户，钻沟爬坡，深入乡卫生院、学校以及干部群众家中实地走访，深入挖掘楚鲁松杰的今昔变迁，挖掘四代房背后的故事，并跟随69岁的村民欧珠加措，依次走访、仔细查看他家的四代房，对每一代房子的造型结构、背景来历和故事特点有了充分了解。

动笔之前，记者反复思考，认为绝不能就房子谈房子，要有更高立意和更巧妙表达。稿件必须体现习近平总书记“治国必治边、治边先稳藏”“神圣国土守护者、幸福家园建设者”等治边稳藏重要论述的精神，必须突出“人民对美好生活的向往就是党的奋斗目标”的舆论导向。

此外，围绕“四代房”这一小故事与改革开放大主题如何有机结合，三十多年间房子修建三次是否会引发受众质疑等问题，记者反复讨论，并主动与总社相关编辑部联系，上报策划方案。根据编辑部和社领导的批示意见，最后决定从“四代房”这一小切口出发，讲述整个楚鲁松杰乡的历史与发展，进而展现改革开放给西藏边陲带来的翻天覆地的变化。

写作过程中，记者牢牢把握一个根本目标，即要写出“酥油味和糌粑味”，让读者有一种身临其境的阅读感，对西藏边陲的历史与现状有深刻的认识，进而引发读者的情感共鸣；坚持一条基本原则，即用场景展示背景，用细节表现主题，用语言承载感情，努力做到文字视觉化。

初稿完成后，记者陆续做了5次较大修改，对稿件的标题、结构、每一部分的小标题、语言用词、段落过渡等认真推敲打磨，仅标题就做了4次修改。稿件中“祖国最西南的住房博物馆”“新房、旧房四代同堂”“美好的改变，永远都不晚”等表述，形象生动，充满思辨，凝练优美，引人入胜。

（段芝璞、张京品、张宸）

专家点评

《西藏阿里楚松村“四代房”：中国边陲巨变的缩微影像》融媒体报道，以楚松村“四代房”为切入口，生动介绍了西藏边民住房条件的变迁过程，让读者对西藏从和平解放，到改革开放，特别是新时代的发展变化有了直观而深切的感受，是贯彻习近平总书记关于新闻舆论工作重要论述，践行新闻“四力”，讲好中国故事的新闻报道佳作。

稿件政治站位高。记者敏锐地把握了楚松村变迁背后是党和政府对边民的关怀这一主题，通过对一户家庭四代房的描写，以小切口的人居变化展开报道，讲述普通人的故事，以小见大，将党和政府的关心扶持，村民的家国情怀，润物细无声地融入百姓生活的变化，生动展现了改革开放给西藏边陲带来的巨大变化，反映了“海拔再高、国土再远，党和政府的关怀一点都不会少”的主题。报道反映了西藏最基层的发展变化和普通群众的获得感、幸福感、安全感，充分表达了“中国的发展进步，是为了让全民共享发展果实”的政治含义。

稿件历史纵深感强。今年正逢改革开放四十周年，记者采写的第一代房，修建时间追溯至西藏和平解放前，第四代房修建时间近至2016年，具有较强的历史纵深感。在超过一个甲子的历史进程中，记者将边陲民居变迁故事放在改革开放大主题框架内，聚焦这个边陲山村在改革开放东风下发生的翻天覆地的变化，聚焦边民对党和政府的感恩之情，其中既有对细节的敏锐捕捉，也呈现出群众生活在宏观社会大变革、大背景下的意义。

稿件可读性强。不论载体如何变，媒体都需要足以吸引受众的内容，也就是老生常谈的“内容为王”。稿件叙事结构、细节捕捉、意义提升等一气呵成，结构严谨，语言凝练优美；感情丰沛，具有较强的感染力。以人为切入点，使得报道具有较强的亲和力，能够引发读者情感共鸣。

稿件体现了作者高超的题材驾驭能力。楚松村位于中印边境实控线一侧，具有不可替代的独特性，同时具有一定的敏感性，报道拿捏不好可能引发舆论反弹甚至外交纠纷。这篇报道立足人居题材，以楚松村“四代房”背后的历史、政策和环境变迁为视角，由点及面，呈现出中国边陲巨变的缩微影像。报道较好地把控了分寸，既在文中合理规避了敏感内容，又展示了我国政府系列惠民政策给群众带来的获得感，产生了良好的传播效果。

稿件体现了作者优秀的职业素养和专业能力。楚松村海拔约4000米，距拉萨2000余公里，沿途多悬崖峭壁，很多路段是高低不平的土路，鲜有外人进入。记者克服困难抵达这里采访并很好完成了报道，实属不易。这是贯彻习近平总书记关于“不断增强脚力、眼力、脑力、笔力”等新闻舆论工作重要论述的一次生动实践，体现出新华社记者所具备的优秀职业素养和专业能力。

（徐金灿 北京大学新媒体研究院副教授）

10

记者手记：羊小平砸缸

姜伟超

“山民”羊小平把家里的两辈人赖以生活的 6 口大缸给砸了。春暖花开的日子里，站在山下移民新村的二层小楼上，望着村外开始增多的游客，羊小平还难以相信自己真的不再需要这些大缸了。

就在 1 年前，羊小平一家还世代生活在甘肃省甘南藏族自治州临潭县冶力关的山上。冶力关是甘肃有名的自然景区，山下的日子一天比一天富裕，但崎岖的山路将羊小平一家和山下的繁华一分为二。山上不止住着羊小平一家，但山太大了，出门走一天也难碰见谁。孤单久了，人就消沉，羊小平说山上的人经常一两个月不洗脸。

靠天吃饭、土里刨食，山上的贫困像日出日落一样恒定，过了今天就知道明天是什么样。“一定要搬下去。”在羊小平的回忆里，父亲每当喝点酒就会点上一袋烟，对着山下嘟囔。甘肃省高原、山丘、荒漠等地形交织，能供耕种、适合居住的土地寸土寸金。父亲明白，往山下搬哪有钱？哪有地？搬下去又靠什么生活？烟抽完了，父亲便起身拉着十几岁的羊小平去挑水。

家里有 6 口大缸，是羊小平祖父和父亲两辈人置办的家里最重要的用具。山旱缺水，挑水要走很远的山路，女人干不了。而且那里的山泉也不是天天有，因此要尽量保持家里 6 口大缸满满的。羊小平记忆里，父亲最重要的活就是挑水、挑水、挑水。直到有一天，父亲在挑水时摔进山沟，挣扎着回到家，两个月后人就没了。

羊小平成家后，除了伺候家里的 6 口大缸，就是侍弄“挂”在山坡上的十几亩山地。山地很“薄”，种下一粒种子不见得能产出一粒粮食。眼瞅着孩子一天天长大，羊小平决定出去打工，给儿子攒娶媳妇的钱。大西北有一个定律，越穷、自然条件越恶劣的地方，娶媳妇越贵，因此要早下手。临走时，他把家里的 6 口大缸装得满满的，到外地找了份建筑工地的活，干了两个月，媳妇托人捎话：家里没水了。

羊小平坐上火车，又坐汽车，爬上山，挑满 6 口大缸；又坐汽车、坐火车，回到工地。过了一段时间，家里又没水了……临走时，老板告诉他，老请假不是个事，不用回来了。

羊小平又找了一个工作，当保安。但半年后，老板也嘱咐他：先顾家吧。

默默地接过结算的工钱，羊小平考虑是不是给家里再添几口大缸。但打量着逼仄的土房，羊小平还是放弃了这个念头，不再外出打工。几口大缸，像是世代传下的魔咒，将羊小平牢牢地拴在了大山上，也击碎了他的致富梦。

贫困的时间久了，便成了淡漠，羊小平仿佛在父辈的身上看到了自己的宿命。2014 年，羊小平 42 岁了。这一年，扶贫奔小康步伐开始加速，甘肃的干部群众都在为早日脱贫干得热火朝天。

“这跟我又有什么关系呢？”一天，羊小平送走来家里摸情况的干部，转身拿起了扁担——家里的水缸又快没水了。

但这次真的跟羊小平有关系。为了不让一个贫困户在奔小康的路上掉队，甘肃省及甘南州针对羊小平们实施的搬迁扶贫工程也在加快推进，并定下了周密的扶贫搬迁方案，让山上的贫困户离开大山，拔穷根。甘南州委、州政府和临潭县相关部门经过谋划，在山下靠近冶力关景区的地方规划了移民新村，并制定了种植——养殖——住宿——农家乐一条龙的脱贫方案，让搬下来的人待得住、能致富。

钱不够，政府补贴；还不够，政府帮助贷款。身靠景区，只要不懒，奔小康的路就在脚下。羊小平不想和祖辈一样，活在大山、埋在大山。他拿出了准备给儿子娶媳妇的所有积蓄，领到了政府的 4 万元补贴，又在政府的帮助下从银行贷了 20 万。一年过后，统一规划、统一施工的二层徽式小楼在山下的移民新村盖起来了。

搬家的前一晚，吃过晚饭，看着太阳离地山头还有几米高，羊小平又习惯性地拿起扁担。直到走出家门，羊小平才愣怔过来，他在原地站了半袋烟的功夫，突然嚎了一嗓子，把扁担甩向山沟。

2016年，中国迎来了“十三五”全面建成小康社会决胜阶段的开局之年。在这个春天，羊小平的农家乐也安排停当，玻璃暖房映照着和煦的阳光。羊小平和妻子一遍遍收拾着家里的房间；在人社部门的培训下，儿子也厨艺学成回到家中。

虽然冶力关的冰雪还没融化，但就在前几天，羊小平迎来第一批客人。就连羊小平最挂心的儿子娶媳妇的事，春节也有了眉目。“拉着外债也有女娃跟，你说这事。”羊小平一边摸着后脑勺一边笑。

“对了，前几天回山上，想把那6口大缸搬下来，但年头太久了都长到地上了，我就全砸了。”羊小平盯着记者说，“我早就想砸了。”

甘肃省作为自然条件薄弱的贫困大省，搬迁扶贫是主要的扶贫方式之一。甘肃省采取全省干部联村联户、配套资金补助等方式，仅2013年到2015年三年间，就让47.6万名群众走出大山、荒滩、沙漠、戈壁。根据甘肃省的扶贫规划，2015到2017年甘肃将力争完成62.4万群众异地搬迁任务，2018到2020年对符合条件和有搬迁意愿的群众实现应搬尽搬。

新华社兰州2016年4月7日电

采访札记

习总书记指出，新闻工作者要转作风、改文风，俯下身、沉下心，察实情、说实话、动真情，努力写出有思想、有温度、有品质的作品。习总书记的要求是新闻工作者成长、成才、成功的必由之路。

新华社历来强调调查研究。深入实际调查研究是新华社的看家本领，是做好新闻报道的基本功，任何采访手段的运用，都代替不了深入实际深入生活，代替不了与人民群众的直接接触。在总社和分社深入调研机制的推动下，2016 年 4 月份，我采写了《记者手记：羊小平砸缸》一稿，经过分社和总社的精心编辑，播发后得到了社领导的批示表扬。这篇稿件先后被评为新华社社级好新闻、精品报道和中国新闻奖三等奖。

——收获来自于深入基层。这篇稿件是反复多次深入基层调研得来的。2015 年年底，我在甘南藏区调研新农村建设时，走进搬迁扶贫户羊小平的家。羊小平人很木讷，聊起来很费劲。就在我打算另换一家时，临走又随口问了一个问题：“你在山上住的时候缺水不？”他说缺，出去打工一段时间就要回山给家里挑水，为了储水家里置办了好几个大缸。由于要经常回来挑水，在外打工老是干不长，后来就不打工了。现在政府把他们搬下山来吃水问题解决了，再也不用挑水了。

羊小平的话挑动了我的新闻敏感，之后的 3 个月里，我又多次前往羊小平家及甘南州其他地方采访，一步步完成稿件。事实上，总社党组深入基层调查研究的机制在甘肃分社结出了一大批硕果，如永昌事件、祁连山环境恶化、杨改兰事件、兰州蓝、决战胡麻岭等调研性报道。深入基层是艰苦的，但在收获以后，再咂吧砸吧，这些苦反而变成了甜味。

——收获来自于创新意识的提高。习总书记在“2·19”重要讲话中强调，不日新者必日退，要用创新牢牢掌握党的新闻舆论工作主动权。

社领导经常要求记者的新闻报道要用新事实、新观点、新视角、新方法，给人以新的启迪。具体到记者，创新是怎么来的？我的体会一是要有创新的思维，敢于打破陈规，二要有不放弃的劲头，不创新、不罢休，把创新变成一种习惯。

在采写《羊小平砸缸》的几个月中，我曾一度遇到表述方式和新闻体裁的困扰，消息不行、通讯不行、特写也不行……在经过几个月的挣扎后，我最终决定大胆抛弃传统的新闻写作模式，用散文手法铺陈、新闻方式叙述，并坚持用第三视角旁观的塑造方法，突出稿子的镜头感和画面感。体裁的创新赋予了这篇稿件感人的力量。

——收获来自于信心。从我自身来讲，深入调研大力创新，让我对做好一名新华社记者有了底气。坚信新华社党组通过体制机制建设推动调研和创新的兴社之路也必将结出更多的果实。

（姜伟超）

专家点评

2016年4月，新华社刊发了报道《记者手记：羊小平砸缸》，这篇讲述扶贫故事的稿件立刻引发了广泛的关注。新华每日电讯把这个故事放上了头条位置，49家媒体全文采纳和报道，2017年，这篇作品获得了第二十七届中国新闻奖三等奖。

以扶贫为题材的故事很多，但其中让人铭记的经典佳作却不多。为何《记者手记：羊小平砸缸》能让诸多业内外人士感到眼前一亮？究其原因，是这篇报道具有很多好故事的基因。

一个好故事应该有人物和人物的情感，它是有温度的文字，而不是冷冰冰的数据和材料汇集。在报道中提及“仅2013年到2015年三年间，就让47.6万名群众走出大山、荒滩、沙漠、戈壁”，但是记者并没有将笔墨放到那些突出成绩的数据和材料上，而是走基层听民声，用“脚力”反复多次深入采访，用“眼力”捕捉了具有新闻价值的人物故事和细节，这些写出来的新闻故事才带着情感和温度。

一个好故事应该将读者带入特置的新闻现场，让读者体验与故事主人公一样的生命体验，产生共情效应。好的故事需要扎实的采访和观察，真正深入到新闻发生的现场，才能理解和体味故事主人公的心情，并通过妙笔生花将这种体验传导给读者，使读者感同身受。这篇报道的记者先后多次采访羊小平，采访写作的过程中记者不仅善于运用“眼力”观察，还勤于运用“脑力”思考。甘肃独特的地貌环境和当地扶贫工作的困难，羊小平从期望到无奈，再到重燃希望的心态的变化都跃然纸上，读者在关注羊小平命运变迁时很具有带入感，因而能以小见大，更深刻地感受到国家实施脱贫攻坚决策的战略意义。

一个好故事应该有很强的叙述技巧，用典型符号和叙述主线搭建起一种引人入胜的叙述节奏。这篇报道从开头就设置了“砸缸”的悬念，并以六口大缸为典型符号，以羊小平一家与缸（贫穷）的故事为叙述主线，散文笔法使叙述节奏明快，起承转合自然生动。这说明作者在谋篇布局时既具有很强的“脑力”，对素材的把握和主题的把控有着运筹帷幄的思考，还有着深厚的“笔力”，能够运用质朴的语言、白描式的技法用较短的篇幅写出一个好故事。

一个好故事要留有余白，让人思考与回味。故事之好不能停留在故事的情节或细节，更在透过故事传达出深远的意义。羊小平砸缸的故事就留有余白，报道只在文中和文末恰当地点题，说明了这只是千万个扶贫故事中的一个，把对扶贫政策的关注和思考留给了读者。

（方洁　中国人民大学新闻学院副教授）

11 从“一宿饥”“千年穷”到“万年饱”

——吕梁山腹地的山乡夜话

孙闻　刘敏　王井怀

皎月如盘，星汉灿烂。地处吕梁山腹地的中阳县万年饱村，夜色与两千年前别无二致。月盈亏、星明灭，两千年物换星移，这里却沉寂如初。从“一宿饥”“千年穷”到“万年饱”的沧桑巨变，似乎就发生在一次月升月落之间。

（一）

故事从村民刘记成家炕头上扯开了话头。

2000多年前也是这样一片皎白月光下，起兵讨莽的刘秀带一队人马被王莽部下追击，慌乱中逃进深山沟里的这个无名小村。人困马乏，村民们挨家挨户搜罗一番却凑不出一碗饭来。次日临别，村民见这将军气宇不凡，便请他给村子起个名。刘秀思忖片刻，脱口而出三个字“一宿饥”，说罢策马扬鞭，一骑绝尘。后来登基做了东汉开国皇帝的刘秀每每念及这刻骨铭心的一夜，感念村民的收留，意味深长地将“一宿饥”改为“万年饱”……

女主人一声“开饭了！”将记者的思绪拉回眼前的饭桌。桌上摆了三个菜：西红柿和鸡蛋绿色天然，菜园里现拔的水萝卜甜脆水灵，莜面碗托浇上陈醋和辣椒，再配上一碗热腾腾的白面条，喷香的滋味儿直往鼻子里钻。

谈笑间，记者在这个曾让堂堂光武帝饿了一宿的村子里，吃了一顿熨帖的晚餐。

就是这么一桌时下村里家家顿顿吃得上的平常饭菜，却让这个村子足足盼了两千年，等了两千年。

（二）

“一宿饥”也好，“万年饱”也罢，皇帝的金口玉言未曾给这个村子带来好生活。在邻村人的嘴里，这片山洼洼里的土地从来就只有一个诨名——“千年穷”。

好似中了魔咒，这里一穷就是两千年。十年倒有九年旱，一把黄土半把沙，好不容易开出巴掌大的耕地，一场倒春寒土地变冰沙。麦子种不活，常年玉米荞麦充饥，窑洞里半边住羊半边住人，吃碗稀糊糊还得给羊留两口。最困难时，方圆几里的榆树都成了白花花的没皮光杆。

饿怕的地方庙多，几百口人的村子里就有三座庙——观音庙、刘公庙、天地会。无论什么年代，进庙磕头烧香都是为了向老天爷求顿饱饭。任凭山高坡陡草深、野猪毒蛇出没，也挡不住村民上香的脚步。年景越差，庙里的香火越旺。

山川不变，星月依旧。天王老子、神仙皇帝，任谁也拔不掉那个深埋的穷根儿。两千多年的光景里，贫穷的日子是硬挨着挺过来的。《中阳县志》记载，即便是在康乾盛世，村民仍“以泥土充饥者甚多”。

——“哪个村的？”

——“万年饱。”

——“咦唏……”

人穷矮半头，村穷人受气。遇上万年饱村民卖羊，羊贩子都想在公平价上砍两刀。

难道这就是命？

（三）

命运的根本改变源自有一群人带领他们站起来了，而且真正关心他们的疾苦。站起来的万年饱人好似有了主心骨，埋头苦干命运开始改变。

1970年，老支书从内蒙古买回了几十匹高头大马，给附近的国营工厂运石头、建材，一些村民的日子逐渐有了好转。慢慢地，开始有村民从山上搬了下来，住进了窑洞模样的砖瓦房。在改革开放浩荡春风吹拂下，一砖一瓦、一草一木，给万年饱村点染了越来越多的亮色。

“那时候吃得饱但是还不算好，一年里一半时间是吃粗粮。”刘记成的媳妇回忆着，“把莜面和玉茭子当成零食，调剂个口味，也只是近几年的事。”

2013年，党中央提出“精准扶贫”，脱贫攻坚战全面打响。好似一声春雷，彻底震断了村里的穷根。

2015年起，大批扶贫干部下到乡里，把党的扶贫政策落实到了田间地头、锅台炕头。“精准扶贫政策图解”把贫困户能享受到的几十项政策一一列出，贫困户享受到哪一项便在哪一项上打钩。

一不用烧香，二不用磕头，好政策就变成了实实在在的好生活。

2017年，县里和乡镇帮扶的木耳香菇试种植成功，合作社年香菇种植收入能达到15万元，村民可以通过入股的方式每年每人分得3000元；去年光伏发电为村集体增加收入20万元；村里还引进了200多头西蒙塔尔牛……

哪怕贫有千种、苦有百样，矢志不渝的奋斗终将一朝梦圆。

2018年年初，万年饱村村民全部实现“两不愁三保障”。“千年穷”的根子永远铲掉，“万年饱”的日子一眼望不到头！

（四）

一个阳光里泛着花香的清晨，村西头老杨家的羊圈外热闹起来，石楼县的羊贩过来收羊了。

“咋卖呢？”羊贩子打量着圈里三十几只羊问价。

“800（一只）。”老杨头回得不含糊。

“太贵了，称斤卖不？”羊贩子精明，看着羊群里羔子多，想换个买法。

太不合算了，公道价啥样都知道，别小看了人……三五个村民一旁议论着。

“不卖了！”老杨头把烟头一扔，摆了摆手高声说道，“反正中秋前后肉价也会高起来哩！”说罢扭头背着手回家了。

“老汉儿牛气咪！”羊贩子望着他的背影不甘地说。

临告别，记者要跟刘记成结清几天的饭钱。

“咦——不就是多一副筷子嘛！”

想起刘记成说他喜欢种花，“看到五颜六色的花心里就亮堂”，记者就从网上买了一株欧洲月季送给他。

万年饱的饭香还没从记者的味蕾上走远，刘记成的短信到了，“花收到了，明年就能开成满满一面墙。”

（五）

2018 年 8 月 8 日，山西省人民政府下发通知，批准右玉、吉县、中阳 3 县退出贫困县。

新华社太原 2018 年 8 月 9 日电

采访札记

今年 8 月 9 日新华社记者采写的通讯《从“一宿饥”“千年穷”到“万年饱”——吕梁山腹地的山乡夜话》，是落实马克思主义新闻观的生动体现，这篇采自群众身边的鲜活报道，播发后受到群众普遍称赞。

这篇稿件的新闻线索源自山西分社记者发在朋友圈里的一句话：下乡经过一村，村名叫“万年饱”，听说改名前叫“千年饥”。总社编辑看到后，马上提示分社记者关注这个村子。稍后，分社记者又提供了几条更有价值的线索：第一，汉光武帝刘秀与村子颇有渊源，两度赐名，先为“一宿饥”，后为“万年饱”；第二，因为村子太穷，邻村人给起了个诨名叫“千年穷”，一叫就是两千年；第三，村子所在的中阳县马上要退出贫困县了。

相关编辑与记者决定深挖这个题材。6 月 27 日农历六月十四晚，新华社记者伴着月光走进万年饱村，住进了村民刘记成家里。为了真实体验村民们的日常生活，深刻揭示这个村子摆脱贫困的千年历史，记者在那里一住就是四个晚上，白天田间地头，晚上锅台炕头。四天四夜的采访是满含着对村民的感情的，而且住得越久，这份情越浓，这份情越浓，越能体会到千年穷带给他们的万般苦，以及一朝脱贫带给他们的希望和奔头　　村民杨五狗的妈妈薅了一把苦菜，让他们尝尝苦日子的滋味儿；在村口碰见邻村的羊贩子来收羊，他们跟老乡一起跟羊贩子讨价还价；在村民刘敬仁的院子里，他们帮刘敬仁担水、和水泥、抹墙；他们跟着村民深一脚浅一脚地走遍了山上的几个破庙，听老乡讲为一口饱饭求神仙的故事。他们完全融入了万年饱村的日常，和村民一起欢笑，一起流泪，听他们忆苦思甜的感慨，听他们对如今生活的赞叹……

马克思主义新闻观要求我们坚持人民至上的价值理念，坚持宏观真实和微观真实的统一，深入群众，扎根基层。调查研究是新华社记者的看家本领，对马克思主义新闻观最好的践行就是深入基层深入群众，去挖掘最鲜活的故事来佐证这个伟大的时代。我们把调查研究的能力归结为“四力”——脚力、眼力、脑力、笔力。《万年饱》一文的采写，体现了记者对“四力”的综合运用。

——脑力决定眼力。新华社记者该有什么样的脑力？按照讲政治的原则衡量，恐怕有一条是必须的，那就是要时刻装着党和国家的大事。总书记有什么要求、党中央有什么部署，这些要时常在脑子里琢磨。脑力上去了，眼界就自然开阔起来，在别人眼里发一条朋友圈就打发了的线索，在你的眼里就会变得不同。没有长期琢磨脱贫攻坚、精准扶贫的脑力，就不会形成对“从‘一宿饥’‘千年穷’到‘万年饱’”中蕴含的历史逻辑的准确把握。

——眼力引导脚力。新华社记者的脚力都不成问题。但同样是“跑”，为什么大家的成效却大有不同？眼力使然。在高超眼力指引下的脚力才能转化成新闻报道的生产力。《万年饱》一稿采访过程中，因为记者始终带着一双发现的眼睛，所以每走一步都能看到与众不同的风景。

——三力凝成一力。我们的工作最终是要落实到笔头的。笔力是由脑力、眼力、脚力凝成的。文风要清新，就要打破套路。《万年饱》七易其稿，难就难在如何打破套路。最后，记者破了传统的线性叙事方式，借鉴了电影非线性的叙事方法和古典小说草蛇灰线、伏延千里的写作笔法，把两千年沧桑巨变浓缩到不到两千字的篇幅中，打碎了生硬传统的外壳，使文章变得生动而富有画面感了。

（孙闻）

专家点评

这是一篇关于精准扶贫的新闻特写，特别富有感染力。

首先，记者通过走访，选取了一个非常典型的报道点：地处吕梁山腹地的万年饱村。近一年来，精准扶贫是媒体宣传报道的重点，关于扶贫工作、脱贫典型的报道层出不穷，而这篇特别关注了一个历史上穷了两千多年的贫困村，讲述了这样一个“穷到骨头里”的村子如何在脱贫攻坚战中摆脱贫困过上好日子的故事，村名从“一宿饥”“千年穷”到“万年饱”的戏剧性变化，历史与现实的巨大反差，让人印象深刻，让这篇特写从大量同一题材的报道中脱颖而出，也更好地烘托了精准脱贫的主题。

其次，娓娓道来的叙事结构易于理解和传播。这篇特写没有按照一般新闻报道的撰写方式，开篇就急于展现当下的农村新面貌，而是从 2000 年前的传说讲起，充分展现穷到什么程度、为何穷、如何脱贫、脱贫后村民的生活状况和精神面貌，四个部分环环紧扣，叙事清楚、流畅，节奏感强，讲故事的技巧很好地服务了主题和立意。

第三，挖取细节生动，跃然纸上。记者通过采访深入，挖到了不少真实、生动、极具感染力的细节，如“饿怕的地方庙多、几百口人的村子里就有三座庙”、“窑洞里半边住羊半边住人，吃碗糊糊还得给羊留两口”，淋漓尽致地展现了村民曾经的穷苦，《中阳县志》里的描述增加了历史可考的严谨性；而记者在光武帝挨饿的村里吃得熨帖、村民在羊贩子面前的“牛气”，更是传神地展现了精准脱贫的效果。

第四，难能可贵的是，这是一篇极具画面感的特写。虽然是文字报道，但记者的描述却很注重在视觉、听觉、嗅觉、味觉方面的刻画。“皎月如盘、星汉灿烂”的夜景，是千年脱贫故事的背景板；女主人的一声“开饭了！”、老杨头的一声“不卖了”，是村民富起来的最生动注解；一顿炕头上普通晚餐的色香味描写，更是传神。

如果要提建议，个人认为，对脱贫措施及实施过程的刻画还可以更深入一些。党中央提出精准扶贫、大批扶贫干部想到乡里之后，究竟在田间地头一一列出了哪些政策？为何村民养羊以前赚不了钱现在就能在羊贩子面前“牛气”？木耳香菇的试种是否经历了波折？这样一个典型贫困村脱贫的最大经验是什么？最可为其他地区借鉴的经验是什么？如能更多展开，不仅能让故事更饱满，也能让更多的读者吸取经验，从中获益。

（吴茜 上海广播电视台融媒体中心副主任）

12

记者手记：生命的味道

罗宇凡

地震、泥石流、海啸……凡是跑过突发事件的记者都会熟悉一种味道，在灾后的废墟上，在凌乱的街道上，那是垃圾和遗体散发出的气味，是浓烈的消毒水的气味，是死亡的气味。然而在鲁甸龙头山镇，你闻到最多的却是花椒的气味。

花椒，在来龙头山前，它对我而言就是厨房里一种再普通不过的佐料。用在我最爱吃的水煮鱼里是再好不过。然而在龙头山镇，它却是大部分山民赖以生存的经济来源。一斤花椒35块，在地震之前，龙头山人用卖花椒赚来的钱盖起了房子，送孩子上了大学，给自己开了小商店，或者从外乡取来一位漂亮的媳妇。

花椒就是龙头山人的“命”。

8月，正是花椒收获的季节。3日下午，成百上千的龙头山人正在自己山间的花椒林里“扯花椒”。今年是个丰收季，很多人家里已经晒满了花椒，就等着卖个好价钱。然而，一场突如其来的地震击碎了所有人的梦。房子倒了，亲人死了，家里的花椒也被深埋进废墟的泥土中。

家里的花椒没了，但山上的花椒却救了很多人的命。地震时，家住八宝村的18岁女孩儿林琳正在山上扯花椒。持续的地动山摇把这个刚刚高中毕业的孩子吓得目瞪口呆，慌乱中她紧紧抓住身边的花椒树，枝蔓上的硬刺把她的手划出了一条条血痕，但这是她在地震中所受的唯一一点皮肉伤。

很多人都和林琳一样，地震发生时正在山上扯花椒，所以墙倒屋塌并没有把所有人都埋葬在废墟当中。成百上千的龙头山人因为花椒活了下来。

震后第一天，交通完全中断的龙头山镇吃喝成了问题，有人就用花椒和着酸菜炖一锅汤来给大家充饥。那麻麻的味道虽不足以果腹，却让很多人从慌乱中镇定下来，开始寻找生的希望。

随着救援队伍的快速进入，随着生命通道的逐渐贯通，灾区的生活开始逐渐恢复。龙头山人懂感恩，他们杀掉自家的猪，蒸起大锅大锅的米饭给解放军吃，给救援队吃，给志愿者吃，给一切需要吃饭的同乡亲邻们吃。豆角、土豆、茄子、辣椒……无论龙头山人给你端上什么菜，都会放上几株青青的花椒。

我从没吃过那么好吃的花椒，清香中带着点骄傲的麻辣，吃到嘴里似乎要打通你的任督二脉，让人徒然生出几分傻傻的正能量。

灾区很苦，但有花椒什么都吃的下去，可以没床睡觉，可以没水洗澡，可以没肉吃，但不能没花椒，它不仅调剂着碗碟里的味道，更调剂着人们惊慌悲痛后的情绪。

邓启亮的妻子李芳在地震中去世，他把自己关进厨房，从早到晚不眠不休地给安置点受灾群众、志愿者炒菜做饭，并非是想用极度的疲劳让自己忘记失去妻子的痛苦，他只是想在厨房的花椒味儿里回忆一下妻子身上经常带着的味道。

“耐寒，耐旱，喜阳光，抗病能力强，隐芽寿命长，故耐强修剪。”这是百度百科里有关花椒的词条。 原来这青青嫩嫩的植物竟是如此坚韧，就像龙头山的人一样：可以互相搀扶着走过滚石飞落的山路，可以步行十几公里把救灾物资运进还无法通车的家，可以微笑着告诉你，“活着的人还得往前走”……

林琳暑假结束后就要上大学了，她没能考上自己心仪的大连理工，但决定不再复习，去读一所普通的学校。“复习太贵了，我要省下钱，来年家里还要种花椒呢。”

有山、有水、有人，还有花椒，一切都能重新开始。

离开灾区之前，我寻着破碎的小路又把龙泉村走了一遍。一片废墟中，已经开始有人在空地上晒起了花椒。

离开之后，如果再闻到花椒，也许你闻出的是水煮鱼的味道，而我闻出的，是生命的味道。

新华社云南鲁甸2014年8月11日电

采访札记

在鲁甸龙头山镇，花椒对于每个前线记者而言都是一个不需要策划的意象。它是那么自然而然地走进每个人的心中——在尘土飞扬、抢通道路的施工现场，在瓦砾遍地、残垣断壁的废墟深处，在安置点随手接过的一碗米饭里——鲜花椒的味道总会在你唏嘘感慨或是沉默不语的不经意间流入你的鼻息。在一个裹挟着消毒水和遗体腐臭味的地方，就如同一道划破黑幕的闪电，让人在死亡与窒息中嗅到了一丝生命的气息。这就是《生命的味道》最直观的由来。

灾区7天，我采访了很多人，问了很多问题，我不仅想搞清楚地震给人们带来了怎样的伤害，更想还原他们过往的生活。在这个过程中，我越来越清楚地看到，这样一种植物在龙头山人生活中扮演着怎样的角色：它几乎渗透在人们生活的每个细节，它既是大部分人赖以生存的经济来源，又是当地饮食必不可少的盘中作料；很多人的生活因为它而改变，很多人把对未来的希望寄托在它的身上，指望着一年接一年的丰收，能让生活更美、日子更好。而在地震当天，花椒在很多人的命运中扮演了最重要的角色，许多在山上采花椒的人，因此躲过了一劫。

“救命花椒”这句话，不是记者喊出来的，而是龙头山人自己喊出来的。

采访时，我没有提过一个有关花椒的问题，但龙头山人会在回答你一切问题时提到花椒：“以前种花椒挣了点钱，开了个小商店。”“我供儿子上学的钱，是自己摘花椒一点点攒的。”“我要不是在摘花椒，当时肯定也被埋了……”“房子塌了，但花椒树还没死。”

是啊，还有什么能比花椒与龙头山人的命运联系得更紧呢？

临行的晚上，我写完最后一篇前指布置的通讯，一气呵成此稿。它不是一次采访的结果，而是7天采访的沉淀；它不是一篇布置的稿件，而是我对灾区人民最真诚的交代。我想说，此文后来所获得的一切赞誉与鼓励，其实都是灾区人用苦难和坚守凝聚出的结果。记者做的，就是用心看，然后把它忠实地记录下来。

（罗宇凡）

专家点评

尽管云南鲁甸地震报道《生命的味道》记述的已是四年前的事情，今天读来我依然被感动了。在龙头山上浓烈的花椒气味的漫溢里，记者传递出了生命每一缕脉动的意义，还有灾难新闻叙事熹微的映像。

我们首先看到的，是记者对生活独到的发现。

地震是一场灾难。在这类灾难报道中，记者往往更多地关注、聚焦于地动山摇墙倒屋塌的危急险情，亲人罹难生离死别的沉重氛围和万众一心抗震救灾的宏大精神，凸显新闻的冲击力、震撼力和感染力。只是，当生活业已支离破碎，当家园成为一片废墟，当巨大的痛苦像潮水一样无声地漫过寂静的时间，我们的记者还能发现什么？罗宇凡发现了。他看到了山脚旁山坡上那一粒粒平凡的花椒，他闻到了空气中日子里那一缕缕熟悉的气味，他又捡拾起破碎中寂静中那一个个抹不去忘不掉的场景和故事。他告诉我们，不管当下有多么悲痛，不管前面有多少艰难，龙头山下的乡亲们，又站起在厚实的大地，又踏上了生活的道路，又撑开了生命的天空。

生命的味道，生命的意义，这是记者对新闻价值倾心、深入的阅读。

记者采写新闻，往往有一种“价值焦虑”。新闻的价值从何而来？一言以蔽之，来自于对人的关注。大千世界，万事万物，记者心向往之的始终是人，人的情感，人的需求，人的命运。罗宇凡笔下那些山民与花椒的故事，承载着的是什么？是生命的坚韧：“震后第一天，交通完全中断的龙头山镇吃喝成了问题，有人就用花椒和着酸菜炖一锅汤来给大家充饥。那麻麻的味道虽不足以果腹，却让很多人从慌乱中镇定下来，开始寻找生的希望。”是生命的温暖：“龙头山人懂感恩，他们杀掉自家的猪，蒸起大锅大锅的米饭给解放军吃，给救援队吃，给志愿者吃，给一切需要吃饭的同乡亲邻们吃。豆角、土豆、茄子、辣椒……无论龙头山人给你端上什么菜，都会放上几株青青的花椒。”是生命的牵挂：“邓启亮的妻子李芳在地震中去世，他把自己关进厨房，从早到晚不眠不休地给安置点受灾群众、志愿者炒菜做饭，并非是想用极度的疲劳让自己忘记失去妻子的痛苦，他只是想在厨房的花椒味儿里回忆一下妻子身上经常带着的味道。”是生命的憧憬：“林琳暑假结束后就要上大学了，她没能考上自己心仪的大连理工，但决定不再复习，去读一所普通的学校。‘复习太贵了，我要省下钱，来年家里还要种花椒呢。’有山、有水、有人，还有花椒，一切都能重新开始”……

从新闻话语的表达中，我们也感知到了一种坚定的新闻理念，那就是记者葆有的对生活的热爱和虔诚。

新闻，就是生活的表白。不需要色彩的添加，不需要过度的阐释，也不需要着意的滤清。因为，生活远比我们想象的更斑斓，更丰厚，更本真。《生命的味道》一文，一如龙头山上的花椒，真实，质朴、饱满。一句“成百上千的龙头山人因为花椒活了下来”，便深刻地道出了人与自然共生共荣的生态伦理。这篇手记也启迪我们，还需进一步解放新闻的理念、视野和话语。

生活有其自身的逻辑、张力和取向，我们需要的是尊重、融入和汲取。“让生活引领生活”，这是新闻的特质，也是新闻的生命。

（张正宪　新华社半月谈原副总编辑）

13

3 万亩“私家湖泊”为何如此任性？

新华社记者

在洞庭湖深处，一道高高垒砌的堤坝似“水中长城”，围出一片面积近 3 万亩的私人湖泊，严重影响湿地生态及湖区行洪。“新华视点”记者调查发现，这道堤坝是当地一 个私企老板所建，曾被湖南省、益阳市、沅江市（县级市）等各级政府数次严令拆除，但依旧岿然不动。

近日，生态环境部组成督察组，对洞庭湖私人矮围破坏生态问题开展专项督察。

国家湿地成了“私家湖泊”

被誉为“长江之肾”的洞庭湖，是我国乃至世界范围内的重要湿地。5 月中旬，记者从益阳市沅江漉湖芦苇场抵达洞庭湖腹地，发现一圈高高的堤坝横亘湖中，一眼看不到尽头，围挡成一个独立的世界。

经多方求证，记者得知，这个巨型堤坝是目前洞庭湖中最大私人矮围，其位于洞庭湖的下塞湖区域，横跨岳阳、益阳两市，沅江、湘阴、汨罗三县。

据漉湖芦苇场有关负责人介绍，洞庭湖涨水为湖，落水为洲，漉湖芦苇场被誉为“江南第一苇场”。上世纪 90 年代开始，当地政府将芦苇地陆续承包给企业老板。2001 年，由于芦苇市场低迷，私营老板夏顺安发现其承包的芦苇地不太挣钱，于是建堤圈地，在里面种树、养鱼。

“他这样做等于把国家的湿地变成了自己的‘私家湖泊’。”当地群众告诉记者，矮围建起来以后，他们再也无法自由进出捕鱼，芦苇也不能收割。从开始建设算起，“夏氏矮围”已侵占洞庭湖湿地 17 年之久。

老百姓更为忧心的是，自从夏顺安的巨型矮围建起来以后，当地防洪压力加大，鱼类也减少了。“上世纪末，我在这里见过江豚，夏家的矮围建起来之后，江豚就再也没有来过。”当地一位渔民说。

几经周折，记者登上堤坝。洞庭湖此时已值涨水季节，堤坝外湖水浩浩汤汤，而堤坝内，芦苇一望无际。矮围上，猪、牛、羊成群，牲畜粪便无处不在，将洞庭湖湿地变成养殖场。

沿着矮围，记者发现堤坝上多处堆放砂石，还有两处非法砂石码头。就在草尾河漉湖段的河长公示牌对面，大型挖掘机正将堆放在矮围上的砂石往排队的货车里倒。在另一处非法砂石码头附近，有多艘四五层楼高的大型挖沙船停靠，满载砂石的运砂船正往湖中驶去。

多次整治依然不为所动

“根据我国湿地保护管理规定，开垦、填埋或者排干湿地，破坏野生动物栖息地和迁徙通道、鱼类洄游通道，擅自放牧、捕捞、取土、取水、排污都是被禁止的。夏某可谓条条都犯，如果证实有挖沙、采矿等活动，问题就更严重了。”南洞庭湖自然保护区沅江市管理局副局长万献军说。

事实上，“夏氏矮围”早已被各级政府部门下令整改多次。

2014 年，这个洞庭湖上的巨型矮围被湖南省遥感中心通过卫星监测发现。公开报道显示，这个矮围呈封闭状，据水利部门测量，矮围围堤周长达 17 公里，堤高 33.5 米至 35.5 米，顶宽 8 米至 15 米，底宽约 80 米。2015 年，因其违反防洪法，湖南省水利厅多次要求当地水利部门采取措施。2016 年，沅江市出台《沅江市拆除洞庭湖矮围网围专项行动实施方案》。

但记者调查发现，整治措施没有严格落实，超级矮围的破坏性影响依然存在。

根据上述沅江市洞庭湖矮围拆除方案，闸口必须全部拆除。2017 年 5 月 7 日，当地对“夏氏矮围”位于沅江市漉湖芦苇场境内一高约 16 米、长约 70 米的节制闸实施爆破拆除。但记者近日在现场看到，节制闸爆破地仅可见一条约 1 米宽的小水沟将堤内外的水连接。

沅江市规定，以闸口为中心拆除矮围堤坝总长度的 20%，达到与大湖相通。记者在现场看到，此节制闸周围的堤坝纹丝未动。闸口所在的沅江市漉湖芦苇场一干部说，拆除的堤坝换了个位置，不在闸口附近。而当记者跟随他到达所谓的拆除处时，发现这里原本约 30 米高的堤坝，仅比周围堤坝矮了 2 米左右。

沅江市还要求拆除矮围中的附属建筑物，但记者见到矮围内多栋两三层建筑完好无损，没有一丝要被拆除的迹象。

记者问为何不按沅江市制定的拆除实施方案执行，这位干部表示，操作中确有调整，不过是“上面”同意了的。记者追问，是否有文件等资料证明，这位干部避而不答，却说“反正这是通过了验收的”。

拆除矮围为何如此之难？

近年来，湖南大力拆除洞庭湖区非法矮围，“夏氏矮围”能够不为所动，记者发现，其根本原因还是背后复杂的利益纠葛。

夏顺安告诉记者，到 2014 年才有政府部门表示其矮围不合法。“我长达 13 年违法，陆续投入了近 2 亿元，你们怎么才发现？”据此，他认为历史责任不应由自己背负，如果要清除矮围，政府必须进行补贴。

漉湖芦苇场相关负责人表示，芦苇场仅将芦苇地承包给夏顺安，但从未允许其在承包地建设矮围。可事已至此，光拆除费用就要几千万元，谁来出这个钱？

记者查看夏顺安与漉湖芦苇场签订的《湖洲租赁承包合同书》，发现上面写着“承包费根据市场行情，价格实行一年一定”。2014 年至今，夏顺安承包的下塞湖没有上交过承包费。

既然夏顺安拖欠承包费，已经违约，政府为何不终止合同？漉湖官员回复记者称“要人性化操作”，合同执行过程中有具体情况，以前状况好的时候，夏顺安帮助芦苇场做公共事业、场里资金周转困难的时候出了力。至于他违反了国家的规定，是另外一回事。

“我和当地干部交流的时候，发现他们有畏难情绪，不敢对他依法处理。”益阳市一位知情的干部告诉记者。

多位受访人士表示，“夏氏矮围”的问题具有代表性，洞庭湖长期以来承担着生产和生态两大功能，由于利益驱使，在部分区域破坏了生态平衡。要使洞庭湖恢复碧水蓝天，必须破除地方上盘根错节的利益关系。

中科院洞庭湖湿地生态系统观测研究站站长谢永宏等专家分析认为，对“夏氏矮围”的处理，应着眼于水利防洪、生态环境、当地民生，尽快落实拆除费用，明确追责措施，制定了方案就必须严格执行。

据记者最新了解，督察开展后，当地政府已迅速采取措施进行整改。6月上旬，益阳市组织59台大型机械和4艘作业船只，计划20天内拆除全部剩余围堤，并严查该问题背后的“保护伞”和失职渎职行为。

新华社长沙2018年6月11日电

（史卫燕、丁春雨 参与记者张笑宇、陈梦婕）

采访札记

今年受到社会广泛关注的洞庭湖《3万亩“私家湖泊”为何如此任性？》这一调查报道，让我深刻地体会到了增强“四力”、守正创新的力量。

“脚力”，走出来的“群众缘”让线索送上门来。今年5月9日一早，我收到一位渔民的信息，早在三年前我就在关注的洞庭湖腹地3万亩“私家湖泊”不仅还没拆除，修建它的私人老板竟公然在私家湖泊的堤坝上修建非法砂石码头，买卖“水中软黄金”河砂。得知这个线索，我心里怦怦直跳。

最近三年中，我曾因暗访需要，两次经过洞庭湖深处的3万亩“私家湖泊”所在地，其外围在10多年间修建了严重破坏生态环境和防洪安全的私人矮围（洞庭湖中称人造堤坝为“矮围”），民愤极大。

暗访那天，我们坐着渔民提供的船偷偷爬上了“私家湖泊”的矮围，不多久，望风的渔民发现远处有人开着摩托车过来，一边大声朝我们呼喊“快跑！这是马仔，发现我们会挑断手筋脚筋”，一边用衣服立刻罩住头往船的方向跑。我们赶紧收好设备匆匆上船。幸好那几个人没有注意到我们，我和同事还是决定把暗访做完。渔民不敢再上岸，也劝不住我们，只好商定工作结束后再来接。

“脑力”，积累出的“思考力”让报道找到最佳时机。事实上，在几年前暗访时，湖南省正在下大力气清理洞庭湖区域内的非法矮围，我相信这个庞然大物将在此轮清理中倒下，因此并未单独对它进行报道，只是保持关注。而在今年得知“私家湖泊”最新线索前不久，习近平总书记考察长江，指示大家守护好一江碧水。在这种背景下，“长江之肾”洞庭湖中这个“私家湖泊”竟然依旧屹立不倒，顶风违法，愈演愈烈，其性质之恶劣非同一般。

和总社“新华视点”栏目沟通后，在分社的支持和安排下，当天中午我和电视记者丁春雨、新媒体记者陈梦婕、摄影记者张笑宇就出发前往当地。

“眼力”，练出来的“判断力”让采访客观深入。多年的调查经验提醒我，无论当地政府、私人老板还是当地老百姓，他们都有自身的利益诉求，不应以偏概全，一叶障目，而是应该多方采访，兼听则明。

进入“私家湖泊”的“所有者”夏某家的大院时，里面不知为何有许多不知来历的人，用眼睛直勾勾地看着我们，但我们没有退缩。一番沟通后，对方答应了我们的采访要求。根据经验，我们使用“迂回法”“激将法”“交叉印证法”“现场对质法”等方式采访，获得了大量关键信息，之后成功离开现场。

“笔力”，创新出的“表达力”扩大传播力。在出发之前，编辑部刘江老师就告诫我，区域性的环保题材报道往往叫好不叫座，要有心理准备。

我找到的解决之道是，想办法让读者跟着记者身临其境“直面”关键问题。我们报道团队默契合作，采取暗拍、录音等方式，将采访过程完整记录下来。事实证明，将真实而有冲突感的场景在文字稿、视频中展现，显著提高了稿件的可读性、现场感。

稿件获得高度关注。习近平总书记等十位中央领导对稿件作出重要批示。被224家媒体采用，仅在新华社微信公众号、人民日报微信公众号的阅读量一小时内均突破10万+，腾讯客户端短短几小时评论量达4万+。

报道发出后不久，在党和政府的推动下，这一侵占洞庭湖湿地17年之久的“生态毒瘤”全部拆除，私营企业主夏某因涉嫌非法捕捞、骗取贷款、非法采矿等犯罪行为被采取刑事强制措施，62名国家公职人员被问责，11人被立案审查和监察调查。

（史卫燕）

专家点评

看到《3万亩“私家湖泊”为何如此任性？》这篇监督性报道，我想到了一句话：一篇准确的报道本身就是它自己的最佳社论。这是一篇好的报道，这篇报道本身不需要配评论了，因为事实已经有了充分的评论力度和锐度。其实，在调查事实的过程中，记者已经掌握了充分的事实可以证明背后肯定有保护伞，有复杂的利益勾连。这个曾经的人大代表、如今占据着国家湿地的人，肯定有靠山，他才能经过多次整治却依然不为所动，才敢顶风占地，才能面对那么多批评和举报而不受影响。可贵的是，记者并没有当评论员，并没有急于在报道中下这些判断，而是尽可能让事实去说话、去“评论”——为什么拆除矮围如此之难？让被调查的干部自己去说——“要人性化操作”“不敢依法处理”，让被调查者的“避而不答”说话。深挖幕后，直至要害，既有锐度，又无懈可击，体现了新华社记者的专业精神。

其实，相信每个读完这篇报道的人都能得出结论，背后有保护伞和失职渎职问题，但记者没有替读者作判断，没有用激烈的情绪、正义的姿态和先入为主的判断带节奏，而是做一个记者应该做的和能够做的：用脚采访，用笔还原，让事实自己去说话。这也正是这篇报道能够产生重大影响的关键所在，事实本身足够充分，能用报道一下子把曝光的问题钉死，让地方政府和被监督对象无法回避。是啊，靠什么直言不讳还能让人接受？惟有准确的事实。“记者之笔”是如何撼动3万亩私家湖泊这个老大难问题的？靠的正是事实的力量。挖掘事实和真相，不是一种媚俗和自媚的道德激情，而是一种专业能力。新闻工作的实质，是用核实和事实进行约束，在克制高蹈的争议激情中去接近真相的正义。

记者总结时说，调查时要有侦探般的机智勇敢，那么写稿时还得有法官般的冷静严谨。——这种“法官般的冷静严谨”，正是新华社报道能在舆论场上树立自身权威、公信形象的关键所在。

（曹林 中国青年报编委、高级编辑）

14

来督导督查的人比抓落实的还多

范世辉　邵琨

督导、督查、督察……都是上级通过实地查看、走访调研、翻阅资料、询问答复等方式，督促各项工作完成的一种手段。近年来，党中央、国务院加大了对工作落实情况的督导督查，有力促进了各项任务保质按时完成。然而督查过多过滥，则可能适得其反。

半月谈记者在基层采访时，听到许多乡镇干部诉苦：中央层面的督查很有必要，但目前一些地方层层搞督查，已成基层不能承受之重，不仅没有达到促进工作落实的效果，反而严重耗费了具体抓落实的人力、物力、精力，产生反作用。

都在督查，谁来落实？

问：这段忙啥呢？答：精准扶贫。问：扶贫部门干啥呢？答：督查我们。问：这段忙啥呢？答：污染防治。问：环保部门干啥呢？答：督查我们。问：这段忙啥呢？答：土地执法。问：土地部门干啥呢？答：督查我们……

问：你是哪个部门的，怎么谁都督查你们？

答：我是乡镇干部。

这是半月谈记者在华北、华东一些乡镇采访中听基层干部说的段子，细节不同，大体内容相仿。显然，这有些夸张，但反映的问题却很真实。

近年来，在各项工作抓落实的要求下，各种形式的督查多了起来，作为在一线落实各项工作的乡镇党委政府，迎检压力之大难以想象。

“从2017年9月开始，仅乡上的2个锅炉，各级部门就查了10多次。”一位乡镇干部告诉半月谈记者，以环保督查为例，2017年4月，原环保部对京津冀及周边地区大气污染防治开始了历时一年、共计25轮次的环保督查。而在原环保部督查之前，市里和县里不放心，还要自行提前检查几次，再加上各种专项整治检查和市县两级的日常检查督导，仅环保一项，平均每半个月上级就检查一次。

“有检查就一定有追责，来的都惹不起，所以要好好陪。”一名镇党委书记说，上级来检查某项业务，下级政府领导和业务部门都得陪同。到了乡镇一级，乡镇党委书记、乡镇长都得陪同，否则可能会被认为不重视。“我一年中有200多天在迎接、陪同检查，有时候这个检查组还没走，另一个又来了。”

东部某省一位负责畜牧、林业、水利等多方面工作的乡镇干部说，从今年3月以来，他迎接、陪同上级各个部门检查指导工作的次数已经超过50次。到了年底，光迎检这一项工作就忙不过来，乡镇日常工作基本不干了。他感叹道：“现如今督导检查的人比具体抓落实的人还多。”

重形式轻内容，工作未落实反落空

半月谈记者在采访中发现，为了促进工作落实的各类督查，许多都演变成形式主义，不仅占用了基层干部大量时间和精力，更影响了被督查工作的落实。

“上级检查的时候过分重视台账，开会多、研究多分值就高，对工作的结果反而不太重视。”一名乡党委书记对此很不理解，有的工作开会多与其说是重视，还不如说是效率低。本来一个会就能解决的事，开那么多会干什么？

据这名乡党委书记反映，不管是计生、宣传还是党建，各项工作的检查考核都会被细化成分值，比如评价领导是否重视，要看“开过几次会、研究过多少次，是什么级别的会布置的”，还有的要求每月必须开会研讨一次，每一项都对应着相应的分值。

为了应付检查，有些乡镇想出一个绝招：在一个多议题的会议中频繁变更会议室的电子条幅，换一个议题就换一个会议名称，拍照留念以备督导检查。

“整天被督导检查，不少乡镇干部已经是背着不止一个处分在干活了，谁也不想因为台账的问题背处分。”一名乡镇干部告诉半月谈记者，大家的想法是，不管形式主义不形式主义，既然上面要看，先把台账做漂亮，等检查过了再说干活儿的事。

以扶贫检查为例，不少基层干部反映，不同部门要求的材料侧重点不同，考核指标排列顺序不同，他们大量的时间用于给不同的部门准备不同的材料，对脱贫攻坚工作不但没有推动作用，反而侵占了他们抓工作落实的时间。结果“工作没有落实，反而落空了”。

上面千条线，乡镇一根针，各级各类督查人多频次多让基层干部身心疲惫。不少基层干部告诉半月谈记者，由于各类督查太多，基层一些日常工作只能放到晚上和周末做。“乡镇党委书记和乡镇长白天陪检查，晚上开会布置工作更是家常便饭。”一位乡镇干部说。

减数量提质量，督查要“瘦身”

干部群众和专家认为，在当前改革发展不断提速的大背景下，有些督查是必须的，是保证各项工作落实的重要手段。但是，层层督查、形式大于内容的督查则让基层干部不堪重负，亟待“减数量、提质量”。

对督查要持审慎态度，不能太随意。一位党校教授认为，应根据工作实际需要进行督查，并注意频次。对于工作难度大、程序复杂的事项，可以带着标准、规则，就不同时间段的具体要求有针对性地去督促检查；对于流程简单的事项，在推进过程中就没必要三番五次去查，可以直接“要结果”；常规工作要形成制度，不能心血来潮，说查就查。

上级单位不要为了自己“留痕”折腾乡镇干部。一位曾参与督导检查的干部坦言，本身督查是为了抓落实，可如今一些督查却成了督查单位规避问责所需。“虽然自己制定的检查评比细则并不科学，效果也有待商榷，但是通过到乡镇督查，有关部门可以表现自己重视某项工作，抓落实也留了痕迹。”

同一项工作检查应统一时间集中开展。不少乡镇干部提到，比如年底的扶贫检查，可能涉及产业、卫生、教育方方面面的工作，不要今天扶贫办去查，明天教育局去查，后天卫计局去查，可以规划一下，各部门集中进行，避免占用乡镇干部过多时间。同时，有些数据可以共享，各个部门不要各自为政，都伸手向基层要数据。

提高检查人员自身素质，避免检查者“念歪经”。华北某市要求乡镇干部必须保证晚上 1/3 的人员在岗，并异地抽调人员组成检查组夜查。一位乡党委书记说，检查组某晚去检查时，他们正在开全体会议布置工作，按说人数远超 1/3，但检查组非要对照当天值班表核对人名，还要求每人必须出示身份证，某职工没带，不得不翻箱倒柜找到一份身份证复印件才算过关。这不是促进工作，这是瞎折腾。

（半月谈 2018 年第 16 期）

采访札记

《来督导督查的人比抓落实的还多》见刊不久，中办就下发了《关于统筹规范督查检查考核工作的通知》。将基层干部群众的呼声反映上去，引起中央的高度重视，进而推动问题的解决，这正是新闻媒体人特别是新华社记者的神圣使命。

文章迅速传播，引起基层干部广泛共鸣。不少基层干部表示，稿子在朋友圈“转疯了”，很多人“流着泪看完这篇报道”。还有乡镇干部给记者打来电话，说看到有中央媒体知道他们的真实状态，说出了他们的心声，感觉很暖心。

稿件的线索，来自于记者的基层干部朋友。多年交往形成的感情积淀和彼此认同，使得一些基层干部把记者当成“自己人”，他们经常会把工作中遇到的一些困惑告诉记者。中央新出台一些政策，好不好落实、难点在哪里，记者在他们那里也能经常找到各种答案。

此前，记者曾多次听基层干部“吐槽”督查检查过多过滥的各种荒唐事。一开始，记者只是一听了之，并未深思。然而，听得多了，便意识到这可能是一个很严重的问题。基层干部如果满腹牢骚、抱怨连连，怎么保证各项改革政策顺利推进？于是，反映基层干部呼声的想法悄然而生。

督查检查过多过滥是共性问题还是个别现象，到底程度如何？记者与编辑部沟通后，在河北、山东走访了十几个乡镇，更加深入广泛地核实求证。我们了解情况的方式也是多种多样：或喝茶聊天，或座谈研讨，或全程随访，甚至“冒充”乡镇干部陪同检查……

只有深入深入再深入，才能听到真话、看到真相、得到真实。有的干部大胆说出“一年中有200多天在迎接检查”；有的自揭家丑，讲自己“如何不断更换电子屏上的会议议题来拍照留痕”；还有乡镇干部讲到“把在医院陪家属做手术的村干部叫回来迎接督查，家属在医院号啕大哭”的时候，两眼通红，连连说“真是于心不忍，但又无可奈何”。这些敞开心扉的话语和一个个鲜活的事例，为我们的稿件提供了真实可靠的素材。

在成稿过程中，我们决定用白描的手法，多用干部的“土话”来反映基层的心声。“来的都惹不起，所以要好好陪”“工作没落实，反而落空了”等语言，形象刻画出乡村干部重压下的状态，揭示出官僚主义、形式主义的不良后果，也让稿件升华到理性思考、提出“督查‘瘦身’”的建议变得水到渠成。

我们常说走基层，其实不仅仅是记者“人到了乡村”，更重要的是“走进去”，进入受访对象的心里。只有真正融入一个群体中，才会听到这个群体最真实的呼声。

（邵琨、范世辉）

专家点评

2018年8月，一篇名为《来督导督查的人比抓落实的还多》的报道在朋友圈中刷屏，文中批评的在督导督查中的形式主义等问题激起了很多基层工作者的共鸣，并引发了其他媒体对此话题的关注。

与成就报道、经验报道等题材不同，批评报道的操作更为复杂和困难。首先，批评报道的选题不易，记者既需要有很强的新闻敏感，又要有社会洞察力和大局观，能够从生活和工作的蛛丝马迹中洞悉一般人看不到的问题的关键症结所在；其次，批评报道的采访不易，人人都喜欢谈论成就和经验，而谈及问题，免不了要避讳或推诿；再次，批评报道的写作不易，因为批评报道一经发布，报道中的任何细节都不容出错，否则，媒体可能置身报道失实和侵权的危险境地，所以所有文本都需要反复核实，经得起推敲。

而作品《来督导督查的人比抓落实的还多》则很好地诠释了批评报道的特质，并产生了理想的传播效果。这篇作品的成功说明批评报道更需要“四力”并举。

批评报道需要“脚力”。不深入乡镇基层，如何能听到来自基层的抱怨声？不广泛地深入基层，如何获得那些具体生动的案例，如何能做出理性的判断，发现督导督查的形式主义和频次数量过高的问题？

批评报道需要“眼力”。督导督查本是一种中央和国家机关进行工作考核的重要方式，记者能发现这项工作实施中的问题，并敢于对此提出批评见解说明其具有很强的“眼力”，能通过观察、发现、判断、辨别，去及时发现社会上的不良现象和风气，有效辨别纷繁芜杂的各种声音，对重大问题做出合理的分析研判。

批评报道需要“脑力”。这篇报道不仅揭示了基层督导督查中存在的问题，还提出了相应的改进建议：对督查要持审慎态度；上级单位不要为了自己“留痕”折腾乡镇干部；同一项工作检查应统一时间集中开展；提高检查人员自身素质，避免检查者“念歪经”。由此可见，记者对自己批评的问题做了深入的思考，并没有将批评报道的价值限制在“批评”层面，而是发掘问题背后的解决方案，力求能做到有建设性地批评。

批评报道还需要“笔力”。在自媒体、社交媒体传播效力越来越强的当下，如何让一篇关注严肃主题的批评报道“刷屏”？记者除了用真情实感写出真问题，还用具有吸引力的标题、有趣的段子、鲜活的案例使报道从开篇就显露出叙述的巧妙性，可见记者熟知当下受众的心理，具有很好的笔力。

（方洁　中国人民大学新闻与传播学院副教授）

15

掀开美式民主的面纱

新华社记者

5月3日，美国总统预选之战的结局骤然明朗：特朗普锁定共和党总统候选人提名，希拉里也已基本锁定民主党总统候选人提名。

倘若不出意外，美国下一任总统将在特朗普和希拉里之间产生。

透视这场美国总统预选之战，不难发现，其中充斥着抹黑、谎言与金钱。

“不管你持什么观点，美国民主的健康都是值得担忧的。特朗普等投机取巧者为争夺总统这个角色斗得不可开交。”英国《金融时报》美国问题专栏作家爱德华·卢斯不久前一针见血地指出。

抹　黑

美国作家马克·吐温在其小说《竞选州长》中描绘了候选人不择手段抹黑对手的种种招数。

正在进行的美国大选，似乎可以称为马克·吐温小说的现实版。

就在3日举行的印第安纳州预选前两天，特朗普与另一名共和党总统提名争夺者、得克萨斯州联邦参议员克鲁兹在竞选造势中相互对骂：

——特朗普援引小报报道称，克鲁兹父亲与“肯尼迪遇刺案”有牵连，还说克鲁兹“精神越来越错乱”；

——克鲁兹则指名道姓骂特朗普是“女人的连环杀手”“病态的撒谎者、

自恋狂”，并称“在所有方面，特朗普都在欺骗选民，把选民当笨蛋”。

今年 3 月，一张“艳照”成为美国舆论关注的话题。一个超级政治行动委员会找出模特出身的特朗普夫人多年前为时尚杂志拍摄的这张照片，用它来制作反对特朗普竞选的广告，上面写着：“这就是你所选的下任第一夫人，不想这样的话，周二就投票给克鲁兹吧。”

特朗普随即发起反击，在个人推特上发布了一张把他夫人和克鲁兹夫人的照片拼在一起对比的图片，前者“形象靓丽”而后者“形象不佳”，以此来丑化克鲁兹夫人。

此事后来进一步发酵。美国媒体爆料称，克鲁兹可能有“多个情人”，其夫人还曾因此抑郁。对此，克鲁兹夫妇予以否认。

4 月 5 日，克鲁兹赢得威斯康星州预选后，特朗普团队发表声明说：“克鲁兹比傀儡还傀儡，他是一个特洛伊木马，受共和党大佬操纵，试图从特朗普手中偷走提名。”

事实上，今年美国总统竞选“希拉里对阵特朗普”态势 4 月中旬就隐然形成。从那时起，双方口水战日趋激烈，他们互称对方是个“灾难”。支持希拉里的最大的超级政治行动委员会日前宣布，将发布广告片，揭露特朗普的“骗子”面目，片名是《特朗普：销售的艺术》。

而在 4 月 26 日拿下东北五州预选后，特朗普在庆祝讲话中也没忘记攻击希拉里。他指责希拉里打女人牌，宣称如果希拉里是男人，她连 5% 的票都拿不到。

其实，多少年来，美国选举的进程一直是一个竞选人相互攻击、互曝丑闻的过程。翻找旧账者有之，散布谣言者有之，拿桃色新闻说事者有之，拿健康和家人说事者亦有之。

为了登上总统宝座这一权力的顶峰，他们不惜使出浑身解数，把对手踩到脚下。

狂　言

让－雅克·卢梭曾说：“人民永远不会腐化，但有时会被蒙骗。”

在这次美国总统预选中，一些总统竞选者就口无遮拦，大放厥词。

许下看似美好但难以实现的政策承诺，画下一个大饼给选民充饥，以赢得他们的选票，这是美国总统竞选人的惯用手法。

“我们将沿着墨西哥打造一个强大的、令人难以置信的边界……我们将建造一堵墙。”2月9日晚，特朗普对选民发表演讲时如是说。特朗普在不同场合多次声称要在美墨边境修一道“美丽的墙”，以杜绝被他称为“毒犯”和“强奸犯”的非法移民从墨西哥进入美国。

在今年美国总统预选中，特朗普成了口出狂言的代表。他声称要“禁止穆斯林入境”，并遣返1100万非法移民和他们的子女。他还主张废除美国签署的自由贸易协定，并对外国商品征税，以夺回被其他国家抢走的工作机会。

在此次美国总统预选中，民主党竞选人桑德斯无疑是除特朗普之外的另一个“异类”。他提出了幻想式的医疗政策和财政政策，还誓言要废除美国国内税务局和联邦储备系统。

美国布鲁金斯学会高级研究员理查德·里夫斯发表文章说：“特朗普的想法很疯狂，而桑德斯的想法很不中用。”

“如今，美国总统候选人的政策规划和他们获得多大的政治支持，似乎已经没有关系。如果非要扯上关系的话，那也是反向的关系，特朗普提供了政策从政治出发的最生动的例子，”里夫斯说。

著名经济学家克鲁格曼在《纽约时报》上发表文章说，桑德斯在许多重大问题尤其是金融改革上，只是简单地喊口号，而没有做认真的思考，他的政治变革理论完全不现实。

为讨好选民、赢得选举而随意承诺，背后是美国选举中根深蒂固的“谎言文化”。比如在2012年的总统选举中，共和党总统候选人罗姆尼被人曝光惯于信口开河，在 30 周内共撒了 533 个谎。

而此次大选中，在“邮件门”问题上一直死不认错的希拉里面对舆论的追究最终承认“那是一个错误”，并称“对此我感到抱歉，我对此负责”，令其诚信遭受质疑。

对此，中国社会科学院国际问题专家叶海林指出，美国大选现在好像是在比谁说话更吸引眼球，而不是谁更有办法。大选时什么都可以说，选后什么都不办。很多问题在选举时显得很严重，但选后却无人过问。

美国《赫芬顿邮报》在一篇评论里这样评价美国大选中的谎言现象：“或许，这就是担任帝国总统一职的新标准——要的不是坦诚，而是谎言。”

金　钱

“金钱是政治的母乳。”

上世纪 60 年代，美国加利福尼亚州议会领袖、民主党人士杰西·昂鲁这句不经意的玩笑话，因其犀利而精准，流传甚广，用其描述美国的竞选再恰当不过了。

“我真的很有钱。”亿万富豪特朗普的这句“口头禅”，一语道破美国总统竞选的天机。

在美国，有钱不一定能当上总统，但没钱是肯定当不上总统的。钱从哪里来？要么自己拥有，要么就去筹款。

在这次总统竞选中，特朗普自己很有钱，其他总统竞选人则忙于筹钱。筹款本事就像一道筛子，先过滤一批没这个本事的竞选者，即便他们的政策主张受到多数美国人欢迎。

筹款之需，为特殊利益集团和富人阶层利用财富操纵美国政治打开了方便之门。在美国选举中，虽然很少发生直接受贿的事件，但由于法律护航，金钱对权力施加影响、权力为大企业有偿服务的行为已被合法化。

《华盛顿邮报》4 月 15 日发布报告说，截至今年 2 月底，美国大企业和富人阶层已向“超级政治行动委员会”捐款6亿美元，其中41%来自50个超级富豪家族。

2009年，超级政治行动委员会被合法化。此后，企业虽然不能为竞选人基金输入大笔资金，但却可以向所谓的独立组织一掷千金，这些组织也有权为竞选人开展竞选活动。竞选人一旦竞选成功，日后便会对为超级政治行动委员会捐款者“报之以李”。

俄罗斯《政治杂志》主编彼得·阿科波夫指出，超级政治行动委员会对总统及国会选举的影响力非常大，但它得到合法化这一事实本身，便意味着美国政治体系已陷入危机。

阿科波夫强调，超级政治行动委员会的存在引起了普通美国人的不满，而政治精英打算公开违背民意，不会关注国家福祉。

“美国政治里钱潮涌动，这些资金百分之百合法，却产生了根本性的腐化效果。”美国西北大学教授本杰明·佩吉这一看法与阿科波夫的观点产生了强烈共鸣。

美国前总统卡特曾道出肺腑之言：“美国是一个寡头而非民主国家。美国民主是虚伪的，不管控制国家和媒体的寡头向它注入了多少资金……令美国成为伟大国家的政治体系事实上已被摧毁。如今，只有政治行贿没有止境的寡头才能决定推举谁当总统候选人、让谁当选。州长、参议员、众议员也是如此。”

据预测，今年的美国总统选举费用有望突破50亿美元，轻松打破2012年创下的20亿美元纪录，成为美国史上最贵的选举。

为寻回失落的“民主”，4月11日，数千名抗议者从宾夕法尼亚州费城出发，徒步跋涉220余公里，向首都华盛顿进发。此后，在这场被称为“民主之春”的抗议活动中，示威者们要求“国会立即采取行动，结束金钱政治的腐败行为，确保选举公正自由，让每一位美国人都能发出平等的声音”。示威者中，有人手持标语：“将巨额献金清扫出政治。”

结果，超过400名示威者遭到逮捕。

至此，人们已经不难看清，在美式民主的面纱下，美国政治到底是何种面目。

新华社北京 2016 年 5 月 5 日电

（记者包尔文、赵卓昀、刘赞、闫亮、徐剑梅、何险峰、徐静）

采访札记

2016 年春夏之交，美国总统预选之战打得正酣，共和党竞选者之间，民主党竞选者之间，以及两党竞选者之间，相互攻讦，又自吹自擂，闹哄哄地上演着捞取选票的戏码。这场选战博取了国际舆论的不少眼球，毕竟，谁当世界上唯一超级大国的总统，非同小可。

作为中国主流媒体，作为国家通讯社，新华社如何对喧嚣而重要的美国选战发声？

发挥“脑力”是必需的。需要思考的首要问题是，美国总统选战对中国意味着什么？难道仅仅是让国内受众好奇心陡增的普通国际热点事件？还是蕴藏着国际舆论斗争的某种契机？以不同的站位看待选战，就会有不同的文章切入角度。中立的站位能保持客观，却也会使文章失去灵魂。长期以来，西方舆论经常无端攻击我政治制度和人权状况等。经过思考，笔者觉得，美国选战呈现的混乱局面，为我们反击西方舆论提供了可能。批判的站位才是优先选项。

有了站位之后，“眼力”重要性凸显出来。如何做到“不畏浮云遮望眼”，由表及里，去伪存真，见西方舆论之未见，言西方舆论之不言？这就要透过闹得沸沸扬扬、看似“民主”的竞选活动，发现其中到底暗藏着哪些深层次消极因素。经过深入调研，结合前方记者观察，笔者认识到，美国的这场总统预选在“民主”面纱下，暗藏着不遗余力的彼此抹黑、罔顾现实的夸下海口、大量金钱的兴风作浪等。这些黑幕的背后是美国不同利益集团或群体之间的恶性竞争。掀开这层面纱，读者就可以看到美式民主真面目。

对于“发烧”的新闻现象，除了要用思考力剖析其灵魂，更要用“笔力”将剖析结果精准表达出来，并引人入胜地呈现给读者。这篇特稿，虽然批判性颇强，但笔者有意识地抛弃了长句长段、论来论去的俗套，而是追求短句短段、简洁明了、层次清晰、节奏明快，因此文章既有说服力，有轻盈顺畅。文中有不少增色添彩之笔，例如，“美国作家马克·吐温在其小说《竞选州长》中描绘了候选人不择手段抹黑对手的种种招数。正在进行的美国大选，似乎可以称为马克·吐温小说的现实版”“人民永远不会腐化，但有时会被蒙骗”“金钱是政治的母乳”，等等。

笔者在写作时尽量用事实说话，用“外嘴”说话，同时贯穿一些画龙点睛之笔。例如，“多少年来，美国选举的进程一直是一个竞选人相互攻击、互曝丑闻的过程。翻找旧账者有之，散布谣言者有之，拿桃色新闻说事者有之，拿健康和家人说事者亦有之。”“或许，这就是担任帝国总统一职的新标准——要的不是坦诚，而是谎言。”“美国是一个寡头而非民主国家。美国民主是虚伪的，不管控制国家和媒体的寡头向它注入了多少资金……令美国成为伟大国家的政治体系事实上已被摧毁。如今，只有政治行贿没有止境的寡头才能决定推举谁当总统候选人、让谁当选。州长、参议员、众议员也是如此。”寥寥数语，升华了文章的思想。

此外，一篇好的新闻报道，也离不开记者的“脚力”。这里有一个问题，就是国际新闻编辑身在国内，往往无法亲临外国新闻现场，如何得到生动的、真实的第一手素材？显然，前后方合作是必然选择。前方驻外记者实地采得素材后，可与后方编辑沟通、交流，对素材加以综合利用，携手打造有深度、有高度、有温度的精品力作。撰写此文时，笔者就整合了前后方的各自优势。

（包尔文）

专家点评

在当前的国际传播环境下，话语体系建设已经成为一个重要的命题。

如何打造融通中外的新话语新表达，也是党的十八大以来我国主流媒体的一个重要工作。这其中，就包括如何突破“西强我弱”的国际舆论格局，提升我国媒体在国际事务和国际舆论斗争中的话语权。

《掀开美式民主的面纱》正是这样的一个精品力作。作为议题本身并不新鲜，美国总统选举每四年一次，你方唱罢我登场，美国政治的纸牌屋也饱受诟病。但是作为观点和深度分析，这篇稿件诞生在一个极为重要的历史时刻。2016年5月，美国总统选举的预选工作尘埃落定。这场世纪选举，不仅带来了之后美国政治中极端民粹和后真相的泛滥，而且也在当时的政治传播中，出现了许多新的问题。

这篇深度报道以“抹黑”“狂言”“金钱”三个小标题入手，深刻揭示了美国总统选举中出现的乱象。其中既有对于选举过程中问题的剖析，又有对于美国政治制度的结构性批判，还有西方民主带给我们的客观启示。从内容操作的角度上来看，稿件站在一个更加客观的立场上，多次以美国学者和观察家的言论作为论据，详略得当，有理有据。

在国际传播中，针锋相对的舆论斗争有的时候不可避免。历史上，不少国家包括我国在内，都曾经有过试图回避观点碰撞的尝试。但是舆论斗争敢于亮剑，不仅在于观点的尖锐和批判，更在于敢就热点议题提出自己的主张，亮出中国的看法，以彼之矛攻彼之盾，让世界更加清晰准确地认识到多元化、差异性和根本性。

这篇稿子，体现了国际传播敢于触碰热点敏感议题的鲜明立场，也体现了作者群体较为深刻的政治认识和比较全面的分析能力。尤其面对价值观和制度体系的难题，稿件超越于以往的观点论述，用深度报道的方式做了更加全面的剖析。当今的世界，越来越在意中国人怎么看，中国人怎么说。新华社记者在这篇稿件中充分展现了中国立场，准确传递了中国声音。

（周庆安　清华大学新闻与传播学院副院长）

16 阿勒颇，期待从废墟中重生

杨臻　车宏亮

22日，雪后的叙利亚北部城市阿勒颇，街头人声鼎沸，汽车鸣笛不息，庆祝的枪声此起彼伏。

“今天是我生命中最美好的一天！”一位老妇人站在人群中喜极而泣。

当晚，随着最后一列运送反政府武装人员的车队驶离阿勒颇，叙政府军总司令部宣布解放这座叙利亚曾经的第一大城市。

历时约4年半的阿勒颇战事终告结束。叙总统巴沙尔·阿萨德说，收复阿勒颇具有重大的军事和政治意义，“是一场足以载入史册的胜利”。

花园成墓园

在阿勒颇，时常可见一块块墓碑突兀地矗立在闹市街头，有些已经碎裂却无人修葺。孩子们在墓地上玩闹嬉戏，上蹿下跳地打着雪仗。

年逾花甲的穆罕默德·法希德站在妻子的墓前，双手摊开掌心朝天，口中默默诵读着《古兰经》。

按照当地习俗，人们去世后要在故乡入土为安。法希德的妻子3年前因中风去世，他当时联系了三家墓园，但得到的答复都是“没有位置了”。无奈之下，法希德决定将妻子葬在楼下的花园中。

这并不是法希德一个人的烦恼，“死无葬身之地”，竟成了许多阿勒颇人头疼的事情。他说，当时这个街心花园还种满了玫瑰，后来葬在这里的人越来越多，如今放眼望去已是密密麻麻的墓碑了。

2012 年夏，战火燃及阿勒颇，这里也成为冲突各方争夺最为激烈的战场。一座城池被人为地一分为二，政府军一直控制着西部，多支反政府武装则占据了东部。漫长而激烈的对峙和交火下，没有一方能够准确统计究竟有多少人死于战火。

“在阿勒颇，无论你走到哪里，都能看到曾经的花园或公园变成了一座座墓园，”法希德说。

地狱到“天堂”

“我们之前就像生活在地狱中，只有上天知道我们是怎么活下来的……”位于阿勒颇南郊吉卜林镇的临时安置点中，4 个孩子的母亲艾米拉说，“我们什么都没有，他们（反政府武装）不给我们发大饼，但他们自己却囤了许多”。

自今年 9 月以来，叙政府军步步推进，把阿勒颇东部的反政府武装包围在一个南北走向的狭长地带内，并于 11 月下旬加大军事打击力度，在短时间内取得重大进展。随着政府军不断收复失地，越来越多的平民从反政府武装控制地区撤出，来到叙政府设立的临时安置点。

艾米拉所在的安置点是其中最大的一个。在这里，记者看到一个只穿着薄单衣的男孩正搓着双手，烤火取暖。

“你冷吗？”

“不冷！”男孩一边笑着回答，一边将一个零食包装盒丢进身旁的火堆中。

这个安置点曾是一个棉花仓库，现在约有两万名难民寄居在一栋栋高大空旷的库房中。没有取暖设备，他们就烧了所有可以烧的东西：床垫、塑料瓶、包装盒……

虽然条件极为简陋，但与之前相比，安置点在他们心中已是“天堂”。

在这里，他们能够领到大饼、鹰嘴豆汤和炸素丸子等一些基本的食物，还可以通过俄罗斯设立的流动医院获得医疗保障。

废墟待重生

“这里就是我的家。”在阿勒颇老城土生土长的优素福凝望着一片废墟，眼眶湿润。他家仅剩的一面墙上，极端分子涂写的口号依稀可见。

4 年前，反政府武装攻入阿勒颇老城，优素福举家搬至安全局势稍好的西北部沿海城市拉塔基亚。听闻老城收复，他第一时间赶了回来。

阿勒颇是人类最早定居的地方之一。阿勒颇老城于 1986 年被联合国教科文组织列入世界文化遗产名录。老城中心，世界上最大、最古老之一的古城堡俯瞰着整座城市，见证了千百年来的兴衰更迭。

在过去几年中，老城的控制权反复易手。城中古迹遍地、建筑密集，政府军难以进行空袭或用重火力覆盖，冲突双方在此经历了激烈的巷战和地道战。为阻碍对方狙击手视线，街巷中垒起铁桶、拉上帘布，而现在已是弹孔密布。倭马亚清真寺、老市场等众多古迹都在战火中遭到了无法挽回的损毁。

尽管家园早已面目全非，但战事平息仍令许多曾经逃离阿勒颇的难民重燃回家的希望。叙利亚总统巴沙尔明确表示，全面收复阿勒颇为开启政治解决叙利亚问题铺平了道路，政府军下一步将着重加强对阿勒颇的防守。

“我们是以勤奋自强著称的阿勒颇人，我们要用自己的双手重建家园，重新回到这里生活，”优素福说，“因为这里是我们的土地、我们的家园、我们的荣耀。”

新华社叙利亚阿勒颇 2016 年 12 月 23 日电

采访札记

2016年12月22日，是叙利亚曾经的第一大城市阿勒颇被叙政府军收复的日子。叙利亚总统巴沙尔·阿萨德说，这是一场“足以载入史册”的胜利；阿勒颇，就是“叙利亚的斯大林格勒”。

能够亲历这场重大战役，是我的幸运。尽管已经过去两年，许多细节依然清晰，恍如昨日。

2016年下半年，阿勒颇战事升温，叙政府军在盟友的支持下不断攻城拔寨。分社预判，这场持续四年半的拉锯战不日将见分晓。

从我们所在的首都大马士革到阿勒颇，直线距离其实不到四百公里，但叙北部主要公路被极端组织占据，我们只能绕道而行，单程需要近8个小时。

前线路虽难、战事虽紧，但去阿勒颇采访，这个决定并不难。

习近平总书记说，好新闻靠的是“四力”——脚力、眼力、脑力和笔力。在战地，更是如此。只有去现场，我们才能获得一手的影像素材，我们的报道才能有温度。而且，作为少数常驻叙利亚的外国媒体，在如此关键的战事节点，新华社更不能缺席。

在阿勒颇近两周，我们白天跟随军方探访前线，去难民营采访从交火区撤离出的平民，同时还要密切关注着叙政府与反对派谈判的结果。几乎每天晚上都是枕着爆炸声入睡、在战机呼啸声中醒来，整夜空袭不断，爆炸带来的冲击波震得门窗乱颤……这些场景我在叙利亚见过许多，但规模之大、密度之高令人震撼。

尽管做足了准备，但这次阿勒颇之行也充满了意外：预定的酒店爽约，我们只好与其他媒体的朋友共挤一间房；网络中断，我们深夜联系到叙国家电视台，租用他们的卫星将影像资料传回；严寒中长时间高负荷的采访写稿、没有暖气和热水，团队中成员高烧依然坚持……但是，看到数以万计的阿勒颇人失去家园，在雨雪交加的夜晚衣不蔽体、无处庇护……我们还有什么可以抱怨的?

更让我感动的是，即使在这样的困境中，我所接触到的叙利亚人，无论是政府官员、军人或平民百姓，甚至流离失所的难民，得知我是来自中国的记者，会把他手里仅有的一张饼扯下一半来给我。但就是这样一个淳朴、善良、热情好客的民族，却遭受着如此之大的苦难。每思及此，都会令我心痛不已。

我深知，他们对我的这份友好绝不是凭空而来的，而是源于我身后的祖国。在叙利亚这个大国博弈的角力场，许多国家都在打着“为了叙利亚”的旗号横加干涉、攫取私利，中国的公正、客观与坚持是叙利亚人民有目共睹、有口皆碑的。因为我们党也是在这样动荡纷乱的时代中诞生、成长、壮大起来的。我们感同身受。

在叙利亚工作越久，我就越能体会到：一个强大的执政党对一个国家有多重要，一个稳定繁荣的社会对她的人民有多可贵。

叙利亚局势发展至此，起源是什么？有关国家扮演了什么样的角色？历史记录是清楚的。战争终有一天会结束，有人赢，有人输。但所有的战争，无论以何种方式收场，最大的受害者永远是手无寸铁的平民。

新华社战地记者的职责，就是俯下身、沉下心，在战火中砥砺前行，去最接近真相的地方，让无声者发声。这绝不是拿来炫耀的标签，而是我们的本分。

（杨臻）

专家点评

新闻工作者如何面对战争与死亡。这个争议从有新闻之日就开始了。用冰冷的镜头记录惨烈的战争，既是新闻工作者的使命，但同时又是新闻工作者永恒的遗憾。

因此，当新华社的记者走进阿勒颇的时候，他们的视角就非常关键了。

通讯《阿勒颇，期待从废墟中重生》正是这样的一个作品。作者没有选择勾画战争的残酷，尽管这场战争的残酷举世皆知。但是作者以一个温暖的语句开篇："今天是我生命中最美好的一天"。美好，与 21 世纪第二个十年最残酷的地区战乱形成了鲜明的对照。

在叙利亚国内冲突走过第 7 个年头的时候，战争所造成的伤害，已经一再出现在新闻中。新华社战地记者能够在阿勒颇刚刚解放的第一天，就踏进这座叙利亚曾经的第一大城市，也是战火最激烈的地方，足见新闻工作者的脚力和眼力。稿件立足于普通人的故事，在战地不写战而写和平，不写兵而写平民，不写枪林弹雨而写衣食住行，写出了战争对于整个国家的伤害，也写出了普通人在这场战争中的无奈和悲伤。

从这篇稿子来看，作者能够准确把握战地报道的最核心思想，也就是战争与和平的关系，同时构建了生命至高无上的核心价值观。作为中国记者，在阿勒颇所展示的这些场景，其实也是中国人对于叙利亚事务最为真实的感受。作为秉持和平共处五项原则的大国，中国一贯的外交理念和宗旨，更在这样的具体报道中一一展示出来。

因此，从专业的角度看，在战地报道中，新闻工作者的成名作，往往是战事报道，揭示人性之恶。但是这篇稿件充分说明，人性化的视角，不光是揭露人性之恶，同时也是期待人性之美。期待，成了新的战地报道的关键词。这恰恰反映了新闻工作者对于生命的尊重，对于和平的珍惜。

从国家的立场上看，这场战争带给叙利亚的是无尽的悲伤，带给中国和世界的是深刻的启示。新闻工作者能够深刻践行国家立场，关注每一个具体的生命，这也显示了国家通讯社的新闻工作者胸怀祖国放眼世界的担当。在那一刻的阿勒颇，我们都从他的文字里感受到了爱和坚守。

（周庆安 清华大学新闻与传播学院副院长）

17 中国式民主的自信

——人大代表是这样“当家作主”的

孟娜　霍小光　傅双琪

再过几天，十二届全国人大二次会议就要举行了。全国人大代表、辽宁省凤城市大梨树村党支部副书记毛丰美已经准备好了。今年大会，他要提提高农村低保线等几个建议，把“三农”议题进行到底。

从1993年起，毛丰美先后当选八、九、十、十一、十二届全国人大代表。20多年来，这位来自中国北方农村的全国人大代表就60多个问题提出建议近200条。

2012年开始，毛丰美开始提交有关提高农村养老保险水平的建议。他说，国家已经建立了农村养老保险制度，但农村养老保险水平和城镇的还有差距。现在要拉动农村经济，养老金就应该提上来，这笔钱会迅速进入消费领域，拉动农村经济。

“我是农民，在农村干了多年大队书记，我这个村有集体经济，村里老人过得不错。但我去好多地方调研觉得不少地方农村的老人过得还是比较艰苦，农村养老保险水平偏低。”毛丰美说。

毛丰美的有关养老服务的建议得到了全国人大和国务院相关部门的重视。民政部积极邀请代表联合调研，共同解决问题。2013年国务院出台了关于加快发展养老服务业的若干意见。毛丰美也注意到了国务院这个意见，感觉很欣慰。

“我就生活在农民中间，了解农村的情况。”毛丰美说，这些年他提的议案、建议全部是关于“三农”问题的。

在担任八届全国人大代表时，毛丰美曾经就城乡电价不统一，农村电价贵的问题提过建议。“后来国家电网加大了对农村的投入力度，城乡实现了同网同电。”毛丰美说。

九届全国人大期间，毛丰美连续几年提出关于取消特产税的建议，认为这个税种束缚了农业发展，后来这个税种被取消了。

也是从九届人大开始，他开始提出取消农业税的建议。“当时很多代表都不相信我这个建议，觉得当农民不交农业税能行吗？”结果到 2006 年国家取消了“皇粮国税”。毛丰美是最早提出取消农业税的全国人大代表之一。

“农业税取消，把我乐坏了。”当看到自己提到的议案、建议，最终推动了国家政策的调整和出台，使广大农民受益时，毛丰美说，“全国人大代表的权力是沉甸甸的。”

中国有近 3000 名全国人大代表，约 270 万名各级人大代表，他们由直接或间接选举的方式产生，平时工作在全国各地、各行各业，具有极其广泛的代表性，熟知国情民意。

人民代表大会制度是中国的根本政治制度。它的本质特征，就是由人民通过民主选举产生人大代表，组成人民代表大会，再由人大产生其他国家政权机关，人民通过人民代表大会行使当家作主的权力。

在中国，县乡两级人大代表实行直接选举。在县级人大代表直接选举的基础上，通过逐级间接选举产生设区的市级、省级、全国的人大代表。

十二届全国人大代表是从 2013 年开始履职的，任期五年。他们当中来自一线工人、农民的代表比例较上届明显上升。同时，代表构成也体现了时代发展的鲜明印迹。比如：农民工全国人大代表的数量显著上升了；全国人大代表中还出现了“80 后”的大学生“村官”。

1984 年出生的冼润霞是广东省增城市石滩镇沙头村的党支部副书记，一名大学生“村官”。2013 年她当选为第十二届全国人大代表。

冼润霞过去一年间参加了人大组织的调研、视察、座谈、执法检查、培训，至少有十次。专题调研的主题涉及土壤污染、警力不足、小微企业等。

2014年2月，她列席了十二届全国人大常委会第七次会议。十二届全国人大以来，每次全国人大常委会会议邀请大约60名代表参加审议，让基层的声音直抵最高国家权力机关，也使他们在立法监督中发挥更大的作用。

与西方议员不同，中国的人大代表是兼职的。在冼润霞看来，兼职做代表是有优势的，也符合中国国情。

“我们那里村委会的门一年到头都是敞开的，村民可以随时进来聊天，村里也有随意谈天的场所，我也会去。我在平时的工作中就可以了解大量的基层信息，如果你摆出正经的样子，村民反而不知道该和你说什么。”冼润霞说。

但是作为人大代表，要对某一个主题提建议时，就会特别注意搜集这个主题的材料，会做更多调查研究，这个就需要比本职工作做得多。结合本职和代表工作的实际，冼润霞今年将就农村水环境治理和青年一代的信仰价值观培养提出自己的建议。

可以说，每一个尽职的人大代表，都是这样做的。朱雪芹是上海华日服装有限公司工会主席，是十二届全国人大代表中的一名连任农民工代表。为了为2.6亿农民工代言，她深入各类企业倾听农民工意见、建议，与企业管理方开展座谈等，她非常注意收集和了解农民工群体在城市中面临的难题。

河南省开封县电影发行放映公司负责人郭建华从事农村电影放映工作近40年，她说：“当选全国人大代表后，我利用放电影的时间在观众中进行‘不是调研的调研’和‘不是座谈的座谈’”。农民将来也能和城里人一样坐在电影院里看电影，是她最大的心愿。

全国人大代表袁敬华是山东省夏津县特殊教育学校校长。学校主要为聋哑儿童提供康复和教育学习。“这些孩子听不见、不会发声，但他们同样有梦想。我就代表他们来发言，讲述他们的心里话。”

台湾省全国人大代表陈云英是一名教育学博士，她很关心儿童发展问题。同时她也乐见日益热络的两岸交流合作，并关心包括台湾同胞在内的两岸同胞往来中的具体权益。

全国人大常委会副秘书长何晔晖表示，全国人大代表在治国理政中发挥作用主要体现在两个方面。一方面，他们在参加大会期间进行审议发言，他们参与审议的过程会对国家的重大决策和重大事项制定，对“一府两院”的监督起到很重要的作用。

另一方面，代表提出议案和建议是发挥代表作用非常重要的渠道和手段，是代表履职的重要方面。一个好的发言、一个好的议案或建议的提出和代表在闭会期间能否深入到基层去密切联系群众是密不可分的。

全国人大代表提出反映人民呼声的建议是一个方面，这些议案、建议必须得到最高国家权力机关和国务院的重视，才能最终推动问题的解决，实现中国式民主。

“议案或者建议从提出到落实，总是有一个过程的。全国人大代表提出建议，国家也需要调研，做整体性研究，然后调整政策，这需要时间。”毛丰美说。作为一名履职20多年的全国人大代表，他对一件建议从调研提出，到最后推动问题得到解决的整个流程非常熟悉。

“近些年，全国人大和国务院相关部门在建议办理过程中和我联系越来越多，有时是答复我建议办理的进度，有时是与我核实情况，有时是邀请我去就某一个建议的办理参加座谈会。”他说。

近些年来，每年大会上，来自全国的近 3000 名人大代表会在自己调研的基础上提出方方面面的议案几百条、建议数千条。全国人大常委会负责代表建议办理的部门会从中梳理出重点建议重点办理，每年还会就代表建议的交办事宜与国务院相关承办单位一起开若干会议，进行沟通和协调。全国人大各个专门委员会还会就自己负责的重点办理建议进行督办。

国务院把办理全国人大代表的建议作为一项重要工作。

2014 年 2 月 7 日，春节假期后上班的第一天，国务院总理李克强主持召开国务院常务会议，第一项议程就是听取国务院各部门关于 2013 年全国人大代表建议的办理工作情况。

会议认为，政府的权力来自人民，各项工作和决策必须体现人民意志。国务院各部门办理全国人大代表、全国政协委员提出的相关建议、提案，是接受全国人大及其常委会依法监督、全国政协民主监督的重要形式，也是政府法治建设的重要内容。2013年，由国务院部门牵头办理的建议、提案分别为6672件和5065件，占建议、提案总数的88.1%和91.96%。

截至去年底，所有承办的建议和提案均已依法按时答复，涉及的问题大多得到解决。通过办理建议和提案，推动一批政策措施相继出台，发展改革中一些重点难点问题的解决力度加大，促进了政府工作的科学化、民主化、法治化，密切了政府与人民群众的联系。

今年是人民代表大会制度确立60周年。60年来，这项制度随着国情的发展不断丰满完善。它与西方的议会制度不同，但它符合中国的国情，焕发着勃勃生机，并是实现中华民族伟大复兴中国梦的重要政治基础。

新华社北京2014年3月2日电

采访札记

记者的“脚力”，既是在田间地头、大山大河中的穿梭体验，对于中央新闻“跑口”记者而言，也是日复一日对这个行业、领域长期追踪感悟的过程，这是另一个维度的“脚力”。

从2003年开始参加全国人大新闻的报道，在我后来的15年记者生涯里一直在追踪报道中国人大制度，曾经是全国人大常委会报道的跑口记者、曾经13年报道全国两会，很多人大代表是我长期追踪的采访对象，有些甚至是好朋友。

《中国式民主的自信——人大代表是这样“当家作主”的》（以下简称《中国式民主的自信》）是一个对人大代表履职的群像式描写，在有限的篇幅里勾勒了长期在村里当书记的毛丰美代表、大学生村官代表冼润霞、农民工人大代表朱雪芹、常年在农村从事电影放映工作的郭建华代表、从事特殊教育的袁敬华代表、台湾省人大代表陈云英等6位代表的履职故事。

其中，毛丰美代表的故事用了10个自然段。至今我记得2014年2月我从北京给在医院住院的毛丰美代表打电话采访的情景，当时他已经病重，但是谈起代表履职工作，这位五届全国人大代表侃侃而谈50分钟，从农村养老保险水平到城乡电价统一，到取消特产税、农业税。“全国人大代表的权力是沉甸甸的”，他说。那一次采访特别“过瘾”，稿子写得也是一气呵成，稿件发出后，毛代表挺开心。只是这竟是我对毛丰美代表的最后一次采访，当年9月他因病逝世，始终是受人尊敬的全国人大代表、优秀共产党员。

代表通过自己的调研提出议案和建议，然后呢？人大和政府是怎么办理的？然后促成了问题的解决，要把全链条写给海外读者看，这是一种观察力、“眼力”。《中国式民主的自信》把这个过程用简练的语言写得非常清楚：全国人大常委会、全国人大各个专门委员会、国务院都是怎样办理代表议案的，答复率是多少，最后指出“今年是人民代表大会制度确立60周年。60年来，这项制度随着国情的发展不断丰满完善。它与西方的议会制度不同，但它符合中国的国情，焕发着勃勃生机，并是实现中华民族伟大复兴中国梦的重要政治基础，”就很有信服力。

中国有近3000名全国人大代表，约270万名各级人大代表，他们由直接或间接选举的方式产生，平时工作在全国各地、各行各业，具有极其广泛的代表性，熟知国情民意。写出生动的代表履职故事就写出了中国根本政治制度——全国人民代表大会制度的优越性在哪里，这是一种“脑力”。

不仅仅写一篇代表履职故事，不仅仅写几个代表的履职故事，15年来，我们每年都写几篇精心采访得来的代表履职故事，成规模成系统的介绍中国人大制度，这是一种“笔力”。《中国式民主的自信》只是其中的一篇。实践表明，只有不断提升“四力”，才能写出真实记录时代、无愧于时代的作品。

（孟娜）

专家点评

人民代表大会制度是中国特色社会主义制度的重要组成部分，是坚持党的领导、人民当家作主、依法治国有机统一的根本制度安排。由于各种原因，国际社会对中国人民代表大会制度缺乏足够的了解和正确的认识，西方国家及其媒体更是出于意识形态偏见和政治目的经常对这一制度进行歪曲、嘲讽和诋毁。要让国际社会增强对中国人民代表大会制度的认知与认同，不但要说清楚这一制度的历史必然性和现实合法性，而且要阐释好这一制度的特色与优势，还要用事实证明这一制度的科学性和有效性——这些正是我国国际传播的重要任务。要完成这些任务，就必须学会讲故事。习近平总书记指出，“讲故事就是要讲事实、讲形象、讲情感、讲道理，讲事实才能说服人，讲形象才能打动人，讲情感才能感染人，讲道理才能影响人。”《中国式民主的自信——人大代表是这样“当家作主”的》一文的最大特点就是以讲故事的形式，将生动的事实、形象、情感和道理向受众娓娓道来，朴实无华的文字后面弥漫着不可抗拒的说服力和感染力。

从具体人物、具体事例入手。《中国式民主的自信——人大代表是这样“当家作主”的》一开头就用简练的笔墨将主要人物毛丰美推出来，由他讲述自己作为一名普通基层农村干部是如何履行人大代表职责的，不但拉近了受众和主人公的距离，更拉近了受众和一个严肃的政治题材报道的距离。毛丰美亲口讲述的一个个议案、建议从提出到最后得到落实解决的具体事例，不但真实地展示了一个基层人大代表的履职行为，也让人们得以管窥中国人大代表制度的基本特点、运作机制及其效率，对中国如何实现“人民当家作主”有了更真切的感知。显然，这样讲故事远比一本正经的长篇大论更容易让人喜欢听、听得懂、听得进。

从个体到群体。作为连任五届的人大代表，毛丰美20多年来的履职经历无疑具有很强的说服力；但《中国式民主的自信——人大代表是这样“当家作主”的》没有满足于此，而是以毛丰美为线索带出若干与他相似的基层人大代表履职的故事，从而使报道的主题有了更多更坚实的事实支撑，报道的可信度和说服力更加不容置疑。故事的主人公从个体扩展到群体，不仅说明中国人大代表具有广泛的代表性，而且也体现了人民代表参政的积极性和有效性，有利于消除国际社会对中国人大代表制度的误解和攻击。

灵活穿插背景交代。对于一篇政治题材的对外报道来说，背景交代是必不可少的；但对于一篇以人物讲故事为特色的报道来说，背景交代如果处理不好，就有可能冲淡乃至抵消报道本应具有的生动性和感染力。《中国式民主的自信——人大代表是这样“当家作主”的》巧妙之处在于：在讲述人物故事的时候适当地插入简要的背景材料，让人物的讲述与背景的陈述交替进行，把作为“点”的个人故事与作为“面”的背景材料有机地结合起来，使报道在保持鲜活的同时又具有足够的深度。

（唐润华　新华社新闻研究所高级编辑）

18

西藏活佛的一天

新华社记者

初秋的一天，在拉萨哲蚌寺学习的夏仲活佛请好假，要赶回自己的寺庙、140 公里外的达隆寺处理事务。

8 月的拉萨，早晨还是凉飕飕的。夏仲活佛在红色僧袍里加了件黄色抓绒衣。红黄是藏传佛教僧人服装的主色。

达隆寺位于拉萨市林周县北部的恰拉山麓，建于 1180 年，是藏传佛教达隆噶举派的祖寺，也是夏仲活佛的主寺。

路旁收割过的麦田和绿穗摇曳的青稞渐次退去。车行两个多小时后，达隆寺建设中的佛学院映入眼帘。

使　命

夏仲活佛正是为此而来。

佛学院计划年底建成，主体建筑已完工，是达隆寺改扩建工程的一部分。

工程由活佛主持，进行了两年多，包括活佛寝宫、佛学院、僧舍和大殿等，投资 800 多万元。项目获得了政府的资金和政策支持。

夏仲活佛 1997 年 6 月 28 日生于西藏那曲地区嘉黎县阿扎乡，俗名索朗顿珠，2001 年被认定为第二十二世夏仲活佛的转世灵童。

在西藏，人们相信活佛圆寂后，会转世返回人间，普度众生。

活佛转世制度由噶举派始创于 13 世纪，16 世纪中叶被格鲁派借用，后成为藏传佛教各教派普遍采用的传承方式。

西藏现有各类宗教活动场所 1700 多座，住寺僧尼 4.6 万多人，活佛 358 名。

2011 年 10 月，西藏自治区政府创办的西藏佛学院开学，夏仲活佛成为首批密宗班学员，也是班上唯一的活佛。

两年后，活佛毕业并获得“聂塘·额然巴”学位，接着到哲蚌寺学经。在色拉、甘丹、哲蚌三大寺继续深造是藏传佛教僧人的传统。

近 10 时，夏仲活佛抵达寺庙。几位僧人已在等候，活佛与他们逐一轻碰额头。

这时，祈求赐福的信徒已接踵而至。

信　仰

法会在佛学院新建的经堂举行。

夏仲活佛的信众主要来自牧区，多时一天有上千人来拜见，大法会时来者则达一两万人，有的从藏北地区远道而来。

在僧人的诵经声中，活佛头戴红色法帽，端坐在近一人高的法王宝座上，或轻抚头顶，或微送气息，逐一满足信众需求。带小孩的老人先将孩子举起请活佛摸顶，然后才轮到自己。

今年的萨嘎达瓦“佛诞月”期间，经政府批准，达隆寺举行了达隆噶举派法王——“达隆赤巴”坐床仪式，夏仲活佛正式成为噶举派法王之一。

听说活佛回来了，67 岁的次仁卓玛在孙女索朗措姆的搀扶下，从达隆村家里赶来。在她眼中，大家崇拜的活佛就是“遍知一切的人”。

18 岁的索朗措姆在拉萨上高中，虽与活佛同岁，但她觉得“他不是和我一样的同龄人”。

“心里很崇拜他，比明星还要更崇拜。”她说。

索朗措姆祈求活佛让自己学业更好。在她看来，活佛是“可以倾诉的人”，

“今后的生活也不可以缺少活佛”。

小僧人阿旺西绕每次见到活佛都稍感“害怕”，因为活佛看上去“很威严、很厉害”。穿着红色僧袍、端坐在活佛面前背诵经文的他，不时因为紧张忘词。

可他也羡慕活佛，“大家那么恭敬他”。他发愿努力学经，今后成为像活佛那样博学的人。

达隆噶举派是藏传佛教四大教派之一噶举派的一个支系，以戒律严苛著称。

“我只是一个引领众生、具有佛性的普通人。”夏仲活佛说，“如果让我重新选择，我也会选这条路，因为我知道了这条路对众生的利益。”

责 任

中午12时，法会结束。

夏仲活佛的上师、达龙寺堪布平措曲映已坐在法台上，要给活佛讲经。活佛单独坐在对面的地上，身后14名僧人分坐两排。

在约40分钟的讲经时间里，堪布鲜有停顿。活佛身体稍前倾，时而点头、时而跟诵，时而仰视老师、时而双目微合，似陷入沉思。

“活佛聪慧，已掌握了噶举派的多数独特法门，还闻习了大量藏传佛教显密两宗经文。”平措曲映说。

上幼儿园时，索朗顿珠已是夏仲活佛了。他对那时的记忆不多，最深刻的是上大班时藏文考试得了第一名。

小学快毕业时，他意识到自己与众不同。

“我的责任比泰山还重，作为活佛，要普度众生。这个责任一般人没有。”夏仲活佛说，“所以我就不应该跟其他人一样花费时间去玩儿。”

2001年11月23日，夏仲活佛在达隆寺坐床，正式成为第二十三世夏仲活佛，法名阿旺洛桑丹增曲吉尼玛。

但他认为“人不是生下来就是先知，需要去苦修、学习”。米拉日巴便是一位今世苦修成佛的噶举派祖师。

13：30，活佛开始午餐。随后，一场露天考试在群山环绕的达隆寺大殿屋顶举行。

7名小僧人带着经书，逐个到活佛面前背诵经文。

夏仲活佛不用看书，随口纠正背错之处，或给卡顿的小僧人提词。

每次回寺，除关心工程进度，夏仲活佛还要检查他们的学经情况。完成得好的有笔或书的奖励，完不成的则作业量加倍。

对达隆寺现有的80多名僧人，活佛和堪布都要用辩经的方式督查学业。

15：30，给寺里僧人交代了工程相关事项后，夏仲活佛准备返回拉萨。

车刚驶离达隆寺，路边山坡上一个妇女带着小孩匆匆冲下来。车停住了，活佛伸出手为她和孩子摸顶。

目送活佛离开，她一脸知足的笑容。

生　活

在哲蚌寺，夏仲活佛的课表从周一排到了周六。

一天的学习从6：30背诵经文开始，早餐后的整个上午都上课。下午14：30至晚上19：30则以辩经、学习文化知识和听经师讲课为主。半小时的晚餐后，是两个半小时的辩经。到23：30睡前，他还要花半小时到一小时复习佛经或文化知识。

进入哲蚌寺学经，夏仲活佛是从般若学开始的，“相当于小学一年级没上就跳级到六年级”，这也是他学经生涯“最困难”的阶段，理解不是问题，主要是背诵。

他说，克服困难的过程“就是一种修行”。

“那时每天5点左右起床，凌晨1点才睡下。”如此连续3个月，夏仲活佛赶上了进度。

政府专门为他配备了初高中文化课老师，教授语文、英语、历史等。

夏仲活佛用普通话说，自己对这些课都很感兴趣。

活佛的微信签名是用英语写的“最幸福的人们”。他说，不仅英语，其他外语也想学，将来传授佛法就有方便之道。

尽管绝大部分时间都在学习，夏仲活佛也有自己的业余爱好：看书、写散文、打篮球、听音乐。

小时爱看《格林童话》和安徒生童话故事的他，现在喜欢纪伯伦的散文、泰戈尔的诗歌和海伦·凯勒的《假如给我三天光明》。

因为酷爱诗学，夏仲活佛自己也写，“非常喜欢用藏文或汉文写散文”，特别是抒发心情和描写大自然的诗文。

星期天不上课，夏仲活佛会去打球。

“两周打一次，每场必到。”他说，“打球的活佛只有我一个。”他对此的解释是，可能其他活佛年龄比较大吧。

穿 24 号球衣的夏仲活佛打的是组织后卫，即全队进攻的组织者。这个位置要求球员具有良好的传球技术和敏锐的观察力，通过精准快速传球，为队友创造得分机会。他在达隆寺也扮演着这样的角色。

达隆寺曾有三位活佛，一位早年去了国外，一位于 2006 年圆寂。作为达隆噶举法统的主要继承者，夏仲活佛早早挑起了主持寺院的担子。

虽然笃信佛教“时间也是空性”的理念，但喜欢音乐的他听了《时间都去哪儿了》后，还是感慨“即使作为一个活佛，时间也不会等我”。

“我担心自己没有学好就离去了。要学的太多，时间不够用，所以要怀有一颗无常心，抓紧每分每秒。”

梦 想

作为西藏自治区青联委员，夏仲活佛去年曾参访上海、浙江。来自世界屋脊的他，对东方明珠塔印象深刻，因为它“很高”。

当身着僧袍的活佛走在上海街头，好奇路人一句“穿裙子的男人”，让他在心中关照自己“也是啊”之余，想到了修心。

夏仲活佛说，佛教就是佛陀对一切有情众生至善圆满的一种教育。因此，他在心里放着一个愿望，希望自己一心一意传授佛法，让所有人都能领悟其中的精髓。

“藏传佛教可以解决现代社会人们的焦虑。”他说。

活佛两年前开始用手机，有微博和微信，所发内容不少与藏传佛教有关。

活佛还有一个更大的梦想：将达隆寺佛学院建成噶举派僧人闻思修习藏传佛教《五部大论》和噶举派独特法门的最好场所，让每个僧人都能成为有学识、守戒律、慈悲为怀的佛徒。

他对未来“充满期待”，也为自己确立了目标，就是在哲蚌寺学成之后，争取拿到藏传佛教显宗最高学位——格西拉让巴，再回本寺钻研达隆噶举独有经文，然后闭关五年五月五日，全身心领悟佛法。

“唯有如此，才能引领僧众，度化众生。”他说。

夏仲活佛每周给父母打两三次电话。他的父母每月到哲蚌寺看望他一到两次。

见面时间最多一小时，父母会问他身体还好吗、学习怎么样、有没有进步等，而活佛也会关心父母的身体、姐姐的情况。

活佛的父亲是藏医专家，母亲是教师。姐姐继承父业做了医生。夏仲活佛在研习佛法的同时也学藏医，“因为这对众生利益比较大”。

“当医生也好，当僧人也好，都是非常殊胜的事业。”他说，“我们这个社会，既需要医生也需要僧人。”

新华社拉萨 2015 年 9 月 5 日电

（采写：黄燕、多吉占堆、边巴次仁、周舟、王清颖、白旭、张芽芽）

采访札记

即便三年后，这次采访的很多细节仍历历在目。2015年8月，对外部副主任韩松率小分队到西藏，与分社策划并落实自治区60周年大庆对外报道。不久，总编室召开电视电话会议，传达名照同志对大庆报道的要求，包括亲自点题采访一位活佛，记录他的一天，用润物无声的方式对外宣介我们的宗教政策。

我们听了都觉得有意思。西藏分社安排副社长多吉占堆牵头落实。他长期从事民族宗教报道，谙熟相关政策。韩松带领我们解题，明确主题和立意，对采访提纲、采访方式、写作思路等都做了详细的安排。

脑力激荡一周后，多吉占堆代表分社向自治区统战部打的采访申请终于有了回音。对方推荐的三位活佛他都认识，有的还很熟悉。凭借丰富的报道经验，他决定选其中最年轻、也是媒体报道最少的夏仲活佛作为采访对象。

好巧，正在拉萨学习的夏仲活佛刚好要回自己的达隆寺处理事务。于是，我们一队文字、摄影、视频记者分乘三辆越野车，早7时与活佛一行会合，采访开始。

到了达隆寺，我们呼啦啦跳下车十几个人，夏仲活佛却好像我们不存在一样，淡定地开始工作。

我们也按既定计划，文字记者在活佛工作的空隙相机提问；他忙时，就让位于摄影和视频记者，从旁观察。

活佛举行法会时，我们分头采访现场、信众和场外做工的村民；活佛用藏语接受视频专访时，我们就紧挨着藏族记者，靠他们小声同传理解内容。

活佛的日程安排得满满当当，我们跟着他在寺院里登高上低，得空儿就提问，不知不觉返程时间到了。

途中休息时，活佛忙完了工作，加上彼此也有些熟了，我们就聊了一些更轻松的话题，这些丰富了特稿的色调。

进了拉萨城，占堆才说出他的担心：达隆寺海拔四千多米，爬高上低跑一天，怕我们扛不住出现高反。

这时，我们才意识到居然谁都没事儿，大概是有意思有意义的采访让大家兴奋得忘记缺氧了吧。

这篇特稿，我们投入的人数够凑一支足球队的，但并不嫌多，团队精神成为完成任务的坚强保障：韩松、多吉占堆反复打磨稿件，提领文章主线功力立现；边巴次仁的宗教报道积累发挥了重要作用；周舟和王清颖的采访比翼齐飞；觉果老师从活佛坐床之初就跟踪报道，有大量珍贵的历史照片；普布扎西以独特的视角表现青年活佛的使命；坚赞和洛登拍摄的视频感染力十足；白旭出身中国特稿社，长于特稿构建；稳重细致的张芽芽则成为"专属"发稿人。

经何平同志审定的特稿播发后，被《中国日报》、《新华每日电讯报》、美国《华盛顿邮报》、英国《每日电讯报》及香港《成报》等近百家境内外媒体和网站采用。

（黄燕）

专家点评

习近平总书记在全国宣传思想工作会议上要求"宣传思想干部要不断增强脚力、眼力、脑力、笔力"。这"四力"要求同样是对外报道转文风、向世界说明真实中国的不二法门。《西藏活佛的一天》（以下简称《活佛》）一文在叙事框架、行文逻辑以及中心思想的表达上都体现了优秀新闻工作者对"四力"的把握能力。

"脚力"重实践。作者写活佛生活，不是让活佛口述或者他人转述，也不是已有报道的整合梳理，而是用"脚"贴身跟随活佛，记录他的一天。实践出真知，实践又是鲜活感人的。作者在运用"脚力"中感受到西藏早晨的凉意、看到麦田与青稞、目睹庄严神圣的宗教仪式以及藏区妇孺对活佛的崇拜。这些画面感极强的记述就是通过作者亲历实践才产生的。当然，

“脚力”只是收集了新鲜素材，在新闻成品中保留什么，突出什么则需要作者过人的“眼力”。

“眼力”见真章。亲历活佛的一天自然会产生大量信息，但《活佛》并不是记流水账，面面俱到，而是巧妙截取关键片段凸显活佛的一天与普通人一天的不同之处。从“黄色抓绒衣”，作者看见了藏传佛教僧人服饰特点；从法会上老人请活佛为孩子摸顶、67岁次仁卓玛在孙女搀扶下参加祈福、小僧人阿旺西背经忘词，作者看见了藏传佛教达隆噶举派的活力与号召力；从妇女带着孩子拦停活佛车辆只求摸顶，作者看见了活佛在信徒心目中的地位。这些观察一个共同特征是透过现象看本质，见微知著以小见大。作者通过非凡“眼力”，让读者感受到藏传佛教的魅力。

“脑力”观全局。《活佛》在“脚力”和“眼力”的基础上，继续升华主题，通过活佛口述、他人讲述、背景介绍等方式补充了“眼力”和“脚力”所不能及的内容素材。例如，文章在讲述活佛一天的同时穿插介绍了藏传佛教达隆噶举派的传承渊源、活佛本人求学坐床经历等。这些内容不可能通过一天的观察就能产生，势必源于作者对相关信息甄选、加工的“脑力”。读者跟随记者，不仅近距离看到了活佛一天的生活，还从宏观上、概念上了解了噶举派藏传佛教的全貌以及活佛严谨克制的修行生涯。

“笔力”增高度。作为宗教题材的对外稿件，《活佛》牢记目标受众，不空喊“爱国”、“爱党”口号，与海外受众形成共鸣。《活佛》在记述宗教仪式突出活佛神圣形象的同时，又将他还原成普通人，“小时爱看《格林童话》和安徒生童话故事”“关心父母、挂念姐姐”“爱打篮球”，在宗教与世俗的自由切换中，对外说明了真实的藏传佛教。这一切都是在作者非凡的“笔力”驾驭下实现的。

（段若兰　中国日报）

图片报道

1 3 岁的等待与 33 岁的归途

新华社记者

1 月 19 日，当石欣一路坐火车、大巴、公交，历经近 24 个小时回到村里，看到 3 岁的儿子在路边等着自己回来，那一刻，他觉得路上的累都值了。

今年 33 岁的石欣是湖南省湘西土家族苗族自治州花垣县溜豆村人，家里父母都已 60 多岁，他与妻子离婚后，留下一个 3 岁的儿子，家庭生活的重担全部落在了石欣身上。

2003 年，19 岁的石欣南下广东东莞打工，因为没技术，最初一个月工资只有 500 多元，十多年下来，月收入最高时也不到 3000 元。

2016 年初，得益于广东和湖南的劳务对接扶贫政策，在接受免费的技能培训后，石欣到广州一家企业做油漆工，每个月工资 5000 元。

今年春运期间，广铁集团和广东省人力资源和社会保障厅等联合开出了“精准扶贫专列”，花垣县等地到广东务工的困难群众领到了回家的免费火车票，石欣也是其中的一员。

1 月 18 日，石欣坐上了回家的 K9064 次专列。

1 月 18 日，在回家的火车上，石欣遇到了两位同在广州打工的花垣县老乡，三个人用家乡话聊得很开心。这是春节回家石欣第一次坐上硬卧，以前抢不到票，经常是搬个小凳子坐在车厢连接处。

石欣说，老是在外面打工肯定不行。他的梦想是，等再坚持几年攒足了本钱，就回家搞养殖。“30 多岁的人，不能只为自己活了，要想着整个家才行。”

1 月 19 日，在朦胧的雨雾里，石欣向家的方向走去。

1 月 19 日，石欣一家四口围坐在柴火边，一边聊着，一边炒菜做饭。

1 月 16 日，在广州番禺的工厂里，石欣在给动漫玩具喷漆。他说，有一次带儿子去县城玩，在街边见到一个玩具好像就是自己做的。

新华社记者梁旭 摄

采访札记

2017 年春运，一张 3 岁孩子在路口等待爸爸回家的照片感动了许多受众，写入了人们 2017 年的春运记忆。这组报道之所以获得广泛的社会影响，我想，一是我们的幸运，在拍摄中抓住一个可遇而不可求的感人瞬间；二是机会总是留给有准备的人，报道从最初的策划，到前期采访，再到长途跟踪拍摄，是广东分社总编室带领记者扎扎实实深入基层、践行“四力”、“踏破铁鞋”完成的，是源于基层百姓、反映真实民情的报道。我们脚下有泥，心中有光，相信新闻有力量。

2017 年春运前一个月，广东分社总编室就开始了春运报道的策划。我们认为，精准扶贫是这个时代的重大主题，而乘坐扶贫专列的人应该成为我们关注的重点，所以将“扶贫专列”作为新春走基层报道的重中之重，而最终选定了K9064次“精准扶贫专列”。

这趟专列从深圳开往湘西吉首，搭乘数百名来自湖南省花垣县的贫困务工人员返乡过年。这些受益于“精准扶贫”政策的务工者在工厂过得怎么样？家里生活改善了吗？回乡路上又会发生什么故事？拿到贫困务工者名单后，我们逐一沟通，综合每个人的家庭、工作、生活、故事和表达能力，最后精选出三名采访对象。

在广州番禺某玩具厂的车间里，我见到了三人之一的石欣。他的衣服上沾满了油漆，虽然戴着劳保手套，双手还是被油漆染成了青灰色。我跟他聊工作、聊家庭、聊3岁的孩子，即使各方面条件不是很好，他对生活的态度仍然积极乐观，实在的表达也感染了我。于是，我就确定把石欣作为后期唯一的跟拍对象。

2017年1月18日，报道小组一行6人跟随采访对象踏上返乡旅程。为了能够捕捉到更多真实生动的细节，在车上行程的17个小时里，我和同事大部分时间都跟采访对象待在一起，尽量让自己成为角落里的“隐形人”，不让镜头干扰他们。时间一久，采访对象放松下来，才会有真情流露。

1月19日凌晨6点，列车到达吉首，我们兵分三路，乘着夜色伴随三位采访对象转乘大巴、乡村公交车回家。从广州到湘西全程900多公里，辗转20多个小时，终于，我们跟随石欣回到了他的家乡——花垣县溜豆村。也就是在石欣回家的小路上，我们偶遇并抓拍下了3岁孩子远远等待的一幕。后来，同行的文字记者看到我拍摄的这张照片，为之动容。“3岁的等待与33岁的归途”，是图片故事后来在新媒体上播发的标题，起了画龙点睛的作用。

这次报道也深刻地影响了我，让我在深入基层百姓生活的采访过程中接受了一次洗礼，在全媒体报道时代找到了自己的方向。作为新闻记者，我们只有不断增强脚力、眼力、脑力、笔力，脚下沾泥土，心中有真情，做出的报道才可以打动人心，影响时代。

（梁旭）

专家点评

2016 年广东分社年终总结，年轻的摄影记者梁旭反省到：“2016 年过多拍摄活动性照片，拍摄人的照片太少。2017 年，我将多拍摄和人的命运有关的照片……”

总结后第二天，梁旭就参加了分社扶贫小分队。前期采访，她在番禺玩具厂遇到湘籍打工者石欣。通过深入交谈，梁旭被石欣感动，决定把石欣作为报道的主人公。春运前，梁旭和同事乘坐 K9064 次“精准扶贫专列”与被访者返回湘西老家。梁旭记得，那天火车站还有许多媒体记者在进行报道，但大部分就是组织民工在事先准备好的标语下摆一个 POSE。只有新华社团队准备跟民工一起远行。

从广州到湘西全程跨越 900 多公里，二十个小时路程，梁旭大部分时间都跟石欣待在一起。凌晨五点下火车，换了几次汽车才到家。当石欣给家里打电话告知自己将要到家时，梁旭预感到将会出现无法预知的一幕。当远远看到一个 3 岁孩子等在村路口，她极力控制内心激动，开始在石欣后面连续按下快门。

这幅照片写进了《3 岁的等待与 33 岁的归途》，也写入了 2017 年的春运记忆。当新华网和腾讯、网易等客户端全面登载时，这张照片成为当年新媒体报道最动人的瞬间之一。

网上开始有对这幅照片的评论，有人认为这张照片是摆出来的。但马上有人出来说：“我小时候，爸爸妈妈出去打工，我常站在路口等他们回家，情形一模一样！”

2017 年，春运即将结束，《国家相册》制作第二十九集《最难是别离》。一开头就用了梁旭这幅照片。伴随小提琴曲《思乡曲》，解说开始：“春节之前，外出的人们踏上漫漫回家路。33 岁的石欣在广东打工，他辗转二十多个小时回到湖南老家，看到 3 岁的儿子正在村口等他……”作为讲述人，念到这里，我的眼泪涌了出来。

梁旭完全没有想到一个小人物的命运能引起这样大的反响。《3 岁的等待与 33 岁的归途》让梁旭在深入基层百姓生活的过程中接受了一次洗礼，让她在全媒体报道时代找到了方向，更让她重新思考作为一名新华社记者的责任所在：在大时代中，摄影者必须关注他人的命运。要想留下更多有价值的动人影像，必须更扎实地走进生活最深处。

在巨变的中国，没有小摄影家、没有小题材。中国的每一条街道、每一个村庄、每一个人都值得深深记录。普通人的生存状态折射的恰恰是中国社会的沿革与变迁。推动时代洪流的巨大力量，就是由像石欣这样普通人的付出、奋斗以及他们的梦想汇聚起来的。

和梁旭一样，在前辈铺开的道路上，新华社年轻一代摄影记者正在培育自己的职业修养和视野，正在学会关注他人命运，学会记录那些可以唤起内心情感的东西，学会影像叙事能力。他们希望自己和前辈一样，拍摄那些拂去新闻元素将来还可以留下来的作品，为未来者讲述我们此刻身处的文明。

年轻的摄影者也发现，今天我们提倡的脚力、眼力、脑力、笔力，杰出的老一代摄影记者已经用他们的经典图片做出最好的诠释。

（陈小波 新华社高级编辑）

2 孤岛·夫妻·三十年

新华社记者

2017 年 2 月 21 日，王继才在江苏开山岛上眺望远方。

开山岛位于我国黄海前哨，面积仅 0.013 平方公里，距离江苏省连云港灌云县燕尾港约 12 海里。岛上野草丛生，海风呼啸，人迹罕至，条件极其艰苦。在这里坚守 30 年的王继才夫妇被人们称为“孤岛夫妻哨”。

1986 年，江苏省军区成立开山岛民兵哨所，当地人武部找到了灌云县民兵王继才，让他担起守岛重任。王继才一口答应，登上开山岛。在那之后，王继才的妻子王仕花也辞掉了小学教师工作，以哨员的身份陪伴丈夫一同守卫海岛，一守就是 30 年。

夫妻俩每天在岛上升起五星红旗，监测海上、空中情况，救助海上遇险人员，记录海防日志……因浪大风急无法下岛，王继才曾在岛上亲手为自己的儿子接生；因守岛有责，夫妻俩 30 年来仅有 5 个春节离开孤岛与家人团聚。

2017 年 1 月 1 日，王继才夫妇在开山岛的最东边举行升旗仪式。

2014 年 9 月，王继才、王仕花夫妇被中宣部评为全国“时代楷模”。开山岛上也新建了爱国主义教育基地。截至目前，已有 5000 多人上岛参观学习。

社会各界的关心支持，更加坚定了夫妻俩的信念：“再大的苦、再大的困难我们都会克服，只要一天能动，我们就要让五星红旗在开山岛上高高飘扬！”

2017 年 2 月 21 日航拍的江苏开山岛。

2017 年 2 月 21 日，江苏开山岛，王继才夫妇在例行巡岛。

2017 年 2 月 21 日，王继才夫妇站在江苏开山岛的码头。

王志国（左三）和姐姐一家在开山岛上和父母提前团聚（2015 年 2 月 13 日摄）。边防战士王志国是王继才夫妇的儿子，由于要在连云港灌南边防大队值哨，无法在除夕夜和家人团聚，因此，他来到父母常年值守的海防前哨江苏灌云开山岛，陪父母巡岛，为父母做饭、张贴年画，和家人提前团圆。

新华社记者韩瑜庆、李响 摄

采访札记

开山岛位于江苏省连云港市灌云县燕尾港镇码头以东12海里，扼守着黄海与灌河口之间的咽喉要冲。开山岛面积0.013平方公里，约两个足球场大小，岛上野草丛生，海风呼啸，人迹罕至，条件极其艰苦。基础设施比陆上落后至少几十年，以前，淡水和食物全部依赖过往的渔船补给。就是在这样一座当地人眼中的“水牢”上，王继才夫妇却一守就是三十年。

江苏分社记者早在2014年就开始对王继才、王仕花夫妇的事迹进行采访报道。2015年春节前夕，分社摄影记者李响登岛采访，巧遇王继才夫妇的女儿、女婿、儿子、孙女等同天上岛看望守岛的老人，一家人提前团圆共度春节。采访后得知，夫妻俩30多年来仅有5个春节离开孤岛与家人团聚。稿件《“孤岛夫妻哨”一家的岛上团圆》由此而生。2016–2017年跨年之际，为了配合总社一组《跨时空跨年》的稿件，李响第二次登岛采访。因要拍摄王继才夫妻俩在新年的第一缕阳光中升旗、向国旗敬礼的画面，凌晨三点李响便从江苏连云港灌云县的宾馆出发。漫天的浓雾夹杂着厚霾弥散在夜空，几乎令人窒息，不到1米的能见度中，汽车难以行进。时间紧迫，李响和分社司机硬着头皮摸索着向前挪动，60多公里的县道，平时只需开一小时左右，而这次用了近三小时。好不容易来到港口码头，船老大因霾太大渔船登岛靠岸困难而拒绝出海。经过反复做工作，船老大最终答应“试试”。渔船离港后，这条长十米左右的渔船，站在船头看不见船尾；站在船侧向四周眺望，完全看不到海平面，满眼尽是白花花的雾气，仿佛驶入仙境，飘浮在半空中一般。船老大仅凭着几十年的经验和一套电子航海图向开山岛缓缓行驶，几近中午，终于顺利登岛。好在雾大，阳光并没有透过浓雾照射到开山岛上。登岛后，李响便和夫妻俩一起等待照射到海岛的第一缕阳光，并记录下他俩在雾中升旗的画面。

2017年是建军90周年，并且是夫妻俩守岛的第三十一个年头。结合之前采访素材，分社记者几经策划，准备再次登岛对孤岛夫妻哨做一次较为全面的摄影报道。2017 年 2 月 21 日，分社摄影记者韩瑜庆和李响一起从南京出发赶赴连云港灌云县。这次登岛途中遭遇八级海风，渔船在海浪中上下颠簸，浑浊的海水不断灌进甲板，又从倾斜 30 度左右的甲板两侧泼洒出去。同行的宣传部工作人员说，出海登岛这么多次，还是第一次遇到这么大的风浪。同行的多人由于船只长时间的大幅度颠簸出现严重的晕船呕吐。安全登岛后，记者仔细梳理王继才夫妇日常生活中的细节并逐一拍摄，为前面的采访拾遗补缺。记得王仕花还在当天的海防日志里一笔一划地写道："今天下午 3 点，新华社记者冒着八级海风，又上岛来看望我们了。"这次登岛又有了新的发现。这里新建了一座爱国主义教育基地，里面陈列了王继才夫妇守岛三十年的很多物件：90 多面破损的国旗、40 多本海防日志、1 部手摇电话机、20 台听坏的收音机，还有 10 多盏用坏的煤油灯……考虑到此前一直没有拍摄鸟瞰开山岛的画面，顶着狂啸的海风，记者操作无人机，在 200 多米的高空，第一次航拍下了这座岛屿在波涛汹涌的黄海中的孤独身影。组稿《孤岛·夫妻·三十年》一经播发，《新华每日电讯》整版采用，总采用超过 200 家次。组图在新华社客户端获得近 800 万的点击量，并被网易、腾讯、凤凰等门户新闻客户端推送转载，获得 10 多万次的网友评论，并荣获第二十八届中国新闻奖。

一座岛、两个人、三十年，无悔坚守，用青春阐释爱国守土的热血情怀，让人动容的同时也感染着更多人。虽然王继才于 2018 年 7 月下旬不幸在开山岛殉职，但这种无怨无悔的坚守和付出的爱国奉献精神却永远镌刻在了岛上，熠熠发光。

（韩瑜庆、李响）

专家点评

八年前，我为 80 岁的上海分社女记者王子瑾做口述。她说的一段话令我难忘："很多人认为，只有大题材、只有到很远的地方才能找到有意义的报道。但实际上，伟大的人就在我们身边，最好的故事就在你的眼皮底下……做记者，我们总有这样的概念：不先进，我报道你什么呢？所以我们更多盯着那些英雄人物、价值大的人物。对那些真正的默默为国家做贡献的人却报道得太少……”王子瑾在上海三十年，记录各行各业的普通人的照片达千余幅。今天看来，那些刻满时代痕迹的照片，保存了诸多生动细节，成为人文世态、社会变迁的备忘图录。

在王子瑾那里，新闻的概念不仅是突发事件，深度关注社会并不意味着总站在突发事件最前沿，最平常的也许最有价值。

今天，越来越多的年轻记者有了和王子瑾同样的记录意识，他们的镜头对准了更多普通人。

从2014年到2018年，江苏分社李响和韩瑜庆拍摄《孤岛·夫妻·三十年》。他们数次穿风越浪，往返孤岛。每次上岛，几乎都会晕船呕吐，狼狈不堪。

2016-2017年跨年之际，李响登岛，准备拍摄王继才夫妻在新年的第一缕阳光中升旗的画面。凌晨三点李响出发，几乎被漫天浓雾窒息，平日一小时的县道开了三小时。上船后，十米长的渔船，船头看不见船尾。在浓雾中，李响选择了一个高角度，拍摄到妻子扶着旗杆，丈夫向国旗敬礼的照片。那幅照片平静、孤独、画面陌生，却充满力量。

李响说，看上去是我们在给孤岛夫妻做报道，但每一次我们受到的震撼和教育远远超乎自己的想象。岛上夫妻淳朴厚道，三十年持之以恒地做了一件事，前二十几年无人知晓。他们似乎把话都说完了，岛上只有涛声没有人声，外人来到岛上，寂寞得受不了，可夫妻俩待了三十年。他们从不诉说，也从未向国家提出任何要求。

和守岛夫妻比起来，李响才觉得自己仅仅是有一个体面的社会职业而已，如果和他们比做自然人，怕是远远做不过他们。李响说每次走近他们，自己都会变得更谦卑、更踏实、更珍惜眼前一切。他拼命工作，每次上岛都拍下千余幅照片，只有拍摄出更多令人尊重的影像，只有让更多人知道他们的故事，才能对得起守岛夫妻半生的默默付出。

在我们国家，有太多人的劳动鲜为人知，大多数直到生命离去，都没有人知道他们的名字——但我们必须向他们致敬。

一幅好照片背后，是摄影者好的行为，好行为背后是好的心灵。无论何时何地，怀着深厚的情感记录真实生活、关注他人命运的影像，是永远被尊重的。

（陈小波　新华社高级编辑）

3 下山，哥哥背你去新家

新华社记者

2 月 2 日，吉觉吉竹背着弟弟下山，前往申果乡沙苦新村的外公家。

2 月 2 日，大凉山深处，雪下得正紧。9 岁半的吉觉吉竹背着 1 岁半的弟弟，沿着陡峭崎岖的山路，在零下十一摄氏度的气温中冒雪前行。妈妈背着更重的竹篓，跟在吉觉吉竹身后。山下，去往新家的班车正等着他们一家。200 米落差的山路，他们走了 50 分钟。

现在小学三年级的吉觉吉竹是家里三个孩子中的老大，和父母生活在四川省凉山彝族自治州越西县申果乡达布村。这个村海拔 2800 米，环境恶劣，距离县城 80 公里，坐班车要 5 个小时。随着当地脱贫攻坚和东西部扶

2月2日，吉觉吉竹（左）背着弟弟和妈妈在山路上跋涉，去往申果乡沙苦新村的外公家。

贫协作的深入，大部分村民已易地搬迁到了紧邻县城的新村。吉觉吉竹一家已于2014年脱贫。但脱贫不脱政策，政府给他家拨付的3万元彝家新寨建房补贴马上就到位了，吉觉吉竹的父亲正在达布新村找土地，预计今年能搬进新房。

为了方便生活，吉觉吉竹的妈妈决定，先搬到吉觉吉竹的外公家住。他外公刚易地搬迁到申果乡沙苦新村，这个村紧邻达布新村。等自己房子建好，他们就直接搬进去住。达布村村干部已经帮吉觉吉竹联系好了新村所在乡镇的小学，2018年开学后，吉觉吉竹就可以入读了。

2月2日，吉觉吉竹（前）背着弟弟和妈妈在山路上跋涉，前往申果乡沙苦新村的外公家。

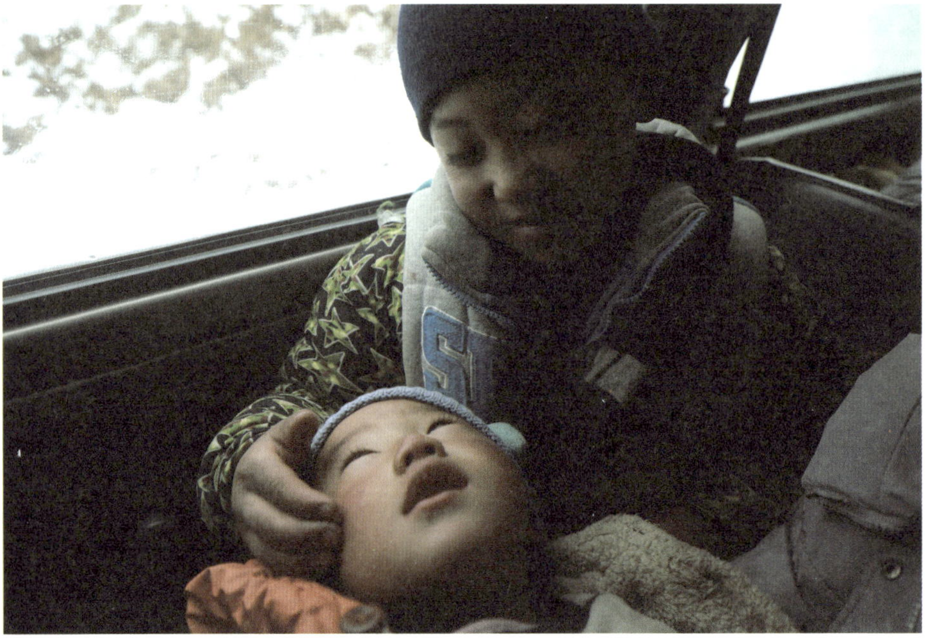

2月2日，在去往申果乡沙苦新村外公家的路上，吉觉吉竹（右）在车上逗弟弟玩。

2 月 2 日，吉觉吉竹往申果乡沙苦新村的外公家搬行李。

新华社记者田建川 摄

采访札记

四川凉山州是东西部扶贫协作广东佛山对口帮扶地区。扶贫成效如何？有怎样的故事？带着这些问题，“大凉山扶贫日记”报道组 1 月在佛山完成了前期采访，之后跟随前去探亲的佛山扶贫干部家属来到四川凉山。

易地搬迁的新村建设是佛山工作组在凉山的重点工作之一。2 月 1 日，报道组跟随选定的采访对象从新村出发，乘坐班车前往搬迁前的申果乡达布村旧村。这个村海拔 2800 米，距离县城 80 多公里，开车要 5 个小时，几乎全是颠簸陡峭的山路，典型的“一方水土养活不了一方人”。

达布村大部分村民已易地搬迁到县城附近。为了不给群众添麻烦，报道组出发前买了军用棉被和方便面。晚上，村民帮报道组找了一个没人住的房子，又帮着生了火塘，烧好了热水。当夜，报道组和村民聊家常，话扶贫，直至凌晨1点多。

夜降大雪。打地铺用的棉被根本挡不住山上零下11℃的严寒侵袭，半夜记者们纷纷被冻醒，早上起来，发现屋内桶里的水结上厚厚的冰。凿冰取水，放在火塘上烧，每人泡一碗方便面当早餐，之后就随村民下山。周科、王瑞平两名记者跟拍采访对象走在前面，刘大江、刘宏宇和田建川三名记者走在后面。行走间，发现一个彝族小男孩背着一个小孩下山，从我们身后赶来，母亲背着装满东西的背篓走在后面。那一幕深深震撼了记者们。来不及多想，田建川拿出相机开始拍摄。

这一幕来得太突然，并非专职摄影记者的田建川，唯一能做的就是不断调整拍摄角度，按下快门。然而，拍摄难度难以令人想象。男孩一家习惯了走山路，速度比田建川快，从背后拍完，田建川还要使劲跑到前面拍摄正面。田建川穿的运动鞋不抓地，不断地摔跟头，有几段陡峭的山路他干脆就直接坐在地上滑下来。等走到山脚平地上时，田建川的相机上、裤子上都是雪泥，但后背却冒出了汗。

山脚下是申果乡，小男孩一家要上班车了。碰巧的是，这个班车司机是前一天我们来时开车的那个师傅，他会说普通话，是小孩妈妈的叔叔。一问才知道，原来男孩一家是在搬家，新家由广东佛山援建。新闻的敏感让报道组一下子兴奋了，采访了几个问题，田建川和刘大江一起，跟着他们上车了。在车上颠簸的5个小时里，除了拍摄，两名记者继续和他们聊天，看了他们随身带着的扶贫手册，掌握了一家人的基本情况。后来，报道组又采访了达布村支部书记，完善了整个采访。

报道组想了几个标题，最后锁定了《下山，哥哥背你去新家》这个动词丰富、有故事留白和带着温情的标题。

摄影部编辑非常重视这组报道，多次核实有关细节，并把最有冲击力的图片作为图片故事的主打图。当晚签发的这组图片很快就在各媒体终端全面刷屏，无数网友为小男孩加油，点赞国家精准扶贫政策。

（刘大江、田建川、周科、刘宏宇、王瑞平）

专家点评

2 月 2 日，
大凉山深处，
雪下得正紧。
一个小小的身影，
出现在山间白茫茫的雪地之中。
俯蹲、侧行、滑倒、起身，
小哥哥变换着各种姿势，
生怕摔到弟弟。
妈妈背着更重的竹篓，
跟在吉觉吉竹身后。
他们要下山，
前往位于申果乡沙苦新村的外公家……

2018 年 1 月，广东分社文字记者田建川与同事一起完成《大凉山扶贫日记》。他们决定跟随凉山申果乡达布村村民下山。他们在崎岖山路冒雪前行。下山途中，走在队伍最后的田建川一扭头，发现一个彝族小男孩正背着弟弟往下走，他们的母亲背着装满东西的背篓跟在后面。这一幕来得太突然，深深震撼了田建川。他拿起相机，迅速按下快门。

虽在山地行走，男孩健步如飞。田建川跑前跑后想拍到更多画面，不断地摔跟头，有几段陡峭的山路干脆就直接坐在地上。虽然手上相机不是专业相机，但当视频记者的经历让他对画面有足够的把握能力。

以图片为主打的系列融媒体报道《下山，哥哥背你去新家》，在2018年春节前夕“刷爆”了各类媒体。几分钟内阅读量即破10万+，无数网友被九岁彝族男孩背弟弟在雪中前行的瞬间震撼。

记得我自己第一次看到这幅照片，只想把这个勇敢的孩子紧紧搂在怀中，请他给我讲述他们身处的景况，讲述他们的快乐与忧伤。感谢田建川，是他让我们得以和陌生、遥远的角色相会，让每个看到照片的人都能产生强烈关注他人命运、探寻他人故事、体贴他人情感的热望。

历史教科书中有的是结论、规章和演变的数据，唯独没有活生生的细节。而摄影正是为保存历史中最生动、最细节的部分而存在的。《下山，哥哥背你去新家》再一次证明：经典照片都不是摆出来的，甚至不是摄影者事先预想到的，而是用一颗热忱的心拍出来、用一双不畏艰难的脚走出来的。

为热爱而拍，而不是不得不拍；拍那些真正打动你的事物，而不仅是分配的工作；成为为历史留下证据的人，而不仅把自己当成普通摄影者。相信这已经成为越来越多的新华社年轻记者的共识。

（陈小波 新华社高级编辑）

4 南京大屠杀幸存者影像记

新华社记者

左上：常志强在家中回忆亲人被日军杀害的情形（2017 年 4 月 2 日摄）；右上：常志强在家中看报（2014 年 11 月 26 日摄）；右中：常志强在南京小王府巷指认当时亲人被日军杀害的地点（2014 年 11 月 26 日摄）；左下：常志强给女儿常小梅口述当年幸存的经历（2017 年 12 月 1 日摄）；下中：侵华日军南京大屠杀遇难同胞纪念馆“哭墙”上刻有常志强遇难亲人的姓名，常志强本姓戴，后改姓（2014 年 12 月 7 日摄）；右下：外孙李帆超（左一）、儿媳夏桂芳（左二）、重孙姚思远（左三）、常志强以及女儿常小梅（右二）、女婿李贵清（右一）在“哭墙”前合影（2014 年 12 月 7 日摄）（拼版照片）。

常志强，1928 年 2 月 4 日生。1937 年 12 月，日军攻占南京，9 岁的常志强亲眼目睹父亲和三个弟弟被日军枪杀，胸口被刺伤的母亲挣扎着给 2 岁的小弟弟喂了最后一口奶死去，小弟弟也被冻死在寒风中，常志强惊吓过度，昏死过去，得以幸存。

1937 年 12 月 13 日，南京沦陷。此后，30 万以上的中国人在侵华日军长达六个星期惨绝人寰的屠杀中遇难。劫后余生的南京大屠杀幸存者，是那段历史的“活证”，历史给他们留下终身难以抚平的伤痛和苦难记忆。

2017 年是南京大屠杀惨案发生 80 周年，岁月流逝，目前登记在册的南京大屠杀幸存者已不足百人。新华社记者寻访南京大屠杀幸存者，走近他们的生活，核录他们的证言，留下他们的字迹，用手绘素描和纪实摄影结合的方式重现他们经历的南京大屠杀，铭记历史、为世留证。

中上：金茂芝肖像；中下：金茂芝在阁楼喂养信鸽；右上：金茂芝在村里散步；右中：金茂芝在自己家中；右下：金茂芝（左）在院中与老伴、小女儿金秀琴合影；左上：金茂芝（左）在自建房施工现场与工人交流（2017 年 9 月 7 日摄）。左中：金茂芝在自家院里晾晒床单（2017 年 12 月 5 日摄）。左下：侵华日军南京大屠杀遇难同胞纪念馆名单墙上金茂芝父亲金兆坤的名字（2017 年 11 月 19 日摄）。

金茂芝，1928 年 2 月 2 日生。1937 年冬，日军将包括他父亲在内的十几名男村民押到一处小水库边进行集体屠杀。父亲金兆坤在之前和日军争辩时被砍断胳膊。这一年的冬天，金茂芝多次目睹日军杀害无辜的中国百姓。金茂芝育有两男六女。

中上：潘巧英在扎制笤帚；中下：潘巧英（右）和女儿郗春兰在院门前合影；左上：潘巧英在自己的卧室；左中：潘巧英（左）在厨房为家人做饭；右上：潘巧英扛着锄头出门；右中：潘巧英在农田里干活（2017 年 8 月 31 日摄）；右下：南京大屠杀遇难者名单墙上刻有潘巧英父亲潘荣富和妹妹的名字（2017 年 11 月 19 日摄）；左下：潘巧英在村口（2017 年 12 月 1 日摄）。

潘巧英，生于 1931 年 11 月 19 日。1937 年冬，日军进城时，潘巧英全家五口逃难到孟家场一处房屋。她亲眼目睹刚从厕所出来的爷爷潘兆生被日军刺死，一名妇女连同她刚生下的孩子和一位躲在厨房门后的老太太被日本兵发现后，接连被杀害。潘巧英躲在灶膛边幸免遇害，后发现父亲潘荣富被刺死在路边。其妹在躲避日军抓捕中也不幸身亡。潘巧英生有两男一女，丈夫 2002 年去世，现与大儿子同住，身体硬朗，还能干农活。

（新华社记者韩瑜庆、李响、季春鹏摄，陈聪颖绘）

采访札记

1937年12月侵华日军制造南京大屠杀，使30多万手无寸铁的中国平民和放下武器的士兵惨遭杀害，也给劫后余生的幸存者留下了终身难以抚平的伤痛和苦难记忆。

报道南京大屠杀历史，江苏分社责无旁贷，选择用摄影来报道如此厚重的宏大选题实属不易。经反复研究商讨，记者决定选择南京大屠杀幸存者这一特殊群体作为报道主体，因为南京大屠杀幸存者是“活着的历史”，是直接见证民族苦难、侵华日军暴行的“活证据”。对这个群体的报道可有效连接历史、现在和未来三个时空，有利于增强历史感和时空感。

这是时代交与新华社记者的职责，是一场和时间的赛跑。为了给后人留下珍贵的历史资料，我们自2014年起，开始用纪实摄影的手法，集中对具有代表性的南京大屠杀幸存者进行专题拍摄，探触他们的劫后生活，追录他们的记忆。

2014年，在集中采访近10名南京大屠杀幸存者代表的过程中，我们以历史、现在、未来三个时空为逻辑组织拍摄，重访他们亲人遇难的地点，亲历他们的家祭，见证他们的生存状态。在组稿时，按照以人物表情为核心的“不规则拼版”形式统一板式，最终播发的6张通稿，是从3000余张照片中精选出来的。

南京大屠杀已过去数十年，影像资料留存不多，我们便策划用素描真实还原悲惨的场景。刚好2017年摄影部图表室的陈聪颖在江苏分社实习。带着这个任务，我们一起深入采访幸存者，根据他们的讲述，用素描还原大屠杀的场景。

幸存者潘巧英当年和一位老太太藏在灶炉边，躲过了日军的屠刀，而另一位躲在厨房门后的老太太被日军无情杀害。当陈聪颖提出疑问为何日军没有发现躲在炉灶旁边的她们时，潘巧英走到家里的旧式灶台旁蹲下，介绍了当时的情况。旧式的厨房窗户比较小，墙壁被烟熏得很黑，整个环境非常暗，也正是这些条件帮助她们逃过一劫。这些细节在档案里无从查找，只有通过采访才能了解到。根据这些细节，陈聪颖通过素描准确还原当时的场景——前景是被刺死的老太太和日军，中景是灰色的炉灶，最后一层则是隐藏在黑暗中的幸存者。阴暗的灶台后，潘巧英和那位老太太屏气凝息，眼中充满恐惧。

开始我们计划为每一名幸存者配一幅单张的素描，但有些人的经历较为曲折丰富，于是便采用了多张素描结合的形式，通过不同的分镜，描述人物不同的状态，推动故事的叙述。

素描完成后，我们请幸存者确认与当年场景是否一致并在上面签名。常志强用颤巍巍的手坚定地签上名字，身体虚弱且不能识字的张兰英在儿子的帮助下按上手印……这样的场景让我们更加感受到以素描的形式将他们那段经历真实严肃地展现出来的意义。

随着对南京大屠杀幸存者历史重要性的认识程度不断加深，稿件从最初着力对个人肖像的雕刻，到展现几十人的群像；从再现他们显性生存状态，到表现他们内心深处的伤痛；从个人记忆，到国家、民族记忆，再到试图建立南京大屠杀幸存者影像国家档案。

截至 2018 年 11 月，记者韩瑜庆、李响、季春鹏已经累计采访拍摄了九十余位南京大屠杀幸存者，用镜头真实记录下他们的现状和他们内心深处的苦难记忆。时至今日，拍摄工作仍在持续，记者希望尽最大的努力，完成对所有在世南京大屠杀幸存者的采访拍摄和建档造册。

（韩瑜庆、李响、陈聪颖）

专家点评

这是一项浩大的工程，这是一项充满爱、悲悯、敬意的劳动，这也是一项拷问自己对苦难的承受力的工作。

2014 年开始，江苏分社记者韩瑜庆、李响开始为南京大屠杀幸存者留影造册，力图让个人记忆成为国家记忆。记录在册的幸存者从1984年的1756人，到2017年底的不足100人，韩瑜庆、李响知道这项工作一开始就太晚了。一位老人的离世就是一座小型博物馆的倒塌。他们必须与时间赛跑，不敢丝毫懈怠，因为这是时代交付新华社记者的职责。

从2014年到2018年，他们每年都拿出关于幸存者的报道。随着对幸存者这一群体历史重要性的认识程度不断加深，他们的报道由平面转为立体；由个人肖像到群像展现；由老照片收集到口述史整理；由再现显性生存状态，到表现内心深处的伤痛；从个体记忆到初步形成大屠杀幸存者影像档案；他们自己也由摄影记者的身份成为为历史工作的人。

一次次走进幸存者滴血的讲述，体味他们内心深处的痛楚。重新组织一个个被历史因果解释得支离破碎的人生，这个过程没有片刻欢愉。

人究竟能承受多重的苦难？生命的尊严究竟体现在哪里？如果那三十万生命不曾消失，南京城会留下多少美好家庭？

面对一个个苍老的面孔、破碎的心灵，年轻的记录者扪心自问，备受煎熬。即便如此，他们仍然决心把这个拍摄项目做到最后——直到最后一位幸存者离开。

老一代摄影家已经把摄影的一个高度放在那里，他们留下的职业水准与献身精神，正是新华社摄影记者的核心价值所在。韩瑜庆、李响、梁旭、田建川们的努力再次证明：今天的年轻一代摄影者，素质优良，知识结构完整，一入社便接受严格教育。他们身上，已种下新华人严守纪律、隐忍、担当、不事张扬，万人之海一身藏的种子。他们通过扎根生活，拿出一个个践行脚力、眼力、脑力、笔力的代表作。薪火相传的使命感，使他们以严肃的态度关注社会，继续为中国照片档案馆存留证据。

（陈小波 新华社高级编辑）

融合报道

1 领　航

【片名特效字幕】领航

【画面】波光粼粼的嘉兴南湖上，泛着一艘红船。徐徐打开的船舱木门紧接人民大会堂的大门，镜头越过新一届领导人，穿入背后的幽燕金秋图。

【字幕】2012 年 11 月，中国共产党的历史翻开了新的篇章。

【原声】习近平总书记：

中华民族的昨天，正可谓“雄关漫道真如铁”。

【第一章节特效字幕】雄关漫道真如铁

【画面】镜头沿着长城一路向前，一幕幕历史画

扫描上方二维码，可观看相关视频。

面叠印在天空之中。俯瞰上海全景，一艘红船再次驶入迷雾之中。

【字幕】近代以来久经磨难的中华民族实现了从站起来、富起来到强起来的历史性飞跃。

【字幕】然而“赶考”还远未结束。

【字幕】2012 年，新一届中央领导集体登上历史舞台时，中华民族正站在一个前所未有的关键节点上，中国已成为世界第二大经济体，而世界并不安宁。

【特效字幕】全球格局剧烈震荡、金融危机阴霾未散、环境污染、城乡差距、收入差距、社会矛盾、腐败多发。

【字幕】西方社会“中国崩溃论”甚嚣尘上。

【字幕】面对这样的局面，需要大担当、大作为、大魄力。

【画面】镜头沿着长城一路向前，一幕幕历史画面叠印在天空之中。俯瞰上海全景，一艘红船再次驶入迷雾之中。

【画面】镜头前划过一幕幕中央八项规定实施后的景象，一组组五年来的成果数据直击人心。

【特效字幕】五年来，全国累计查处违反中央八项规定精神问题 18.4 万起，给予党纪政纪处分 13.6 万人，包括 20 名省部级干部。

【字幕】“八项规定”改变了中国。

【字幕】一场史无前例的铁腕反腐震动全国，震惊世界。

【特效字幕】十八大以来，共立案查处中管干部超过 266 人，厅局级干部 8600 多人，县处级干部 6.6 万人。

【字幕】一个百年大党书写了自我革命的新篇章。

【第二章节特效字幕】人间正道是沧桑

【画面】画面从幽燕金秋图来到宁夏西海固，第一批移民谢兴昌向镜头讲述着这里 19 年来翻天覆地的变化。

【原声】习近平总书记：

中华民族的今天，正可谓“人间正道是沧桑”。

【字幕】社会主义在中国焕发出强大生机活力并不断开辟发展新境界。

【字幕】宁夏西海固，曾是中国最穷的地方之一。

【同期声】闽宁镇首批移民谢兴昌：

我们那儿是靠天吃饭，十年九旱。我记得是半年时间，从来没有见过一点儿盐。

【字幕】1997 年，时任福建省委副书记的习近平来这里考察，推动建起了闽宁村。

【同期声】闽宁镇首批移民谢兴昌：

闽宁村三个字是他（习近平）取的。说是虽然当时荒凉，说以后是个好地方。经过这 19 年时间，把那个一眼望不到头的一个烂戈壁滩，建成了今天的一个绿油油的金沙滩。

【字幕】2016 年习近平总书记重访闽宁

【同期声】闽宁镇首批移民谢兴昌：

老百姓都特别特别地高兴。

【字幕】习近平走遍了全国集中连片特困区。

【特效字幕】5 年来，中国平均每年有 1300 多万人摆脱贫困，平均每两秒多脱贫 1 人，到 2020 年将实现全面小康。

【画面】在中国各个地标性场景之中，以特效展现出五年来的各项巨大改革。

【字幕】前行的中国需要变革，而变革的引领者肩扛万钧之重。

【字幕】5 年来，党中央解决了许多长期想解决而没有解决的难题。

【特效字幕】全面深化改革

【特效字幕】贯彻新发展理念

【字幕】办成了许多过去想办而没有办成的大事。

【特效字幕】生态文明建设

【特效字幕】全面依法治国

【特效字幕】国防和军队现代化。

【特效字幕】全面建成小康社会、全面深化改革、全面依法治国、全面从严治党。经济建设、政治建设、文化建设、社会建设、生态文明建设。

【特效字幕】进行伟大斗争、建设伟大工程、推进伟大事业、实现伟大梦想。

【字幕】2016 年，党的十八届六中全会明确习近平同志为党中央的核心、全党的核心。

【字幕】这是历史的选择，这是人民的期待。

【第三章节特效字幕】长风破浪会有时

【画面】画面从幽燕金秋图叠化至雄安新区，赵庄子村书记赵文祥向观众讲述着这片土地的变化以及这里的人们对未来的无限向往。

【原声】习近平总书记：

中华民族的明天，可以说就是“长风破浪会有时”。

【字幕】中国特色社会主义拓展了发展中国家走向现代化的途径，为解决人类问题贡献了中国智慧、提供了中国方案。

【字幕】2017 年春天，党中央决定设立雄安新区。

【同期声】雄安新区赵庄子村党支部书记赵文祥：

这个村建村 600 多年了，历史上就是以渔村为生，人们什么梦都做过，就是雄安新区这个梦没做过。

【字幕】一座承载“千年大计，国家大事”的未来之城正在崛起。

【同期声】雄安新区赵庄子村党支部书记赵文祥：

老百姓的好日子就要来了。

【特效字幕】京津冀协同发展，长江经济带发展，“一带一路”建设。

【字幕】构建人类命运共同体的倡议，引起全球共鸣。中国正前所未有地走近世界舞台中心。

【原声】习近平总书记：

每一代人有每一代人的长征路，今天，我们这一代人的长征，就是要实现“两个一百年”奋斗目标，实现中华民族伟大复兴的中国梦。

【画面】不断向前航行的船头之上，叠印出新中国成立以来的各种成就画面，在习近平总书记的号召下，全国人民凝聚在一起，撸起袖子加油干。波涛之上，“中国号”巨轮带领着无数船只驶向冉冉升起的朝阳。

【原声】习近平总书记：

只要我们党永远同人民站在一起，大家撸起袖子加油干，我们就一定能够走好我们这一代人的长征路。

【原声】习近平总书记

中华民族伟大复兴的中国梦一定要实现，也一定能够实现。

采访札记

“好新闻都是用脚跑出来的”，这句新闻界由来已久的至理名言，在传统媒体时代适用，在媒体融合时代同样适用。在微政论片《领航》的创意制作过程中，我们再次深切体会到了这一点。

微政论片，是融媒体产品中前所未有的形态。而《领航》更是作为新华社迎接党的十九大融媒体报道压轴之作来打造的，意义非同寻常。在策划阶段，社领导就要求，这一产品要实现宏大主题与互联网传播的有机结合。从主题方面看，要全景式展现党的十八大以来，以习近平同志为核心的党中央不畏浮云遮望眼，领航“中国号”巨轮破浪前行，将中国特色社会主义理论和实践不断推向新境界的光辉历程；从传播方面看，要符合互联网产品的特点，短小精悍，时长控制在几分钟之内。这两者的结合，本身就是一项严峻的挑战。怎么办？我们决定还是“用脚思考”——到基层去。

我们去了宁夏的闽宁镇。十几年前，这片土地还是荒无人烟的茫茫戈壁，当时在福建工作的习近平同志力主建村，让西海固极贫山区的农民搬迁出来，建起了繁华的城镇，成为对口帮扶的典范。我们采访了亲历全程的老村民，听到许多生动故事。党的十八大以来，中国的脱贫攻坚再次创造了人类发展史上的奇迹。抚今追昔，我们更加清晰地看到了党中央治国理政的思想脉络。

我们去了雄安新区。在这座承载着千年大计的未来之城，新的蓝图刚刚展开。穿行在白洋淀茂密的芦苇丛中，触摸大半个世纪前雁翎队神出鬼没打日寇的遗迹，听到村民们充满憧憬的感叹，放眼烟波浩渺的水面，我们不仅对雄安的未来充满期待，脑海里也冉冉升起一幅中华民族伟大复兴指日可待的壮丽图景。

边走访，边拍摄，边思考。我们置身于新时代中国特色社会主义建设的生动实践之中，为宏大的政治理念找到了源头活水，不断给作品注入着充满生机与活力的精神血液。

以新华社经典新闻照片和基层实地拍摄为主要内容，《领航》逐渐成型。对那些很难用实景表现的抽象论述，我们配以三维特效。特别是对人民大会堂东大厅的巨幅国画《幽燕金秋图》进行了特效制作，以浓郁的“中国风”形态呈现了昨天、今天、明天的时间概念，分别对应习近平总书记在参观复兴之路展览时引述的三句诗——中华民族的昨天，“雄关漫道真如铁”；中华民族的今天，“人间正道是沧桑”；中华民族的明天，“长风破浪会有时”——并成为全片的骨干脉络。这样，高屋建瓴的理性思辨与扎实鲜活的感性讲述相得益彰，说服力、感染力大大增强。

10月17日，党的十九大开幕前夕，时长8分20秒的《领航》由新华社全媒报道平台第一工作室推出，迅即引发热烈反响，24小时之内网络播放量便高达2.7亿次。有网民说:“我们每一个同胞都要加油实现自己的梦想，跟着领航者一起实现伟大复兴的中国梦。”也有网民表示:“热泪盈眶地看完，为中国感到自豪，向领航者致敬！”

（李柯勇）

专家点评

短视频《领航》，以习近平总书记参观《复兴之路》展览时引用的“雄关漫道真如铁”“人间正道是沧桑”和“长风破浪会有时”三句诗概述中华民族昨天、今天和明天的发展主题并以此为场景切换的内在逻辑，勾勒出了党的十八大以来，以习近平总书记为核心的党中央团结带领全党、全国各族人民在反腐倡廉、脱贫攻坚、依法治国、从严治党以及推进国际合作等方面取得的举世瞩目的成就。在全面总结改革开放40年成果、献礼新中国成立70周年、两个“一百年”伟业蓝图徐徐展开之际，《领航》的出现同样具有“领航”意义。浓墨重彩的渲染，大气磅礴的气概，客观冷静的描述，小处着眼的笔法，铸就了它践行“四力”要求经典之作的品质。

素材丰富，天南地北见“脚力”。微视频《领航》的取景地点涵盖了从皑皑白雪的边疆哨防到南海的岛屿、从脱贫攻坚的典型宁夏西海固到国家级新区雄安新区，无一不体现了新闻工作者“脚力”所在。正是这样深入一线的采访，大量的一手素材，构建了作品内容的丰盈和充实，避免了主旋律题材常见的空洞乏味弊病，使作品显得饱满生动。

注重细节，于细微处见“眼力”。视频中，既有普通农家的田园小院，又有国防和军队建设的宏伟壮景，既有电力工人高空电缆作业的细微观察，又有“一带一路”总体规划的宏大讲述，既有对贫困地区孩童无助眼神的关注，又有对习近平总书记参观焦裕禄纪念馆时留下深情泪水的写真。这些敏锐的捕捉，充分彰显了新闻工作者的“眼力”。没有认真的观察，就不会有深层的问题发现和思考。这些细节的展示，不仅让视频的内容鲜活起来，更使作品有了打动人心的情感力量。

纵横捭阖，多重结构见“脑力”。短视频在结构上有三个特色：一是圆融，从“红船”出发，到“红色的船”前行结束，把“领航”的主题充分渲染；二是多维，家与国，昨天、今天、明天，大处和细节，宏观与微观，互相叠加和嵌套，画中有画，画外有音，把抽象的议题写实和变得具象；三是纵深，从当前问题出发，务实讨论有关发展和中国梦的命题，不浮夸，不做作，从现实中来，向更好处走，把大国命运的历史曲折、当下地位和未来担当相互勾连，把“领航”的空间维度和时间维度有机融合，作品因此才显得厚重和卓有分量。

收放自如，多种手法见“笔力”。短视频在表现手法上的成功之处在于：一是善用符号和象征，如视频以人民大会堂东大厅巨幅国画《幽燕金秋图》作为转场动画和章节起始，以国画中长城寓意“雄关漫道真如铁”，依托特效和历史照片叠画再现中华民族曾经的苦难与辉煌的征程；以高山瀑布及雨雾展现“人间正道是沧桑”，映射中华民族今天的伟大变革；以大海扬帆贴合“长风破浪会有时”，昭示中华民族未来的光明前景，整个视频没有旁白解说，而是全部用影像和音乐音效本身来叙事，通过船、长城、天安门、大飞机、高铁等符号，来揭示发展，可谓匠心独运；二是善用对比，百姓生活变化的两张图片对比，雄安新区的今昔对比，大国地位的昨天和今天对比等，于无声处听惊雷，在对比里写成就；三是善于叙事，除了用声音和图画，还有大量的同期声，特别是普通农民、工人的口述，都坚持了“用事实说话”的叙事原则，取得了良好的传播效果。

（张淑华　郑州大学新闻与传播学院副院长）

2 习近平关心的六件事
习近平推动解决的六件百姓关切事

一、“习近平关心的六件事”系列微视频

（一）动漫 MV ｜习近平关心的这六件事

扫描上方二维码，可观看相关视频。

播发时间：2017 年 3 月 9 日

参与部门：全媒报道平台

脚本简介：中央财经领导小组第十四次会议上，习近平强调，推进北方地区冬季清洁取暖、普遍推行垃圾分类制度、加快推进畜禽养殖废弃物处理和资源

化、提高养老院服务质量、规范住房租赁市场和抑制房地产泡沫、加强食品安全监管这6个问题，都是大事，关系广大人民群众生活，是重大的民生工程、民心工程。根据社领导指示，全媒报道平台围绕这一重大主题进行可视化创新，牵头组织各分社制作创意短视频。作为系列微视频提纲挈领的片子，全媒报道平台精心策划，推出这个创意动漫 MV，以轻松活泼的方式向受众讲清楚“习近平关心的这六件事”，播出后获得各方好评。

（二）动漫皮影戏丨一块煤与农村老汉的冬季之约

播发时间：2017 年 3 月 9 日

参与分社：山西分社

脚本简介：《冬季之约》讲述一块煤“黑蛋”与一位农村老汉的冬季之约，采用电影蒙太奇叙事手法，动漫皮影戏的视听方式，生动形象地展示了北方地区冬季清洁取暖如何取得突破。在全媒报道平台领导和分社领导的支持下，山西分社大胆引入电影制作流程，制作过程中分社发挥强大的社会动员能力，调动了动画、音乐、配音等领域的一流工作者通力合作，完全按电影制作流程推进，视频播出后受到网民好评。

（三）微纪录片丨你好，我是“独联派”

播发时间：2017 年 3 月 9 日

参与分社：上海分社

脚本简介：如何解决租房难、规范和发展住房租赁市场是习近平总书记关心的六件事之一。上海分社记者在采访中了解到，一些大城市的租房市场已经发生了变化，出现了一种全新的公寓式租赁方式，出现了一群自称“独联派”的人——在高房价与生活压力之下，年轻一代依然充满个性、自由独立，但同时也喜欢结交新友、融入团队，他们的租房故事，充满“房子是租来的，但生活不是”的正能量。据此，上海分社精心录制了感人的微纪录片，引发年轻受众共鸣。

（四）微视频丨一本旧书的重生

播发时间：2017 年 3 月 12 日

参与分社：四川分社

脚本简介：四川分社记者用创意视频的方式记录了“绿色地球”环保组织回收旧书的过程：“绿色地球”环保组织提供电子秤，用户可以给旧书称重，根据旧书重量获取相应环保积分，从而提取一定的金额。旧书通过处理厂的分类处理，可以被重新用于制作新的书本。视频配音极其富有特色，给大家留下了深刻印象。

（五）微视频丨牛粪去哪儿了

播放时间：2017 年 3 月 12 日

参与分社：重庆分社、云南分社、西藏分社

脚本简介：2016 年底，习近平总书记在中央财经领导小组第十四次会议提出加快推进畜禽养殖废弃物处理和资源化。重庆分社、云南分社、西藏分社记者分别深入三峡库区、洱海湖畔、青藏高原，记录了一场将牛粪“变废为宝”的生态实践。

（六）微动漫丨小猪 9403 闯关记

播发时间：2017 年 3 月 12 日

参与分社：福建分社

脚本简介：在福建省福清市仙人掌村，肉猪在出生后就会拿到“身份证”，食物、用药、去向等信息都会被记录下来，如果肉猪感冒发烧，出栏前则必须停药一个月，以免药物残留。从养殖场，到加工车间，再到市场，每一个环节前后都有一次健康体检，只有合格了才能进入下一个环节。福建分社记者针对食品安全问题发挥创意优势，生动记录了“放心肉”的生产全过程：耳标、图章、证书一个不能少。

（七）微纪录片 | 西藏养老院，“聚”起来的温暖

播发时间：2017 年 3 月 14 日

参与分社：西藏分社

脚本简介：这是西藏分社针对“3·14”节点精心策划采访制作的视频报道，通过细腻的镜头语言，真实展现了西藏孤寡老人在养老院里安度晚年的故事。为拍摄此片，西藏分社记者三次实地深入敬老院寻找适合的报道对象，走访了大量工作人员，采访了近 20 位老人，聆听他们的人生故事，最终确定了两名护理员和两位高龄孤寡老人精心拍摄了视频，播出后众多网民点赞。

（八）微纪录片 | 爸妈老了，家里来了“提灯女神”

播发时间：2017 年 3 月 15 日

参与分社：广东分社

脚本简介：在广东，家庭医生优先覆盖老年人、残疾人等群体。2016 年，全省重点人群签约覆盖率已达 30% 以上。广东分社记者用镜头记录了广州社区医院护理人员给失能老人带来爱和温暖的感人故事。护理人员被亲切地称为“提灯女神”，上门服务的这些家庭医护人员“照亮”了许多独居老人的家庭，视频感人落泪。

（九）微视频 | 住在二楼的猪

播发时间：2017 年 3 月 15 日

参与分社：广东分社

脚本简介：广东分社采访了广东河源市一些猪场利用技术解决猪粪污染的妙招。广东一些养猪场摸索出一种“高床发酵生态养殖”技术，让牲畜住在二楼，牲畜粪便和尿液经过全漏缝地板直接排到一楼，与一楼铺的木糠或者秸秆垫料混合进行生物发酵，之后再送到配套的堆肥厂转化成有机肥。这样，基本实现了养猪污水“零排放”，更能“变粪为宝”。

（十）微视频 | 大家一起唱出来人人动手分起来

播发时间：2017 年 3 月 17 日

参与分社：浙江分社

脚本简介：浙江分社记者对“一人我饮酒醉”“江南皮革厂倒闭了”等人们耳熟能详的热门网络歌曲进行“神转折”处理和完美融合，别有一番风味地以饶舌方式“唱”出垃圾分类知识，歌词新颖别致，幽默好记，网民热转刷屏。

（十一）微纪录片 | “广漂”姑娘走出“握手楼”之后

播发时间：2017 年 3 月 17 日

参与分社：广东分社

脚本简介：广东分社记者走进广州棠下店“泊寓”青年公寓，用镜头记录了“漂一族”互相帮助、努力打拼的励志故事。从孤独的城市屋檐下，搬到城市青年的家，青年公寓让“漂一族”有了扎根的感觉、融入的温暖。

（十二）微纪录片 | 爱与陪伴

播发时间：2017 年 3 月 18 日

参与分社：北京分社

脚本简介：习近平总书记指出，提高养老院服务质量，关系 2 亿多老年人口特别是 4000 多万失能半失能老年人的晚年幸福，也关系他们子女的工作生活，是涉及人民生活质量的大事。北京分社记者在养老院，跟随义工的脚步用镜头记录里面的老人。生命，总会走到尽头。有爱的陪伴，就能驱走对孤独的恐惧。这些陪伴老人的义工坚信，每一个生命都是需要被呵护的，视频感人落泪。

（十三）微纪录片 | 辣条逆袭是怎样做到的？

播发时间：2017 年 3 月 19 日

参与分社：河南分社

脚本简介：河南分社记者记录了辣条华丽“逆袭之旅”：2015 年新修订的食品安全法正式实施，因安全问题饱受诟病的辣条生产商严抓食品安全，从而让辣条销量大增。如今，辣条不仅是我国年轻人爱吃的零食，口感麻辣鲜香的辣条已经走出了国门。视频贴合年轻人视角，受到各方好评。

（十四）微纪录片 | 我不敢老！我是你永远的依靠！

播发时间：2017 年 3 月 21 日

参与分社：上海分社

脚本简介：上海分社记者记录了志愿者和义工为失能老人提供帮助的感人故事。施爱玲今年已经 69 岁了。但是，她“不敢老去”，她是老伴章学军的依靠，因为 2011 年，章学军突患中风，失去生活自理能力。但近年来，志愿者和义工越来越多，保障和护理机制越来越好——失能老人穿上贴心的“小棉袄”，有了依靠。

二、“习近平推动解决的六件百姓关切事”系列微视频

（一）微纪录片 | 朱丽华的稻梦空间

播发时间：2017 年 7 月 2 日

参与分社：辽宁分社

脚本简介：辽宁分社记者用镜头记录了新型城镇化为当地农村转移人口带来了工作和生活上的巨变：2012 年，沈阳锡伯龙地创意农业有限公司通过土地流转，让昔日的稻田变成了美丽的稻田画。锡伯族姑娘朱丽华实现了从卖鞋、开超市到创意总监的华丽转身。

（二）微纪录片 | 娃们上学，山不再高，水不再远

播发时间：2017 年 7 月 3 日

参与分社：重庆分社

脚本简介：重庆分社记者讲述了重庆偏远山区一对姐弟艰难遥远的上学路得到改善的故事。18 公里有多远？对深山里的娃们来说，是山，是水，是三个小时的上学路，先走山路，再坐渡船，每天往返一次，挑战极限。如今，娃们上学的路好走了，山不再高，水不再远。

（三）微纪录片 | 户口本上终于有了久违的“我”

播发时间：2017 年 7 月 5 日

参与分社：河南分社

脚本简介：河南分社记者采访了河南中牟县惠庄村的李颖，镜头讲述了他22年后第一次取得身份证的故事。习近平主席在2017年新年贺词中说，一些长期无户口的人可以登记户口了。如今，新政策的实施和当地民警的不懈努力让更多的“黑户”都拥有了自己的身份证。

（四）微纪录片 | 雪域高原上的健康守门人

播发时间：2017 年 7 月 6 日

参与分社：西藏分社

脚本简介：西藏分社记者讲述了西藏一位家庭医生定期前往一位七旬藏族老人家中，用藏药为老人调理身体的感人故事。背着药篓，沿着天路，雪山采药。他，是世界屋脊上的家庭医生。走家串户，嘘寒问暖，治病救人，他，零距离呵护百姓的健康。

（五）动画 | 异地办理身份证省了多少路？

播发时间：2017 年 7 月 7 日

参与分社：广东分社

脚本简介：奔波办证是老百姓的烦心事，是习近平总书记挂在心头的民生大事。曾经，人在“证”途，是多少人的烦心事。飞机、火车、汽车……

为补办身份证，轮番倒腾；如今，异地办身份证，终于不用来回奔波了。广东分社用动画的方式，介绍了异地办理身份证简化流程带来的便利体验。

（六）微视频丨足球娃娃出山记

播发时间：2017 年 7 月 8 日

参与分社：安徽分社

脚本简介：安徽分社记者在大别山区金寨县采访了女孩石善红，她最大的梦想曾是“走出大山，看看外面的世界”。石善红万万没想到，西班牙皇家马德里基金会亚太负责人走进了她的学校，让她走出了大山，还看到更大世界——足球。在负责人的帮助下，她体会到了足球的快乐。

（七）微纪录片丨村民们为啥与父女两代村医情同一家?

播发时间：2017 年 7 月 9 日

参与分社：吉林分社

脚本简介：吉林分社记者采访了吉林市大口坎镇后团村村医“老岳”和“小岳”，父女俩都是村里的医生，守护着几百户村民的健康。随着国家新政的落实，父女两人从“赤脚医生”变为“签约家庭医生”，这充分反映了逐步走向完善的国民健康保障体系。

（八）微纪录片丨一个孩子的幼儿园

播发时间：2017 年 7 月 10 日

参与分社：甘肃分社

脚本简介：甘肃静宁山梁沟峁间，有所崭新的幼儿园。村里 4 个孩子，转走了 3 个，只剩一个孩子。但是，老师表示，只有一个孩子也不能放弃，并希望他能改变命运。甘肃分社记者讲述了只有一个孩子的幼儿园的真实故事。镜头画面构图讲究，感情真挚动人，反映了政府在实施教育精准脱贫方面的巨大决心。

（九）微纪录片 | 山里为何来了一位“洋河长”？

播发时间：2017 年 7 月 11 日

参与分社：浙江分社

脚本简介：浙江德清县后坞村水清景美，吸引着众多游客。在这山清水秀的地方，有位名叫“多莉”的河长，来自英国。浙江分社记者跟踪拍摄这位“洋河长”，展现她为保护水质所作的努力。

（十）微纪录片 | 小渔村来了家庭医生

播发时间：2017 年 7 月 12 日

参与分社：山东分社

脚本简介：山东分社记者走进荣成鸡鸣岛，采访了当地小渔村的家庭医生。这个不足半平方公里的海岛，高盐缺水，影响岛民健康。后来，小渔村来了家庭医生。为了给村民治病，医生们吃过不少“闭门羹”，被认为是“推销药的”。最终，经过医生们不懈努力，岛民终于开门相迎。

（十一）微纪录片 | 别了，云端上的求学路

播发时间：2017 年 7 月 13 日

参与分社：湖北分社

脚本简介：湖北分社记者走进偏远的渔山村，让观众看到了精准扶贫政策带来的日新月异的变化。在湖北鹤峰渔山村，一个村庄被大山河流阻隔。过去，一条溜索是孩子的求学路。现在，一条大路是孩子的上学路。精准扶贫三年内，公路已经通往家家户户。

（十二）微纪录片 | 为何他们的生日都是 1 月 1 日

播发时间：2017 年 7 月 14 日

参与分社：江苏分社

脚本简介：江苏分社记者用镜头记录了当地民警帮助流浪乞讨人员办

理身份证的故事。近几年，泰州市社会救助站先后接收了20名流浪乞讨人员，由于智力、残疾等原因，他们无法拥有公民身份。通过江苏省公安部门的努力，他们有了合法身份，享受到公民应有的待遇。

（十三）这六件事，拉近的是距离，更是人心

播发时间：2017 年 7 月 15 日

参与分社：上海分社

脚本简介：农村转移人口市民化、改善贫困地区孩子们上学条件、异地办理身份证、无户口人员登记上户、家庭医生制度建设、“河长”制建设，是习近平主席推动解决的百姓关切事。上海分社采用定格动画拍摄手法，用时尚又复古的方式，对“六件百姓关切事”进行梳理总结。艺术感强，表现形式有创新。

采访札记

“习近平关心的六件事”“习近平推动解决的六件百姓关切事”是新华社 2017 年推出的两组具有“刷屏之效”的融媒体产品，是新华社社领导亲自策划点题、总社全媒平台和国内几十个分社联合打造的大型系列报道。两组报道分别围绕习近平总书记 2016 年经济工作会议上的讲话精神和 2017 年新年贺词内容，重点就食品安全、垃圾分类等“关心的六件事”和农村转移人口市民化、贫困地区儿童就学等“推动解决的六件关切事”，精心策划、深入采访、创意呈现，分别播发了 13 个和 14 个微视频。这两个系列的微视频一经推出便被广泛采用转发，两组产品全网浏览量均达 1 亿以上，实现了“现象级”传播，受到媒体的欢迎和网民的点赞。

一、这是两组重大主题和民生关切相结合的精品佳作

把核心的事情当核心办。总书记报道是新华社所有报道的重点，也是体现新华社权威优势所在。媒体融合深入发展背景下，如何运用群众喜闻乐见的新媒体方式做好总书记报道，是我们需要破解的难题。“习近平关心的六件事”“习近平推动解决的六件百姓关切事”系列微视频正是新华社加强总书记融合报道创新的典型作品。两组报道聚焦总书记关切事这一宏大主题，从普通人的故事和身边的变化切入，展现出在以习近平同志为核心的党中央的领导下我国民生领域重点、难点、焦点问题取得的新突破新成就，体现出总书记“一切为了人民，为了人民的一切”的伟大情怀。系列微视频均立足重大主题，从具体的生活细节展开报道，贴近性、代入感较强。例如，《一块煤与农村老汉的冬季之约》讲述了一个叫“黑蛋”的煤炭从北方供暖造成粉尘污染的故事说起，通过煤炭“洗澡”技术达到了清洁能源的要求，对防治雾霾作出了巨大贡献。该视频通过小皮影讲故事的方法普及国家大政方针政策和建设成就，使正面宣传有效实现“入眼、入耳、入心”的传播效果。再如，《朱丽华的稻梦空间》通过讲述一个卖过鞋、开过超市、土生土长的锡伯族姑娘朱丽华的创业奋斗的故事，反映了农村转移人口市民化这一重大主题。

二、这是一场脑洞大开的融合报道创新

“政治新闻也能 high 起来”——这是一家知名微信公号对于新华社两组系列微视频报道的称赞。的确，这两组系列报道总结运用新华社近年来在全媒体报道和新媒体源头端采集生产方面取得的经验，精心创意策划，积极运用各种新技术手段与微视频、flash、游戏、说唱、动漫、皮影戏、相声等当下最受欢迎的流行表达元素，推出了 20 多个内容丰富、形式多样、手法各异的融合报道产品。如，在“习近平推动解决的六件百姓关切事”系列微视频中，《异地办理身份证省了多少路》将数据新闻与动画结合起来，将本来复杂的问题简明扼要地向受众呈现了出来；《河长是嘛》创新地用动画形式承载相声场景，旁白配以诙谐的天津话，用轻松活泼的方式阐释了“河长制”的重大意义。这些新媒体创意产品，丰富了新华社新媒体报道的产品形态和表达手段，在推动报道从“可读、可听、可看”向“可互动、可分享、可体验”提升上进行了积极探索，受到广大网民特别是青少年网民的喜爱，有专家由此称赞新华社不仅会“写新闻”，还很会“玩艺术”。

三、这是一次践行扎根工程的用心探索

新闻报道，内容创新永远是第一位的。否则，即便表现手法再如何华丽多彩，也是苍白无力的。这两组报道之所以广受欢迎，绝不仅仅在于其重大的主题和新颖灵活的报道形式，更主要的是其承载着扎扎实实的正面宣传内容，饱含着新华社记者深入扎实的采访调研。可以说，从前期的创意策划、选题确定再到后来的实地采访拍摄和细节呈现等，无一不体现出新华社这两年来大力倡导的扎根工程的工作作风和精神状态。例如，“习近平推动解决的六件百姓关切事”中的“河长制”已经是老话题，如何报道出新意，必须有全新视角和故事，正因为分社记者平时注重深入基层调研践行扎根工程，才能够第一时间找到《山里为何来了一位“洋河长”》中的典型人物——来自英国的多莉，这个人物真实又富有层次，通过讲述“洋河长”的故事把“河长制”说得明白又好看。再如，“习近平关心的六件事”系列微视频中，《你好，我是“独联派”》讲述的是规范房屋租赁的故事，虽然微视频只有三个故事，但其背后却需要大量采访工作的积累；记者扎根租赁市场，挖掘出了十几个典型故事，然后从中挑选出了三个精选案例，采访和拍摄历时半个多月，最终才甄选出分别代表“创业创新”“北上广的‘小爱情’”，以及独自在大城市为“中国梦”打拼的奋斗精神的三组人物。可以说，每一分钟的视频、每一张照片的背后，都体现了记者践行扎根工程的宝贵精神。

（项目组）

2017 年两会期间，新华社播发皮影动画《一块煤与农村老汉的冬季之约》，该视频上线后好评如潮，客户端 8 小时点击量过百万，最终全网点击量上千万。正在参加两会的全国人大代表给出高度评价，网友纷纷点赞“国社有创意、接地气”。该短片成为新华社又一现象级新闻精品，是近年来新华社媒体融合报道的又一创新力作。

记者在采写、制作这一作品时深深感到，新媒体环境下新闻报道需要加强创新、脑洞大开，而创新的源泉是记者的脚力、眼力、脑力、笔力。采写记者只有在这四个方面下足功夫，才能采写出既适应新兴媒体要求，又直达受众心灵深处的作品。

要有脚力，走到新闻现场的每一个角落。清洁煤从研发到入户，是一个复杂的长链条过程。记者前期用了1个月的时间，全流程地采访了从研发实验室、环保部门、到生产厂家、再到运煤车队、运煤集散地，直到农民家中的每一个环节。大量的采访为记者创作文字脚本和动漫制作提供了丰富的素材，记者也得以游刃有余地展示党中央大气治理政策在基层的落实情况。

要有眼力，发现新闻点，规避风险点。从新闻性上来讲，动漫选取了“洁净煤”这一选题，兼顾环境保护和民生取暖两个方面，既反映了党中央“打赢蓝天保卫战”的决心，又体现了对基层群众民生问题的关心；从特色上讲，动漫采用了皮影戏这一中国传统艺术形式，易于在网上传播，受网民欢迎；在创作中，新华社充分意识到探索创新中所面临的不确定性风险。因而，在整个制作过程中总社和分社两级签发人把关前移，从创意开始介入新闻作品的制作，把政治关、把质量关、把宣传关，并联合山西传媒学院专业制作力量，确保专业品质。

要有脑力，思考新媒体环境中新闻宣传规律。此次报道的主题是反映煤炭清洁利用、冬季清洁取暖，这方面此前已经有大量优秀报道，如何出新意成为一道难题。记者最初提出的思路是写“一块煤的清洁之旅”，采用小男孩太原方言配音的方式来展现煤炭清洁供暖的过程。随后经历多轮头脑风暴，审视新媒体受众的喜好，最终，新华社大胆提出用山西特色皮影戏动画的报道形式。在此基础上，分社把山西的煤炭背景、晋剧特色融入其中。这样，一个有中国气派的好故事雏形初现。

要有笔力，讲好中国故事的小细节。在文本创作方面，新华社大胆创新，创造了“黑蛋”这个动感可爱的煤炭娃娃形象，并将单线的“煤炭之旅”改为双线的黑蛋和农村老汉的“冬季之约”，剧情更丰富，故事性更强。同时，充分考虑受众感受，把“黑蛋”这块炭的燃烧过程，描述为“努力工作”，避免产生“化为灰烬”的联想。播出效果显示，报道成功引导了舆论，避免了不必要的杂音。

通过“习近平关心的六件小事”等融媒体产品的探索，记者正逐步把“四力”要求贯穿于新媒体报道中，把新华社的好传统好作风带入新媒体时代。

（原勋、王井怀）

专家点评

“习近平关心的六件事”“习近平推动解决的六件百姓关切事”两组系列微视频，突出“党和国家践行全心全意为人民服务的宗旨”这个主题，贴近生活，策划精妙，手段多元，叙述感人，集中体现了习近平总书记对新闻工作者“保持人民情怀，记录伟大时代”，不断增强“脚力、眼力、脑力、笔力”的要求，凸显出“聚焦全媒体融合报道，争当新时代人民记者”的典型特征与精神追求。

从空间跨度看“脚力”。媒体深度融合改革背景下，全媒体融合报道对于深入基层采访的“走转改”要求依然未变。从这两组报道采制的空间范围来看，作品横跨北京、上海、山东、河南、湖北、安徽、浙江、吉林、甘肃、云南、西藏等省份，全媒体记者的足迹和镜头深入到西藏养老院、沈阳的彩色稻田、上海的青年公寓、云雾封锁的大山深处。新闻是“跑”出来的，这种脚踏实地的工作作风，新闻工作者“脚力”所达到的空间广度和社会深度，值得称道。

从选题内容看“眼力”。“习近平关心的六件事”系列微视频，选择了习近平总书记关心的“垃圾分类”“养老保障”“食品安全”“畜禽废弃物处理”“规范房屋租赁”和“清洁供暖”等民生问题。“习近平推动解决的六件百姓关切事”系列微视频围绕习近平主席新年贺词内容，对“无户口人员上户口”“贫困地区儿童就学”“家庭医生”“河长制度”“异地办理身份证”和“农村转移人口市民化”等主题进行了创意传播。这两组报道选题，主题重大，站位高远，集中体现出新时代新闻工作者“保持人民情怀，争当人民记者”的着眼点和着力点，显现出新华社记者的高站位和巧视角。

从创意设计看“脑力”。从创意设计的角度来看，这两组“六件事”全媒体融合系列报道打破了常规图文报道的模式，不拘一格，精彩纷呈，动漫 MV、动漫皮影戏、魔性说唱、第一人称口述、电子游戏叙事、数据可视化等新媒体风格明显的微视频作品应运而生，创意十足，增强了网络传播的“热度”，体现出新时代新闻工作者强健的“脑力”和互联网传播的创意能力。网络时代的新闻舆论工作，首先要解决的是信息产品的受众接受问题。缺乏创新和创意的网络信息产品，难以吸引人，更难影响人。新时代的新闻工作者应该是不怕“烧脑”，努力尝试全新报道视角、善于运用多种新媒体技术手段的创意传播高手。

从表达呈现看“笔力”。动漫、说唱、航拍、弹幕、音频变幻、视频特技，这些新媒体技术手段的“十八般武器”，在“习近平关心的六件事”“习近平推动解决的六件百姓关切事”两组全媒体融合系列报道中运用自如，增强了融合报道的“锐度”，显示出新时代新闻工作者超强的“笔力”和全媒体报道本领。《户口本上终于有了久违的“我”》报道，实现从“技术手段”向“艺术感染”的视觉传达效果的提升，极大增强了作品入脑入心的“力度”。“清洁供暖篇”《冬季之约》的动漫皮影戏，“食品安全篇”《小猪 9403 闯关记》的电子游戏叙事等制作技术也为融合报道传播的亲和力增添了光彩。

（高洪波　河南大学影视艺术研究所所长）

3 大道之行

The Great Vision

【一滴水落下，花朵盛开，雁栖湖一组特效画面】

2017年，“一带一路”国际合作高峰论坛举世瞩目。

The world is watching china as it gets ready to host the Belt and Road Forum for International Cooperation in mid-May 2017.

【习近平主席一组特效画面】

扫描上方二维码，
可观看相关视频。

2013 年我访问哈萨克斯坦和印度尼西亚时，

While visiting Kazakhstan and Indonesia in 2013,

分别提出建设丝绸之路经济带和 21 世纪海上丝绸之路合作倡议。

I proposed jointly building the Silk Road Economic Belt and the 21st Century Maritime Silk Road respectively.

【敦煌壁画与陕西西安一组特效画面】

我的家乡陕西，

Shaanxi, my home province,

就位于古丝绸之路的起点。

is situated at the starting point of the ancient Silk Road.

站在这里，回首历史，

【沙漠骆驼队实拍】

Standing here and looking back on history,

我仿佛听到了山间回荡的声声驼铃，

I feel I can hear the sound of camel bells ringing in the mountains

【特效画面：文明古国知名建筑物生长、航海船队、没落古城】

看到了大漠飘飞的袅袅孤烟。

and see plumes of smoke rising over the desert.

这一切，让我感到十分亲切。

This all feels so familiar.

古往今来，

Since ancient times,

和平发展是人类的共同追求。

peaceful development has been a shared goal of mankind.

【实拍 + 照片特效】

战争

War

饥饿

Famine

贫富差距

Wealth gap

经济衰退

Economic recession

不少曾经繁华富饶的地方，

Some lands once prosperous and bustling

现在却成为困顿、冲突和危机的代名词。

are now synonymous with difficulty, conflict and crisis.

当今世界充满着不确定性，

Today's world is filled with uncertainties.

人们对未来既寄予期待，又感到困惑。

People have hopes for the future, but at the same time, feel perplexed.

世界怎么了？我们怎么办？

What has become of the world? What should we do?

这是整个世界都在思考的问题，

The whole world is pondering over these questions,

也是我一直在思考的问题。

and I am thinking of them all the time.

【特效画面：“五通”】

我提出“一带一路”倡议，

I proposed the Belt and Road Initiative in the hope that

就是要以互联互通为着力点，

with a focus on connectivity,

促进生产要素自由便利流动，

the free and convenient flow of all elements of production will be encouraged,

打造多元合作平台，

multidimensional cooperation platforms developed,

实现共赢和共享发展。

and mutual gains and shared development achieved.

政策沟通

Policy connectivity

设施联通

Infrastructure connectivity

贸易畅通

Trade connectivity

资金融通

Financial connectivity

民心相通

People-to-people connectivity

【一组实拍 + 特效画面】

“一带一路”倡议是中国根据古丝绸之路留下的宝贵启示，

The Belt and Road Initiative draws inspirations from the ancient Silk Road,

着眼于各国人民追求和平与发展的共同梦想，

and aims to help realize the shared dream of people worldwide for peace and development.

为世界提供的一项充满东方智慧的共同繁荣发展的方案。

Shining with the wisdom from the East, it is a plan that China offers the world for seeking common prosperity and development.

“一带一路”建设秉持的是共商、共建、共享原则，

The Belt and Road Initiative is based on principles of extensive consultation, joint contribution and shared benefits.

不是封闭的，而是开放包容的；

It is not exclusive, but open and inclusive.

不是中国一家的独奏，

The initiative will not be a solo for China

而是沿线国家的合唱。

but a chorus of all countries along the routes.

3 年多来，

For more than three years,

已经有 100 多个国家和国际组织积极响应支持，

over 100 countries and international organizations have responded positively and offered support for the initiative.

“一带一路”的“朋友圈”正在不断扩大。

The "friend circle" of the initiative has kept widening.

【照片特效画面】

“大道之行也，天下为公”。

“A great cause should be pursued for common good.”

让我们更加紧密地团结起来，

Let us unite more closely,

【一组实拍 + 特效画面】

携手构建合作共赢新伙伴，

join hands in forging new partnerships characterized by win-win cooperation

同心打造人类命运共同体。

and build a community of shared future for mankind.

历史是勇敢者创造的，

History is made by the brave.

让我们拿出信心，拿出行动，

Let us show confidence, take action

携手向着未来前进。

and forge ahead, hand in hand.

【黑屏 转动的地球】

大道之行

The Great Vision

【黑屏 署名页】

采访札记

“一带一路”国际合作高峰论坛是2017年我国举办的首场重大主场外交活动。《大道之行》是新华社全媒报道平台为论坛“量身订制”的一部微视频，力求用一种全新的创意方式生动阐释习近平主席“一带一路”倡议。

策划之初，新华社领导就要求打造一件世界性产品：不仅要让国内受众喜欢，也要让全世界受众看懂、喜欢。对任何一个主创团队来说，这都是一个极富挑战性的目标。更何况，适应互联网“碎片化”传播特点，还要把如此宏大的主题在短短几分钟之内讲出来，可说是挑战中的挑战。

融媒体产品最考验脑力，成功与否关键看创意。因此，我们和国内部、新华网的小伙们一次次进行头脑风暴，试图把脑洞开得更大，突破各种已有套路，在呈现方式上打开全新境界。

脚本写了一稿又一稿，总是不满意。在查阅资料过程中，我们注意到这样一段话：“我的家乡中国陕西省，就位于古丝绸之路的起点。站在这里，回顾历史，我仿佛听到了山间回荡的声声驼铃，看到了大漠飘飞的袅袅孤烟。这一切，让我感到十分的亲切。”这是习主席2013年在哈萨克斯坦纳扎尔巴耶夫大学演讲时说的话。我们听了录音原声，深受感染，并忽有所悟——这多么像一部自述式纪录片的开头啊！

关于“一带一路”，习主席曾在国内外发表过多次重要讲话，多角度、多侧面、多层次地进行了阐释，很多话既深刻又生动。于是，我们有了一个创意：能否把这些精彩原声剪出来，串成一篇完整的解说词？这个创意确实大胆，因为请党和国家领导人“亲自”担任解说员，这在历史上从未有过。一试发现，效果极好！习主席用世界性话语方式，娓娓道来地向全球讲述中国方案，展现了强大的说服力和感染力。

另一个创意是，借助CG特效技术，穿越千年时空，巧妙复现了古代丝绸之路的辉煌景象。例如，我们让亚欧八座标志性古建筑在驼队的脊背上“生长”出来，充满想象力地呈现了古丝绸之路给古代世界带来的繁荣，画面荡气回肠，具有强烈的视觉冲击力。

同时，我们首次尝试将超现实主义表现手法借用到新闻纪实产品中来，以最直观的画面语言诠释“一带一路”给沿线国家乃至全世界带来的美好愿景。例如，在展现中国和白俄罗斯重点合作项目中白工业园时，画面中最先出现的是园区实景，各种建筑、街道，人在走，车在开；当镜头逐渐拉开，观众发现这一切都置于一块巨大的奶油蛋糕上，两侧摆放着白俄风格的刀叉和烛台——意思一目了然：中白合作，给白俄罗斯人民做了一块大蛋糕。

《大道之行》在论坛召开前夕上线，国内外总观看量超过5亿次。这种运用世界性视听语言的讲述收效明显。有外国网民留言：“事实再次证明，中国人民的创造力能够造福全世界。”还有网民评价：“磅礴大气！每一帧都是大片！看得热血沸腾！”

（李柯勇）

专家点评

“增强脚力、眼力、脑力、笔力，努力打造一支政治过硬、本领高强、求实创新、能打胜仗的宣传思想工作队伍。”在今年8月份的全国宣传思想工作会议上，习近平总书记对宣传思想战线提出了增强“四力”的明确要求。

对宣传思想工作而言，只有“四力”并举，舆论宣传才有了灵魂。新华社于2017年5月“一带一路”国际合作高峰论坛举行前夕推出的创意视频《大道之行》，就充分体现了这点。

“大道之行，天下为公”，倡导共商、共建、共享的“一带一路”倡议，开启的正是携手共创光荣与梦想的大道之行。“践大道之行，必成其久远”，这里的“久远”，包括影响力的深远。将“一带一路”倡议中的初衷与愿景以良好方式呈现，让“丝路精神”和人类命运共同体理念广为传播，显然有助于通过“同道而相益，同心而相济”的价值联结，打造政治互信、经济融合、文化包容的多维共同体。

洪钟既响，协奏当启。《大道之行》就以“一带一路”为主题，通过精彩的画面和震撼的视听冲击，对寓于“一带一路”倡议之中的“五通”理念、宏大愿景壮丽呈现。它为国内外民众贡献了一场视听盛宴之余，也增强了国内外民众对“一带一路”倡议的认知和了解。这部短片在国内互联网和纽约时报广场上播出后，引起了强烈反响，而“震撼”二字则成了观众反馈中最常见的高频词。

《大道之行》短片之所以这么具有震撼力，跟“四力”并举不无关系。也正因为有着过硬的脚力、眼力、脑力、笔力支撑，短片才会收获另一种“四力”，即传播力、引导力、影响力、公信力。

脚力是“绝知此事要躬行”的实地践行。这既包括文字报道的“一字一个脚印”，也包括视听呈现的深入一线和现场。“文生于情，情生于身之所历”，明末清初思想家王夫之也曾说过，力行而后知之真。如果说，宣传作品是烹煮，那去现场丈量事实的温度、获取有力度的素材，无疑是“米”。若没有深入到现场去，那恐怕笔下也会空洞无力，就像“难为无米之炊”那样。《大道之行》是微视频，但其精良制作的背后，是多个团队的协作，是深入多个国家的素材采集。“实践出真知，也出好内容”，正因为遵循实践规律，锤炼了“脚力”，成就了作品的扎实内容。

眼力就是善于发现。“绿叶忽低知鸟立，青萍微动觉鱼行”，只有对事物和现象有足够的觉察敏感性，才能洞察到秋毫之变；也只有具备高远眼界、见微知著的能力，才能透过现象看本质。主流媒体从业人员不仅要有眼力，还要站位够高，看得够远。若没有“见人之所未见”的慧眼，《大道之行》很难做到出彩。也正因站位够高，看得够远，秉持着由表及里的“显微镜”、由此及彼的“广角镜”、由偶然中发现必然的“望远镜”，看到了“从远古到今天，从大漠驼铃到碧海帆影，从东方大国到四极八荒，丝绸之路穿越千年时光又将点亮希望之光”，这部短片才能“胸中有大道，笔底起风雷”。

脑力体现在看待问题的思维。孟子说：“思则得之，不思则不得也。”说到底，就是思维决定作为。宣传思想工作，显然也要提升思考问题的深度、广度、角度和锐度，提高认识、分析和解决问题的方法和能力，增强新闻舆论工作的思想性和专业性，在众声喧哗、乱云飞渡中坚守正确的价值引导坐标。《大道之行》中透出的史观是全面的、辩证的、历史的，以理性分析对感性认识去粗取精、去伪存真、由此及彼、由表及里，进而深刻揭示事物本质、主流、趋势，剖析了“一带一路”倡议的“为公”本质，这也令短片内容有针对性也有发散性，透着理性之光。

笔力指的是表达与呈现的能力。正如好文章是“天然放纵，极有笔力”那样，好视频也该极具表达技巧。精彩之作必有神来之笔，“神来之笔”可以是优美、鲜活、生动的文字，也可以是精准、精辟、精深的表达，是让人耳目一新、引人入胜的精彩呈现。《大道之行》无论是气蕴沉雄的脚本，还是图片、视频、3D动漫等元素恰到好处的综合呈现，都颇显“笔力”。

“四力”并举，还需与新闻传播、舆论引导的规律相结合。《大道之行》就很好地阐释了：“脚力”不仅仅是“走基层”，更在于新闻来自实践的本原性要求；“眼力”不仅仅是眼见为实，更在于以什么样的眼光来观察，突出的是政治鉴别力，明辨是非，去伪存真；“脑力”不仅仅是对事物的一般性思考，更在于如何在中心和大局下辨析判断、把握规律；“笔力”不仅仅是“妙手著文章”，更在于如何以多种呈现方式全方位满足社会需要。

“四力”并举，造就了《大道之行》的震撼力，也只有不断增强“四力”，才能孕育更多像《大道之行》这样的震撼之作。

（佘宗明 新京报评论部副主编）

4 红色气质

【音乐起】

字幕：本片取材于新华社中国照片档案馆。

【瞿独伊唱歌】

字幕：瞿独伊 95 岁《国际歌》（俄语）

瞿独伊：《国际歌》（俄语）。

陈小波：瞿独伊，今年 95 岁，与中国共产党同龄。81 年前，她的父亲唱着自己翻译的国际歌走向了刑场。

【瞿秋白一组特效画面】

扫描上方二维码，可观看相关视频。

字幕：瞿秋白，中国共产党早期主要领导人之一，《国际歌》的首位汉语译者。1935年6月18日就义于福建长汀。

【瞿独伊实拍】

瞿独伊：那个时候我还小，他牺牲的时候我哭出病来了。我始终不明白，儒雅的书生和壮烈的革命者哪一个是我的父亲。

陈小波：瞿独伊，瞿秋白唯一的女儿，也是我的同事，新华社驻莫斯科首任记者。

【中国照片档案馆一组特效画面】

字幕：新华社高级编辑陈小波

陈小波：几十年来，新华社记者记录了无数历史瞬间，见证着中国共产党九十五载风雨历程。走进中国照片档案馆，就打开了一部国家相册。

烈士们大义凛然，从容自若，笑对死亡，这就是中国共产党人的特殊气质。

字幕：自1921至1949年，总共三百多万共产党员为国捐躯。

陈小波：那么多先烈离去了，隐没在历史深处。

【一组老照片特效画面】

字幕：新华社战地记者袁苓

字幕：这样一群风华正茂的年轻人，以生命诠释着理想和信仰。

【一组“烈士全家福”特效画面】

字幕：赵一曼，1936年8月2日牺牲。

陈小波：其实，他们也有最灿烂的笑，最柔软的情，还有难以割舍的万般眷恋。

字幕：左权1942年5月25日牺牲；

彭雪枫1944年9月11日牺牲；

叶挺与三位家人1946年4月8日牺牲；

彭咏梧1948年11月16日牺牲；

江竹筠1949年11月14日牺牲。

【一组老照片特效画面】

陈小波：开国大典时，瞿独伊用俄语向全世界播出了毛泽东主席的讲话。

字幕：瞿独伊开国大典俄语播音员

陈小波：时隔十四年，她亲眼看到父辈的牺牲换来了这一天。每到历史转折的重大关头，总是他们担当着国家与民族的使命。他们有的已经离去，有的还生活在我们身边，很多面孔已经深深印在人们的心里。

【陈小波在虚拟放映室的实拍 + 特效画面】

陈小波：这张照片很多人并不熟悉，我们却都听说过他——焦裕禄。

字幕：河南兰考县委书记焦裕禄

陈小波：很多人不知道焦裕禄的另一面，会拉二胡，演过歌剧，对家人充满柔情。可是，为了让百姓都吃饱饭，他日夜操劳，至死都没来得及跟家人拍一张合影。

这篇家喻户晓的通讯，是我三位同事的作品。

【冯健实拍】

字幕：新华社原总编辑冯健 91 岁

冯健：他心里装着全体人民，唯独没有他自己。

陈小波：假如时光倒流，他能不能拿出一点时间，多陪陪家人？无论怎样艰难挫折，共产党人始终不忘初心。

【吴吉昌一组老照片特效画面】

字幕：吴吉昌农民种棉科学家

陈小波：这是一位有特殊经历的党员，在十年浩劫中曾历尽艰辛。历史揭开新的一页，为了周总理的嘱托，他继续为攻克农业难题呕心沥血。

【陈小波在京西宾馆的特效画面、一组照片特效画面】

陈小波：1978 年，党的十一届三中全会拨乱反正，改革开放大幕开启，中国发展进入了一个高歌猛进的时代。

陈小波：江山就是人民，人民就是江山。人民永远是共产党人的力量源泉。

【瞿独伊实拍、儿时瞿独伊特效画面一组】

瞿独伊：他信仰，信仰这个美好的共产主义社会，为这个美好的社会奋斗。

【黑屏字幕】

字幕：对于一个人，95 年很长；

对于一个走在时代前列的党，

正值青春年华。

远方，有我们和父辈的梦想。

【黑屏标题】

《红色气质》穆青

谨以此片献给中国共产党成立 95 周年。

【黑屏演职人员表】

总策划：何平

策划：白林、秦杰、汪金福、李俊

讲述人：陈小波

导演：李柯勇

执行导演：徐迪瀚、姚竣译

编辑：陈子夏、张濠培、牟帆

音乐改编：林璐

供图：中国照片档案馆

新华社全媒报道平台、新华网联合出品，

上海玄黄影视文化有限公司制作

采访札记

《红色气质》是新华社摄制的第一部微电影。2016 年 6 月 20 日上线后，网民留言有几十万条。我们印象最深的是，江西一位网民说：“我刚上小学的儿子安静地看了三遍，然后问我什么是共产党员。”而一位北大学生当面告诉主创团队：“看了这个片子，发现主流价值观从来都在我们心中，不需要灌输，而需要唤醒。”作品能在青年群体中引发这样的共鸣，我们深感欣慰。

2016年，最大的主题是纪念中国共产党成立95周年。当时，新华社全媒报道平台成立还不到一年，媒体融合发展刚刚起步。因此，何平总编辑年初提出拍纪实微电影时，我们所有人都有点发懵。主创人员都是传统报道出身的，写稿子、拍照片尚可，拍电影……似乎太远了点儿吧？然而，互联网时代，要赢得受众，就必须学会运用年轻人喜闻乐见的形式。就这一主题而言，微电影是一个全新而恰当的选择。为此，我们挑战自我，奋起转型。

从创意策划到产品播发，《红色气质》用了4个月零1周的时间。其中，前3个月都在策划，何平同志带领大家一次又一次地开会研讨、提升创意、修改脚本。思路明晰了，具体拍摄、后期制作就都是技术问题了。影片的主旨，是要把中国共产党人95年一以贯之的独特精神品格勾勒出来，展现一代代共产党人的信仰与追求、责任与担当、气质与情怀。

这部短片有一大创新，就是全片都用静态的照片构成，与常规影视作品截然不同。新华社中国照片档案馆提供了强大的内容支撑。在这座中国最大的照片档案馆中，珍藏着自1892年以来一千多万幅珍贵照片。我们运用先进的3D特效技术，让照片“串起来、动起来、厚起来”，实现了“让历史人物走进现实，让现实人物走进历史”的效果。特效化的老照片呈现出一种雕塑之美，令观者恍若回到了历史现场，因而具有强烈的艺术感染力。

特效只是辅助手段，我们把更大的精力花在了人文视角切入、人性化表达方面。在一个桥段中，找一组烈士家庭照，让烈士逐渐消失，只剩下家人。这么简单的一个效果，却发人深思：烈士是什么人？对外人来说，他们是英勇慷慨的光辉形象；可对家庭来说呢，却是一个儿子或一个女儿、一个父亲、一个母亲没有了。其实，烈士也是你我一样的普通人，只是时势使然，他们不得不肩负起国家和民族的使命，舍弃小我，成就大我。这样的英烈有血有肉，更加真实，触动了很多观者心底最柔软的部分。

我们还让一位独特人物作为主线贯穿全片——瞿独伊老人。她与党同龄，她的父亲瞿秋白曾是党的最高领导人，也是《国际歌》第一个汉语完整版的译者。开国大典当日，正是瞿独伊用俄语将毛泽东主席的讲话翻译给了全世界。瞿独伊的家庭史影射了党的历史。她在片中说出的那句“我始终不明白，儒雅的书生和壮烈的革命者，哪一个是我的父亲”，让无数观者泪流满面。

江山就是人民，人民就是江山。我们用习近平总书记“人民对美好生活的向往，就是我们的奋斗目标”的郑重宣示作为全片的点睛之笔，表达了人民至上的理念。

《红色气质》时长9分5秒，我们以此向95岁生日的中国共产党致敬！

（李柯勇）

专家点评

2016年6月，在纪念中国共产党建党95周年之际，新华社推出了《红色气质》微电影形态全媒体产品，一经上线就引发关注，48小时内被45700余家网站、客户端、微博微信账号和电视台转载、播出，成为主旋律作品取得突出传播效果的典型范例。

作品运用新华社独家照片档案资源与三维特效等现代技术手段，在9分5秒的时间内浓缩了我党95年的风雨历程，生动展现了共产党人为人民利益鞠躬尽瘁、不怕牺牲的特殊气质，回答了“为了谁、依靠谁、我是谁”这个根本问题。作品立意高远、构思巧妙、内容紧凑、形式新颖，是一部有思想、有温度、有品质的精品之作，体现了新时期党的新闻工作者的脚力、眼力、脑力和笔力。

“脚力”体现在良好的受众洞察。今天新闻工作者的“脚力”不仅仅体现在田间地头、工厂车间，它也在微博广场、QQ空间、微信朋友圈等社交媒体空间。只有基于对受众的了解和洞察，才能打造出令他们喜欢并主动分享的传播精品。今天的受众，大多不喜欢传统的宏大叙事和居高临下的宣传手段，而期待平等尊重、亲切可感、春风化雨式的传播。《红色气质》通过讲述个人的故事，把理想信念等宏大主题融入一代代共产党人面对家国与时代所做出的人生选择。他们为民族利益做出的个人牺牲，为理想献身背后的万千柔情，与新时期的年轻受众产生了心灵共鸣，成为激发他们在社交平台分享传播的重要动力。

“眼力”体现在发现好的故事、选择讲故事的人并构建适宜的传播场景的能力。作品以中国共产党早期主要领导人瞿秋白的女儿、中国共产党的同龄人、今年95岁的新华社老记者瞿独伊的视角切入，在她的父亲唱着自己翻译的《国际歌》走向刑场之后的14年，作为新华社首任驻莫斯科记者，她用俄语对全世界播报了中华人民共和国成立的消息。伴随着新华社编辑陈小波温婉的讲述，中国照片档案馆大门洞开，历史瞬间的珍贵记录扑面而来，黑白的光影组成了流动的时间长河，革命者与家人的温馨生活画面与大义凛然走向刑场的决绝场景形成鲜明对比，个人的人生故事与时代的宏大背景互为映衬，使观看者产生历史的深邃感和情感的代入感。

“脑力”体现在作品主题的构思。95年的党史洋洋大观，如何在有限的传播空间里浓缩丰富的历史，体现出深刻的主题？作品通过老照片串起故事，从新中国成立前牺牲的三百多万共产党员，到新中国成立后焦裕禄、吴吉昌、红旗渠建设者、抗洪抢险的子弟兵、灾难时刻的救援者，再到改革开放之后系列成就的取得，展示了信仰的力量和中国共产党胼手胝足、风雨砥砺的奋进历程，凸显了“江山就是人民，人民就是江山，人民永远是共产党人的力量源泉”的深刻主题。

“笔力”体现在传播手段的创新。信息过剩、注意力紧缺时代，如何让主旋律作品“叫好又叫座”？只有“走心”的创作才能带来“走心”的传播。在《红色气质》中，老照片的时光长廊形成了清晰的叙事线索，感性的人物故事赋予抽象的党史以温度和情感，温婉可亲的故事讲述者营造了和受众的交流感，少年瞿独伊和老年瞿独伊的时空切换暗示了共产党人的初心与使命，背景音乐升华了故事的主题，奔向未来的少年瞿独伊又为作品留下了长久的回味。巧妙的创意与精良的制作，形成了春风化雨的传播力、高屋建瓴的引导力、无远弗届的影响力和坚不可摧的公信力，为新时期的主旋律报道探索了新的路径。

（李凌凌 郑州大学新闻与传播学院副教授）

5 “总书记，您好！我是卓嘎”

【画面】玉麦自然空镜

【字幕】西藏隆子县玉麦乡 9 户 32 人

这里是中国边境乡同时也是中国人口最少的乡

【同期】卓嘎

习近平总书记，您好，我是玉麦乡的卓嘎。

这次到了首都北京后，要告诉习近平总书记，我们会守护好国土。

【字幕】2018 年卓嘎当选为第十三届全国人大代表

扫描上方二维码，可观看相关视频。

【转场】玉麦边境线上的国旗叠进天安门广场的红旗上

【画面】天安门广场人民大会堂外景卓嘎大会堂走进大会堂

大会堂内景卓嘎参加会议

【同期】卓嘎

这真的是全国的大会，一走进会场，光是人就这么多，北京又这么大，还很舒服，真不愧是我们的首都。

【画面】抒情音乐换叙事交响乐庄严的空会场镜头

【同期】卓嘎全国人大代表

总书记出来的时候，就走到了我们几个代表前面，我们山南的普布顿珠市长向总书记介绍说，我是玉麦的。总书记就问我是不是玉麦乡的卓嘎?

总书记叫出我的名字，能不让我激动吗? 提起了玉麦和我名字，这是之前多少年都不能想象的。

【字幕】北京距玉麦 4000 多公里

两封信连接了藏乡和首都

【画面】天安门车流红旗

【字幕】2017 年卓嘎和央宗给总书记写了一封信

讲述了父女两代人为国守边的故事

【画面】开车进玉麦山路

【动画】习近平回信信封打开，信展开

【画面】习近平回信到达玉麦读信现场

【同期】十九大刚刚召开，党将带领各族群众创造更加美好的生活。我相信，在大家的共同努力下，玉麦这个曾经的“三人乡”，一定能建成幸福、美丽的小康乡，乡亲们的日子也一定会越过越红火!

习近平　2017 年 10 月 28 日

【画面】卓嘎一家画面上世纪八十年代拍摄

【字幕】三个人一栋房子

既是乡政府也是他们的家

【同期】卓嘎采访

阿爸曾经一直叮嘱我们，说当时的玉麦乡只有 3 个人，但是要守好这里的国土，不能在我们手上弄丢了。

【转场】玉麦历史画面国旗叠进玉麦现在国旗

【字幕】半个多世纪

父女接力坚守边陲

【动画】习近平回信

【同期】卓嘎采访

当时听到回信我太感慨了，也不知道阿爸当年是怎么想到的。以前阿爸就对我们说过，要好好守住边境，哪怕只有一棵草，只有一棵树也都是我们的。当年阿爸这么说过，总书记在回信里也这么说，所以印象特别深。

【画面】玉麦航拍

【字幕】祖国疆域上的一草一木，我们都要看好守好。希望你们继续传承爱国守边的精神，带动更多牧民群众像格桑花一样扎根在雪域边陲，做神圣国土的守护者、幸福家园的建设者。

——习近平

【转场】玉麦雪山叠进人民大会堂西藏厅雪山壁画

【画面】分组会议卓嘎发言

【现场】记者：我想请问卓嘎代表，现在玉麦乡的情况怎么样了？

【同期】卓嘎全国人大代表

我们玉麦乡的发展变化是翻天覆地的，公路通了，出行也方便，而且用上稳定的电了，安居新房也正在建设中。现在我们村里有商店、餐馆、民宿，如果想消费一下，都不需要用现金，直接用手机就可以支付，真的很方便。

【同期】卓嘎采访

我是玉麦走出来的代表，得负起责任，回去之后，还要传达好这次参会的心得，做好带头人。我们最主要的责任还是守好边境，所以各方面都做好。

【画面】卓嘎投票画面

【动画】习近平回信

【同期】达瓦西藏隆子县玉麦乡党支部书记

老乡长，桑结曲巴同志，包括他的两个女儿，他们的精神，不是一种轰轰烈烈的精神，是一种平凡的精神，甘于寂寞、甘于奉献，守土、固土的一种精神。踏着我们老乡长的足迹，我们一直走在他的路上，我们一直做着他曾经做的事情，这就是我们的传承。

【画面】卓嘎一家画面卓嘎姐妹手捧国旗在边境线

【画面】玉麦航拍

【字幕】家是玉麦国是中国

采访札记

巍巍喜马拉雅，横绝几千里。群峰脚下的隆子县玉麦乡，是我国人口最少的乡，一家三代人顽强的坚守，使得这片国土得以永远留在祖国的版图上。

从上世纪 90 年代起，西藏分社记者就开始了对玉麦乡的持续关注。2017 年 10 月，玉麦乡牧民卓嘎、央宗姐妹收到习近平总书记回信的消息传遍藏区内外。2018 年 3 月，卓嘎当选为全国人大代表。

按照分社段芝璞社长的要求，我们将卓嘎作为此次全国两会的重点报道。我们意识到，在十九大后第一个全国两会的特殊日子里，卓嘎这个特殊的人物，恰好能将最基层与党中央联结起来，串起一段动人的家国故事。

总社给我们配备了剪辑、音乐等方面的骨干编辑，分社文字记者同我们一起准备背景材料，加上与卓嘎长期建立的信任与友谊，我们快速采访、加班加点，及时推出了短视频报道《总书记，您好！我是卓嘎》，成为我们用新媒体手段讲好“中国故事”的一次大胆尝试。

短视频以卓嘎学会的第一句汉语“习近平总书记，您好！我是玉麦乡的卓嘎”开篇，将卓嘎的参会心得与履职感悟贯穿全篇，讲述了扎根在雪域边陲的牧民爱国守边的感人故事，展现出习近平总书记心系人民、关心边疆、维护国土完整的坚定信念和伟大情怀。

报道紧紧抓住短视频制作特点，“以小切口反映大主题”，用讲故事的方法展示了在习近平新时代中国特色社会主义思想指引下，西藏经济社会的巨大变化，以及各族群众用勤劳双手努力奋斗出的美好生活。

短视频在短短5分45秒的时间里，实现了时间和空间的巨大跨越，展示了重大而深远的思想内涵。在编辑过程中，我们特别注意将玉麦乡的唯美自然风光、老乡长戍边生活的厚重历史影像、充满生机的蓬勃发展现状穿插展示，把过去与现在戍边生活场景相互对照，将老乡长的殷殷嘱托、群众听读总书记回信时的激动和对未来美好生活的向往相互交融，将相隔4000多公里的玉麦乡和北京两会现场通过两封信件实现时空的转换和衔接，营造了富有感染力的氛围，有力增强了传播效果。

视频结尾处打出“家是玉麦，国是中国”，升华了报道主题，彰显出守边人固土戍边的坚定信念与坚守奉献的崇高精神。

最具挑战性和创新性的是，在整个短视频中，我们并没有直接使用习近平总书记的画面和声音，而是通过卓嘎最为朴实的语言，表达最为真挚的情感，使受众时时感受到习近平总书记的光辉思想和伟人形象。

《“总书记，您好！我是卓嘎”》一经推出，迅速成为全国两会热点。仅在新华社客户端、海外社交媒体官方账号，该短视频浏览量就分别达到300多万、近420万，在海内外产生了良好的传播效果。

（坚赞、洛登）

专家点评

这是一部饱含深情、充满美感的微视频作品。5分45秒的作品时长虽短，但视觉语言丰富、色彩生机盎然、音乐与画面自然结合、文化元素多样，这些视频要素共同推进流畅的视觉叙事、清晰的细节呈现、基层故事与国家战略的紧密结合，彰显一家两代人半个多世纪接力守边、精忠爱国的感人故事和崇高情怀。

作品从社会实践中不断提炼和总结事实素材，体现新闻工作者遵循实践规律的能力，即脚力。西藏隆子县玉麦乡地处边疆，视频素材中包括雪山、河流、边境线、卓嘎家、街市、北京两会等多个场景，呈现远中近、特写、全景等不同景别，采集了多个人物画面、语言等，记者不亲身所至，绝得不到如此丰富的素材。到人民中去、以生活为课堂的扎实采访，奠定了这部作品的基石。

作品从基层生活的细节中展现国家战略成效，体现从典型个案中揭示中国社会发展普遍规律的能力，即眼力。短视频从卓嘎藏语的深情讲述逐层展开，从“三人乡”的家庭两代人的小故事，讲到乡村的整体发展；从一草一木的边境景象，讲到通公路、通电、安居新房的家乡故事；从父辈的贫困，讲到商店、餐馆、电子支付的致富之路等等，这些故事细节凸显新闻工作者从微观中把握宏观、从平淡中萃取精彩的眼光。

作品从卓嘎的个人故事升华到守好边境、建设小康的宏大主题，体现从感性认识升华到理性分析的能力，即脑力。从视频整体框架中可以发现，作者具有清晰的策划意识和镜头语言的叙事安排，习近平同志的回信贯穿始终，一封信像一根红线串起所有素材，父女两代人的精神境界、大自然与农村生态保护、卓嘎精神对周边村民的启示作用等，都体现出新闻工作者全面、辩证、历史地分析把握事物的能力。

作品清新自然、立意高远的视觉叙事，体现源于生活、高于生活的生动且精深的表达能力，即笔力。短视频中的几个细节处理表明新闻作品的思想性和文化情怀。仅举一例，作品几乎原生态地使用藏语、民歌，没有采用配音的方式，少数民族音乐和自然风景完美结合，这既表现出对文化的尊重，也让观众强烈感受到真实的力量和文化的生命力。

（肖珺　教育部人文社会科学重点研究基地武汉大学媒体发展研究中心副主任）

6 那年，我们 21

【字幕】21 岁，你在干什么?

【画面】一名宇航员漂浮在深邃的太空中。镜头转至王亚平的自述，一张张昔日的老照片向观众展现出 21 岁的王亚平。

扫描上方二维码，
可观看相关视频。

【航天员王亚平自述】我 21 岁的时候刚刚从飞行学院毕业。第一次执行人工增雨任务，天气条件非常差，精神是高度紧张的。雨还没有下来，但是汗已经下来了。

【画面】各行各业的工作者对镜头讲述自己 21 岁的故事

【字幕】21 岁，也许是筑梦的起点。

【女护士自述】我的21岁，第一次参加抢救。

【女科研工作者自述】第一次有机会参加科研比赛

【男消防员自述】第一次进火场，只能听到自己呼吸的声音。

【字幕】21岁，也许初尝艰辛与挫折。

【男快递员自述】有一次冒着大雨送快递，坚持跑了20公里的路！

【运动员武大靖自述】21岁的我刚刚经历了索契奥运会与金牌擦肩而过，下定决心，改变自己。

【字幕】21岁，也许正在迷茫中追寻。

【演员黄渤自述】各地演出、追梦，结果后面的演出就接不到了，下一个城市又是未知。马上要开走的列车，又给自己带来了另一个希望。

【女大学生自述】21岁就想看看未知的远方。

【字幕】21岁，也有可能改变历史。

【画面】习近平挎书包青年照，随后接梁家河村过去贫穷的景象。

【字幕】21岁的知青习近平，当时梁家河村支书时，陕北农村还很贫穷，百姓一年到头饿肚子。

【村民王宪平】习近平想到要在这个沟里边打这个大坝，淤下了地以后种粮食。这个工作要做通相当难，几百年都没有这样的人，敢在这个地方打个坝。百分之八九十的人是绝对不同意的，主要担心，下大雨时候就冲垮了。经过他非常认真的思考、测量、调查以后，他做了很深入细致的群众工作。谁反对最厉害，就去做谁的工作。这一步一步地把这个工作做到大多数人已经都接受了，轰轰烈烈就开始打了这个坝。他不但领导大家打，而且他要参与一块。打夯的时候拽这个绳子，绳子把手心都勒得打起泡，最后到流血。晚上收工回去以后，手疼得连饭都不能做。坝打起来以后，那时我们村里产量最高，收成最好的一块地。

【画面】从习近平和梁家河村民在一起的老照片逐渐叠化至如今的知青淤地坝，在转换至被阳光逐渐照亮的梁家河全景。

【字幕】一个21岁的年轻人，带着数百村民，干成了几百年都没人干成的事。

【画面】梁家河村村民们过上了好日子，每个人的脸上都露出了笑容。

【字幕】这片土地别彻底改变了。

【画面】习近平总书记五四青年节来到北大，和学生们交流的画面。各行各业的工作者们在总书记的号召下，奋发努力，拼搏向上。

【习近平总书记原声】追梦需要激情和理想，圆梦则需要奋斗和奉献。广大青年应该在奋斗中释放青春激情、追逐青春理想。

【片名】那年，我们 21！

采访札记

习近平总书记说过：“青春是用来奋斗的。”那么，青春时代的习近平是怎样奋斗的?

人们都知道，他曾在陕北当了 7 年知青。2016 年底我们在梁家河采访时，听到了一个外界了解较少的故事——

当年陕北很穷，村民一年到头吃不饱肚子。21 岁的习近平当上村支书后，第一件事就是带领村民打淤地坝。在黄土高原，人们常在沟壑里打一道坝，淤土成田，增加粮食产量。可是习近平带头打的那道坝不同寻常，他把坝址选在了主泄洪口上。起初，多数村民都表示反对，说是几百年来都没人在那里打成坝，打了也会被洪水冲毁。然而，他进行了科学的设计，又想尽一切办法说服村民，克服千难万险，终于成功。至今，那道坝淤成的地还是全村面积最大、产量最高的一块良田，40 年来一直造福百姓。

也许是因为对“淤地坝”这个词比较生疏吧，长期以来外界对这件事都感知不深。可是我们听了以后，不禁自问：21 岁时，我在做什么？能否像青年习近平那样，带领几百号人，干成一件几百年没人干成的事，改变一方历史，造福一方百姓？即使放在今天，那样的魄力、毅力、领导力仍然令人惊叹。

2018年春天，新华社全媒报道平台围绕“五四”青年节策划选题时，我们又想起了这个故事，决定以此为核心，推出系列创意融媒体报道。

4月中旬，我们发起大型网络征集，请广大网民回答同一个问题：“21岁，你在干什么？”反响热烈，人们纷纷晒出自己21岁最难忘的故事，两天内互动量超过4000万次，报道组收到上万封投稿邮件。前后两周内，这一话题不断升温。

与此同时，我们带领摄制组赶赴梁家河，希望结合珍贵的历史照片，实地复现当年打坝的情景。千方百计寻找亲历者，顶着烈日踏访山梁沟坎，我们晒掉一层皮，拍到了精彩的画面。

5月3日，当“21岁，你在干什么”网络互动达到高潮之时，我们推出了主打产品《那年，我们21》。这部时长仅3分半钟的微视频，从航天员、奥运冠军、文艺工作者和众多普通人21岁的奋斗经历切入，着重讲述习近平总书记21岁时克服艰难、为民造福的故事。面对“21岁，你在干什么”的提问，片中回答：21岁，也许是筑梦的起点，也许初尝艰辛与挫折，也许正在迷茫中追寻；然而，21岁，也有可能改变历史。朴实真挚的情感，富于诗意的哲理，让广大青年网民对“奋斗”精神产生了更深的共鸣。有人留言：“21岁，很迷茫、很年轻！但青春需要奋斗和努力，这样的青春，这样的你，才是最精彩的。”一位名叫“星”的网民说：“还有半年才到21，看完这部短片，我觉得我知道21岁要做点什么了。”

最终，系列创意融媒体报道“那年，我们21”的总互动量达到5.7亿次。

（李柯勇）

专家点评

“21岁，你在干什么？21岁，也许是筑梦的起点；21岁，也许初尝艰辛与挫折；21岁，也许正在迷茫中追寻；21岁，也有可能改变历史！”

新华社微视频作品《那年，我们21》，初见清新淡雅、再看含蓄深沉、回望热血澎湃。在这短短三分半钟的视频里，既有家喻户晓的青年偶像、业界榜样，也有近在咫尺的护士、消防员、快递小哥、科研工作者，更融入了习近平总书记在梁家河的峥嵘岁月——让观众随着这些人物去回望、去思索、去追寻。自然而然地引导年轻人将自我理想融入社会、国家的发展大潮当中，在奋斗和奉献中追梦、圆梦。

新时代背景下要有新的表达，尤其是对于年轻人来说，那种宏大叙事和历史铺陈，虽在作者看来可能气势如虹，但于读者而言却难以“心有戚戚”。

而优秀的新闻宣传作品，一定是能够直抵人心。微视频《那年，我们21》正是在这个意义上，突破了以往部分新闻宣传作品那种说教色彩，打破了新闻工作者与观众的隔阂，真正以平视者的角度去倾听年轻人的讲述，理解年轻人的困惑，体味年轻人的艰辛，再经由领导人的人生经历，给他们以指引、赋予他们以力量。表面上只是讲述了这些人的故事，却比大理论、大道理更引人深思。

当然，越是举重若轻，越是深入浅出，难度也就越大。因为这需要策划者和制作者走出以往习惯的舒适地带，费尽心思去创造新的表达和沟通方式。而这种“匠心独运”，与其说是灵光一闪，不如说是日常工作中脚力、眼力、脑力、笔力的积淀。

脚力，是策划者对实践的探索。具体到这一微视频中，就是要走进年轻人，去了解他们的生活，寻找他们生活中最拨人心弦的点滴故事，去呈现真实而不造作的年轻人形象。

眼力，是策划者对社会的洞察。要能够见微知著，去发掘那一角冰山下的“庞然大物”。善于从典型中去寻找普遍，从孤立中建立关联，在平淡中看见精彩，于寻常中发现奇崛。

脑力，是策划者对本质的揭示。宣传工作旨在引领，就必须要走在公众的前面，更深入地剖析这个社会。离开了思考，宣传工作就失去了灵魂。在《那年，我们21》这部微视频中，无论是带领村民攻坚克难的总书记，还是与金牌擦肩而过的武大靖，亦或是初上手术台的护士，都表现出了年轻人青涩中所暗含的倔强、坚韧和情怀，与当下的犬儒主义和娱乐至死形成了鲜明对比，而这也是策划者心思所在。

笔力，则体现策划者表达的功夫。这既包括文字，也包括画面。在这一方面，比起略显枯燥的文字，视频则先天具有了容易引人入胜的潜质，《那年，我们21》这部微视频更是将这一潜质挖掘出来。画面清新自然，随着节奏和情节变化，视野越来越开阔，力量越来越强劲，最后落脚于习近平总书记对青年人的期望，感情真切，令人自然地为之动容。

这一微视频之所以得到广泛传播，也体现出当代青年人对其中价值观的认同。他们并不是如外界所想象的那般“少不更事”，他们心中有梦想，也心怀家国，并为之无畏前行。作为新闻工作者，既要深入理解，更应通过类似的作品去激发和鼓舞他们的勇气——激发起青年的磅礴力量，也是为家与国的未来护航。

（孟然 新京报评论员）

7 红色追寻 · 重走井冈路

【概述】

今年，中国共产党迎来党史上具有重大历史意义的“三个 90 年”，即南昌起义 90 周年、秋收起义 90 周年、井冈山革命根据地创立 90 周年。

扫描上方二维码，可观看相关视频。

南昌起义，打响了对国民党反动派的第一枪，标志着中国共产党创建人民军队的开始；秋收起义，第一次公开打出了工农革命军的旗号，也诞生了工农革命军的第一面军旗，期间“三湾改编”更是奠定了人民军队的根本——永远听从党的指挥；井冈山革命根据地的创建，点燃了“工农武装割据”的星星之火，促使中国革命的中心工作完成从城市到农村的伟大战略转移，走上农村包围城市，武装夺取政权的崭新道路。

当年这三个重大事件，经历过怎样的曲折历程？有哪些鲜为人知的故事？当年革命先辈怎样从失败中奋斗前行，直到建立中央苏区——人民共和国的雏形？今天，这些当年“革命圣地”发生了何种变化？

本次报道以延续《红色追寻》系列网络直播的形式，选取与三个 90 年相关的多个重大历史事件发生地，邀请社外主播，通过设置接引人讲解、亲身体验、任务闯关等环节，还原历史场景，让网友跟随主播共同回顾、感知 90 年前那段峥嵘岁月，使网友对三个 90 年有更为直观、感性的认识，进而升华对党的奋斗历程的认识，在党的十九大前进行一次符合互联网传播特点的党史、国史报道。

【主播】

房兵：国防大学军事教官，教授，军史专家；

张艳华：江西井冈山当地青年女干部；

夏靓：普通女大学生，对历史不甚了解，通过追寻思想得到升华。

【直播脚本】

直播共历时 6 天，每天进行 1~2 场，每场预计 40~60 分钟。

时间：8 月 27 日开始，9 月 1 日结束。

直播日程、点位安排及内容脚本设计如下：

第一期：南昌城头第一枪

时间：8 月 27 日

地点：江西南昌

选址：讲武堂（朱德军官教育团旧址）、朱德旧居、贺龙指挥部旧址

主要主播：房兵

接引人：南昌八一起义纪念馆讲解员孟欣

流程：

1、开场，两位年轻主播在讲武堂街口牌楼向观众打招呼，自我介绍，简要开场。这时接到任务指令："讲武堂前，寻得接引；佩戴红巾，上路革命！"二人来到讲武堂牌楼门前，房兵、孟欣在入口处迎接，对口号接头，房兵做自我介绍。二位年轻主播佩戴红巾。镜头给"讲武堂"外观全貌。讲解员带领三位主播进馆参观，沿途介绍朱德创办第三军军官教育团的历史。（5分钟）

2、讲解员带领主播来到朱德的办公室兼卧室，发现仅有一张书桌和几把旧太师椅。夏靓提问，印象里朱德是一个领导人、伟人，觉得他的屋子太简陋了，为什么呢？讲解员介绍，朱德和蔼可亲、平易近人，经常在办公室里接见学员，倾听意见，解答问题。睡的是和学员一样的竹片床、穿的是与士兵一样的灰布军衣。"有了共产党，就有了灯塔，给他们指明了前进的道路，绝大部分人可以培养成革命的力量。"讲解员说，正是在此，朱德为早期共产党的军队发展培养了一批优秀的储备人才，学员中的共产党人数迅猛发展。这支由党领导的革命武装力量的出现，有力推动了革命斗争不断走向高涨。讲解员顺势将主播们带向朱德故居。（10分钟）

3、从讲武堂出来，讲解员带领主播步行到朱德旧居。"1927年1月，花园角2号迎来了一位新租客……"讲解员沿途简要介绍朱德旧居的概况，并请主播猜猜，在这个小楼里，还有过哪些特殊的"住客"，年轻主播表示不知道，讲解员做延伸介绍。（5分钟）

4、到达朱德故居，站在屋内的天井下，讲解员揭秘。周恩来从武汉秘密来到南昌，当晚也是住在朱德家的厅堂里。此外讲解员也介绍，朱德为南昌起义做了大量的前期准备工作。其中最著名的就是"设宴请敌军团长，加速瓦解敌军"的妙计。（5分钟）

5、此时接到任务指令："速赴第二十军指挥部与战友会合，口号：河山统一！"离开朱德故居，乘车前往贺龙指挥部旧址。转场播放《大国强军梦》

和南昌起义 VR 视频，约 12 分钟。

6、来到贺龙指挥部，镜头跟随直播继续往指挥部内部走去，进天井，上二楼。这是原中华圣公会的宏道堂及其主办的宏道中学校址，在室内已有南昌八一中学高中班 20 名学生身穿校服等候。双方对口令，房兵喊：“河山统一！”学生集体回应：“河山统一！”（5 分钟）

7、随后，举行一场“继承八一精神，共同面向未来”的主题班会，班会采取问答形式，房兵为提问和解说者，2 名女主播与 20 名学生为回答者。由江西分社准备 8 个问答题目，例如：贺龙早年参加孙中山领导的中国民主革命、组织农民武装时用的是什么武器？选项有斧头、手枪、菜刀，正确答案为菜刀，并请房兵简要介绍历史背景。（10 分钟）

7、问答环节结束后，房兵告诉大家，南昌是人民军队诞生的地方，请大家一起共唱《中国人民解放军军歌》。段落选取：“向前向前向前！我们的队伍向太阳，脚踏着祖国的大地，背负着民族的希望，我们是一支不可战胜的力量。我们是工农的子弟，我们是人民的武装，从无畏惧，绝不屈服，英勇战斗，直到把反动派消灭干净，毛泽东的旗帜高高飘扬……”之后接到任务指令：“八一军队威猛，九月风云再起！速速开拔修水，秋收暴动在即。”（5 分钟）

第二期：秋收暴动风云起

时间：8 月 28 日

地点：江西修水

主要主播：夏靓

选址：紫花墩（修水中学内，当年打响第一枪的地方）、中国工农革命军第一军第一师师部旧址、团部旧址

接引人：修水县党史办主任龚九森

流程：

1、开场，房兵和龚九森在紫花墩纪念石碑前与网友打招呼，抛出为什

么在这里开播的悬念。2位年轻女主播分别带领15名小学生（高年级身穿校服），举6面红旗，从紫花墩周边向房兵和龚九森汇聚，并面朝二人整齐列队。（5分钟）

2、列队集合完毕，房兵和龚九森向大家讲述紫花墩在秋收起义时的历史和相应的故事。之后，房兵向学生们提问，修水县里还有哪些革命旧址，学生争相回答团部、师部等。（5分钟）

3、收到任务指令："张、夏速赴师部换装，小战友们团部会合。军旗号令，共同革命！"于是在紫花墩分头，主播和接引人前往中国工农革命军第一军第一师师部旧址，学生们到团部旧址等候。（5分钟）

【转场】前往师部旧址路上，夏靓面向镜头：刚刚听老前辈讲的历史故事，相信大家也印象深刻。现在我们一起回顾两个问题吧：1、紫花墩的历史意义是什么？2、除了修水，还有哪些地方响应了秋收起义？

4、2位年轻主播穿上工农革命军服装，并佩戴武装袋。房兵点评2位主播的军容，告诉他们，虽然只是摘掉了帽徽，但这时起，我们有了真正自己的部队称号。（5分钟）

5、接引人介绍当时师部旧址的情况，此处是第一面军旗设计的地方。并提示两位年轻主播注意观察师部旧址墙上的第一面军旗。之后前往团部旧址。（5分钟）

【转场】行进时，夏靓面向镜头：下面问题又来了，欢迎大家参与回答：1、我们现在穿的服装是哪个时期的？2、刚才在师部旧址，墙上的军旗写的是什么内容？

6、进入团部旧址，接引人介绍团部旧址的情况。缝制军旗的后人在大厅等候，接引人带主播到此，大家一同制作军旗。过程中，接引人和后人讲述当年做军旗的故事。两位年轻主播将军旗半成品零件拼起，缝成一面完整的军旗，最后房兵在军旗上写上"中国工农革命军"的字样。（10分钟）

7、军旗制作完成后，夏靓反应到口令"军旗号令，共同革命"，于是举起旗子走在前面，大家一起走出团部，在外等候的学生们看到旗子立刻集结。张艳华起头，开始唱《秋收起义歌》，其他人跟随合唱：“拿起武器闹革命，工友农友真英雄。秋收一起成了功，一杆大旗满地红。工友农友，团结一条心，红色政权扎下万年根。万年根，革命永远向前进！”

8、各位主播简单总结一下本场直播体验的感受。之后接到任务指令：“南昌枪声响，修水红旗扬；战力从何有，答案在萍乡。”主播做出反应，下一站原来是去萍乡。出发！（5分钟）

第三期：安源路矿溯源头

时间：8月29日

地点：江西萍乡

主要主播：张艳华

选址：安源路矿工人运动纪念馆、安源路矿工人俱乐部旧址

接引人：安源路矿工人运动纪念馆讲解员

流程：

1、三位主播来到安源路矿工人运动纪念馆，纪念馆讲解员在入口处迎接。镜头给纪念馆外观全貌。讲解员带领三位主播进馆参观，沿途介绍在毛泽东等老一辈革命家的领导下，安源工人开展革命运动的历史。重点放在《毛主席到安源》雕塑、安源路矿工人受压迫生活以及如何在共产党带领下发起反抗的内容等。沿途，讲解员为大家演唱《工农联盟歌》和《劳工歌》，告知《劳工歌》是工人俱乐部部歌，并带领主播快速学习歌曲，暗示后头有用处。劳工歌歌词：创造世界一起的惟我劳工，被人侮辱压迫的惟我劳工，世界兮我们当创造，压迫兮我们须解除，造世界兮，除压迫，团结我劳工。（共20分钟）

2、从纪念馆出来，在阶梯前的空地，接到任务指令：“昔日运矿，今天搬砖。速运送物资至俱乐部！”讲解员表示，要二位年轻主播背起塞满海绵砖的背篓，一直走到工人俱乐部。沿途镜头拉向远处的大罢工谈判处

旧址等建筑，讲解员介绍当年劳工的艰辛。主播提问，当时俱乐部的工人们都进行什么活动？讲解员简要介绍，并表示到俱乐部旧址就知道了。（5分钟）

3、到达俱乐部旧址，讲解员揭晓背篓中的砖头不一般，并引出萍乡“海绵城市”的新变化，可当场演示用水浇砖秒干透的黑科技。（5分钟）

4、进入俱乐部，黑板上也写着《劳工歌》，讲解员提示，需要当场唱出来，证明自己是俱乐部一份子，才能解锁进入俱乐部最核心的内堂。（5分钟）

5、镜头跟随直播继续往俱乐部内部走去，这是安源当时被誉为中国“小莫斯科”的象征和标志，镜头平速扫完内堂全景。讲解员带领主播上二楼，介绍旧址的历史背景，并引出安源路矿工人大罢工胜利后，萍乡成为中国工农革命的重要根据地，且许多工人成为了后来革命主力军的历史背景。（5分钟）

6、这时，从内堂一楼传来声音，出去向下看，原先空荡荡的内堂坐满了人。讲演台上有人载歌载舞《张家湾的红灯》（LED屏上出现张家湾军事会议旧址的外景照片）。讲解员讲述1927年9月初召开军事会议的基本情况（LED屏上显示军事会议旧址内景照片）。

7、讲解员带主播走下楼，在下楼时介绍以安源工人为主体的第二团在秋收起义中的战斗经过，镜头跟随。一个洪亮的声音说：“秋暴的事实已告诉我们，攻打萍乡、醴陵、浏阳，血战几百里的领导者和先锋，就是素有训练的安源工人。……可以说秋暴颇具声色，还是安源工人的作用。”主播走到人群中后，人们开始唱《张家湾的红灯》，主播也跟着唱起来。直播在合唱声中推向高潮。此时，接到任务指令：“革命道路阻且长，须由党指挥枪。改编奠定新基础，三湾就在前方。”（10分钟）

第四期：三湾改编奠新基

地点：江西永新三湾

时间：8月30日

选址：大枫树、团部旧址、红双井、农家乐、烈士陵园

主要主播：夏靓

接引人：三湾当地大学生村官、三湾驻地武警一个班

流程：

1、在纪念馆门口大枫树下，与接引人会合，开始行程。这时，旁边有位老人在用笛子吹奏《三湾来了毛委员》，接引人由此介绍当年三湾改编和大枫树的渊源。此时接到任务指令：“红旗飘飘进三湾，九陇山沟闹革命；两句口令需记牢，前方接头我官兵。”（5分钟）

2、沿大枫树旁的路一直走到士兵委员会（沿途会路过农家乐，此处镜头注意避开，往对岸田野取景），有十余名官兵在此等候。一名官兵代表对接头暗号“红旗飘飘进三湾，九陇山沟闹革命”，接着与官兵们一起开班会。主题内容为“官民平等”和“党支部建在连上”。结合漫画、标语、家书原件等进行互动，并在最后合唱《三大纪律八项注意》。（三大纪律雏形、“官长不打士兵、官兵待遇平等”标语、军纪四格漫画遮住说明请大家补内容、陈毅安家书背后反映的军队建制变化等）（15分钟）。

3、开完班会，官兵先行离开，到烈士纪念碑等候。接引人介绍，从前三湾贫困，但是如今日子越来越好，当地老百姓开起农家乐。于是前往其中一家农家乐，接引人介绍近年来三湾乡的新变化。当地居民在屋内生产丝瓜络、腊肉等农家乐产品，主播与其进行简单交流。（10分钟）

4、接引人说，老百姓们不会忘记那些为了今天的好日子而牺牲的先辈，不远处就有烈士纪念碑。房兵提议过去看看，于是前往烈士纪念碑。途中路过团部旧址和红双井，由一名讲解员（邢磊完全不熟悉历史）讲述当年除了瑞金沙洲坝的红井之外，其实还有其他两口，三湾这里的就是其一。反映军队不和老百姓抢水，军民鱼水情。（5分钟）

5、沿小路，过小桥，前往烈士纪念碑。举行献花篮仪式。官兵代表带领全体军人行军礼，二位主播和接引人等三鞠躬。之后接到任务指令：“井冈山上杜鹃红，送粮退敌俱从容。”（10分钟）

第五期：井冈旧貌换新颜

【上半场】

地点：江西井冈山黄洋界

时间：8 月 31 日上午

选址：送粮小道、营房、滚木垒、防御工事遗址、西江月提诗纪念碑

主要主播：张艳华

流程：

1、三位主播着红军服，来到黄洋界送粮小道半途的茅棚，看到装满粮食的箩筐、扁担、布袋、裤子等物。收到任务指令："想尽一切办法，速速运粮上山。取道前方小路，营房有人接应。"开始使用箩筐扁担、布袋、裤子装载粮食并走 100 米小道上山。加入主播小张的山歌技能，边挑担边唱歌加油。（10 分钟）

2、到营房门口，讲解员接应。"同志们辛苦了，干了这碗炖茶！"请主播品尝大木桶里的井冈山传统炖茶，小张可介绍其来历（这是当年群众为红军官兵挑粮准备的茶水）。喝完，讲解员讲朱德的扁担，回忆小学课本的内容。（10 分钟）

3、讲解员带三位主播在营房参观，着重讲解毛主席在新中国成立后重返井冈山写下的两首诗词。为什么井冈山如此重要？抛出悬念，其实还有一首最著名最重要的，没有在此展示，稍后见分晓。（5 分钟）

3、收到任务指令："山下有敌军出现，速至滚木垒防守。"讲解员带领主播来到滚木垒，讲述当年红军和老百姓如何使用树桩石块、鞭炮铁桶击退敌人的过程，并请主播试着用鞭炮、铁桶还原当时场景。（10 分钟）

4、到达旁边的战壕工事遗址，讲解员介绍当年的防守状况，井冈山作战为何能够取胜。如地面干燥，主播可进入体验。路途中和讲解过程中，均可加入山歌《映山红》等元素。（5 分钟）

5、来到纪念碑，见到第三首毛主席所写的井冈山诗词——西江月。房兵可与黄洋界博物馆办公室主任高平一起做主讲，并安排当地学生穿红军

装表演黄洋界战斗的小节目，最后大家一齐朗诵纪念碑上的西江月。最后接到任务指令：“老区今昔变化大，瓜果丰盛糍粑香。下午请赴神山村，且看旧貌换新颜。”（5分钟）

【下半场】

地点：江西井冈山神山村

时间：8月31日下午

选址：神山村代表性村民家中

主要主播：张艳华

流程：

1、开场，张艳华面对镜头告诉观众，三人来到了神山村，在村里逛一逛，并简要介绍神山村的情况。

2、三人来到村民左秀发家门前，夏靓对打糍粑的装备感到好奇，主人邀请她和房兵体验打糍粑。张艳华介绍糍粑与当年军民鱼水情有关的历史渊源，以及当时习近平总书记来视察时如何热火朝天。糍粑打好后可请村民拿去蒸熟，到直播后期上桌。（5分钟）

3、张艳华带领前往参观左秀发儿子的竹器小产业，介绍依靠竹制品脱贫。主人拿出竹制笔筒半成品，演示激光刻字，邀请主播体验制作。

4、参观完竹器小产业后，左秀发请三位主播在家中吃饭，尝尝野菜。随后，左秀发（或左秀发儿子）带三人去屋后的小山坡上摘野菜。途中，张艳华说，过去村民们走的是泥巴路、住破烂房、吃野菜和红薯饭，今天我们就来摘野菜、炒野菜和吃红薯饭。

5、摘完野菜回到左秀发家，左秀发家的厨师告诉主播，午饭已经快准备好了，现在请主播亲手烹炒。

6、饭菜上桌，最开始打的糍粑也上桌了，大家一同品尝饭菜，并和观众分享感受。张艳华唱起“红米饭南瓜汤”的当地山歌。吃饭时受到任务指令：“红色政权必将照耀中华，下一站瑞金！”

第六期：红色政权耀中华

地点：江西瑞金

时间：9 月 1 日

选址：叶坪革命旧址群

主要主播：房兵

接引人：讲解员叶添

流程：

1. 在一苏大会址门口，接到任务指令："齐声高唱国际歌，从胜利走向胜利。"找到会议台上的国际歌歌词布条，唱出来。之后讲解员向三位主播简要介绍当时苏维埃共和国的情况，举例九部一局的雏形，从中引出三个任务点，主播们要完成每个点的任务后，才能去往终点：红军检阅台和红军烈士纪念塔。（5 分钟）

2. 任务一：一苏大旧址，找出放在一苏大内原内务部的结婚证。（提示语：一个和你下半辈子有关的证件）；找出放在一苏大原土地委员会的土地证。（提示语：一个当时农民的命根子，并为之奋斗了一辈子的凭证）结束后，胜出者奖励一份苏区当时的结婚证/土地证样本，上面可以填写自己的信息。接引人随即引出，当时苏区不仅提倡男女平等等一系列新思想，干部们也个个发扬优良作风，当地群众便有山歌传唱至今。主播问，是什么样的山歌？接引人便念或唱出来："苏区干部好作风，自带干粮去办公，日着草鞋干革命，夜打灯笼访贫农"。（6 到 8 分钟）

3. 任务二：到国家银行旧址，小红军 1 号把守，接头暗号是"苏区干部好作风"，主播对答"自带干粮去办公"，接引人可提示是刚才上一关山歌的内容，答对后可进入。在对旧址简单介绍过后，接引人告诉嘉宾，当时的苏区干部为公忘私，艰苦奋斗，不拿群众一针一线，为了支援红军、支持苏维埃国家建设，开展了推销公债、节约运动等行动，制定"六项节省规约"，一人一天节省一个铜板。随后，请嘉宾区分苏区货币和公债，之后进行简单讲解。随后开展用货币兑换货物（大米、农具、烟叶等物品）

的游戏环节，比一比谁的“汇率”最接近历史事实。接引人揭晓答案，去往下一关。（10 分钟）

4. 任务三：红中社旧址，小红军 2 号把守，提问在当时的中华苏维埃共和国临时中央政府，是什么单位发挥着在党中央直接领导下的耳目喉舌作用？现在它叫什么名字？随后进屋简要介绍，并请三位主播以红中社特约记者的身份，念出一篇关于红色追寻第三季的简短报道。（10 分钟）

（注：每次路上时间均可以穿插对叶坪历史知识的讲解，主播要勤问。）

5. 各处任务解锁完毕。去往红军烈士纪念塔和红军检阅台举行敬献花篮仪式。随后在一场由当地政府组织的红军快闪，表演《苏区干部好作风》。（参与者身着红军服，挥舞红旗，组成一个五角星）（15 分钟）

6. 切换航拍全景，直播结束。

采访札记

2017 年，是八一南昌起义 90 周年、秋收起义 90 周年、井冈山革命根据地创建 90 周年。三个“90”，叠加起一段峥嵘的岁月，沉淀下一段红色的记忆。

从 8 月 27 日至 9 月 1 日，短短 6 天，辗转 6 地。国防大学教官房兵和井冈山青年女干部张艳华、女大学生夏靓从南昌出发，经修水、安源、永新三湾，上井冈山，直至瑞金。红军后代杨益民慕名而来，加入到重访队伍。他们通过网络，与亿万网民一起，重温当年烽火硝烟的激荡岁月，亲历如今换了人间的沧桑巨变。

在南昌，当时盛夏已过，暑热仍炙。张艳华和夏靓汗流浃背。房兵告诉两个“新兵”，起义后部队随即南下，天气比现在更热，战士们是全副武装背着武器弹药出发，能支撑他们走下去的只有坚定的信念。

在修水，紫薇花开得正艳。这里打响了湘赣边秋收起义第一枪，第一次公开打出了工农革命军的旗号，诞生了中国共产党领导下的第一支工农武装。县城内，紫花墩，如今是书声琅琅的中学学堂。修水县党史办主任龚九森介绍说："秋收起义第一枪就在这里打响，当天还召开了誓师大会，举行了授旗仪式。"

在安源，路矿工人运动纪念馆内，有个黑黢黢、没有任何可握之处的矿灯。"当年的矿工，有不少就是十三四岁的孩子，是用嘴衔着油灯，在窄狭的坑道背着沉重的煤筐，手脚并用爬着前行的……"听到讲解员的介绍，张艳华双眼噙满泪水。

在三湾，人民军队成立的第一个士兵委员会旧址，主播们与当地武警官兵举行了一次特殊班会，问答互动，让所有参与者都更直观感受到，党对军队绝对领导的根本原则和制度奠基于三湾改编。

在井冈山，黄洋界上，晨雾弥漫，战壕犹存，烽烟不再。房兵向主播们讲解黄洋界保卫战"对湘敌取守势、对赣敌取攻势"的战史故事。

在瑞金，当年的阅兵广场上，伴随着《苏区干部好作风》嘹亮的歌声，650 余名瑞金群众身着红军服装演出了一场快闪，现场红绸定格成一个巨大的红五星。

一路追寻，一个个旧址、一处处纪念馆、一件件文物，都将我们带回到近一个世纪前那段浸透着血、燃烧着火、淬炼着信念的岁月。

重走井冈路不仅让主播和嘉宾们重温当年的激荡岁月，更能感受到这片红土地已将绿色发展理念融入经济社会的每个角落，向着全面建成小康社会的美好愿景奋力前行。

"红米饭，南瓜汤，秋茄子，味道香……"这是当年红军生活的写照。主播们走进永新三湾改编旧址旁的远山闲居农家乐，古色古香的客家民居内干净整洁，脱贫产业丝瓜络制作的洗脸神器、舒适鞋垫更是让镜头前的网友瞪大了眼。

在终点站瑞金，与五年前满街只见遗址、旧居相比，展现在主播和嘉宾们眼前的是一个充满振兴发展活力的新城。街道两旁高楼林立，土坯房变成了一座座漂亮的小洋楼。《国务院关于支持赣南等原中央苏区振兴发展的若干意见》颁布实施以来，赣南老区步入了经济社会发展最快时期。

“你们一定要再回来看看。”每到一地，热情的乡亲们像欢迎红军那样欢迎来宾们。“我们一定会再回来，看看红土地发生的新变化。”所有走完这段难忘历程的人都这样说。

（陈子夏、邬慧颖）

专家点评

“红色追寻．重走井冈路”系列直播，以轻松、活泼、接地气的呈现方式，给整个系列确立了生动质朴的风格。时长40分钟的直播，以行进讲解的方式，带领观众走访了朱德办公室、朱德旧居、军官教育团、八一起义指挥部旧址等南昌的多处红色地标，其中不少是平日公众和游客了解不多但在历史上发挥了重要作用的革命活动据点，一边参观一边讲解、评述的方式，让书本上的历史知识、革命记忆立体呈现，较好地体现了“红色追寻”的主题。以开启信封接受任务的方式，推进每一集直播内容的框架，契合网络传播的风格和年轻化的表达。两名主持人＋一位国防大学历史教授＋一名讲解员的配置可圈可点，女主持人以游客视角提问，很好地关照了普通观众的关注点；讲解员的陪伴式讲述，提供了大量的细节，是对现场视觉信息的重要补充；教授的评述，体现了报道的深度和立意，表明了直播节目的观点。此外，四人的交谈式互动，在一定程度上弥补了不同场景之间过渡时段的单调。直播最后部分，中学生唱歌的实况，较好地烘托了气氛。作为融媒体产品，在视频直播的同时，还进行了精炼文字和图片的直播，在页面开设了回看，并将精华部分剪辑出三段段视频，有利于多次传播。

（吴茜　上海广播电视台融媒体中心副主任）

8 生死线上的青春绽放

【镜头 1】

黑屏字幕：谨以此片向中越边境我排雷部队致敬

【镜头组 2】

画面：由云南麻栗坡老山地区航拍开篇，接入扫雷部队官兵引爆炸药、雷场内的炸药爆炸画面、排雷官兵进入雷场的无人机俯拍画面。

同期：“三、二、一，起爆！”

字幕：中越边境云南麻栗坡老山地区

扫描上方二维码，可观看相关视频。

【镜头组 3】

画面：雷场内的炸药爆炸画面、近距离无人机俯拍官兵进入雷场

字幕：第三次大规模排雷行动在这里进行

同期：雷场炸药爆炸声。

【镜头组 4】

画面：近景拍摄一枚地雷扣人心弦的取出过程。

同期：这是一个什么雷呀？报告，初步确定是一个跳雷。慢点，慢点站起来。

字幕：跳雷：防步兵地雷弹射到空中爆炸几乎没有杀伤死角

【镜头组 5】

画面：扫雷部队排雷照片、地雷及爆炸物的照片快闪出现，定格在雷场骷髅标志上。

推出标题：生死线上的青春绽放

【镜头组 6】

画面：清晨天未亮，排雷部队官兵登车，动身前往雷场，救护车跟随，车队开上老山。

同期：跑步走！跑步走！

字幕：上午 6:50 像往日一样由救护车跟随云南省军区扫雷四队奔赴雷场 68 名官兵中“90 后”占百分之七十

【镜头组 7】

画面：车队到达村寨后已无路前行，官兵下车列队，背上排雷用具与炸药，爬上陡坡，越过山涧，顺着悬崖峭壁前往雷场。

同期：大家下来之后，严格按照规定的器材进行携带，在排雷行动的过程中，严格按照排雷作业规程，规范执行动作，确保人员安全。

字幕：车队到达村寨后，已无道路继续驱车前行。排雷官兵需携带防护服、防雷靴、炸药等物资，徒步一个小时崎岖山路前往雷场。期间要攀爬近 60 度的陡坡，而每名排雷队员负重至少 50 公斤，任务繁重阶段需每

日往返数趟。

【镜头组 8】

画面：官兵到达集结点，开始穿戴防护装具，正式进入雷场。航拍、跟拍画面。

字幕：到达集结点后，官兵们开始穿戴 20 公斤重的防护装具，携带炸药与排雷设备正式进入雷场。

【镜头组 9】

画面：跟拍官兵携带炸药，顺着仅一人宽的安全通道下到雷场，安装炸药，准备引爆炸药，以开辟更大的作业区域。

字幕：顺着仅一人宽的安全通道，官兵们缓慢走下近 70 度的陡坡，到达有待清理的雷场安装炸药，以开辟作业通道。而通道两侧依然是未清理完全的雷场，若不慎摔倒，将触发地雷与爆炸物。

【镜头组 10】

画面：官兵抓住绳子缓慢爬上近 70 度的陡坡，引爆雷场中的炸药。同期声：一同爬上陡坡的记者的喘息声，现在是埋好炸药雷管以后，战士们正在撤离出来，准备引爆。三二一，起爆！（爆炸声此起彼伏）

【镜头组 11】

画面：官兵们开始使用探雷器，极度认真地探测着山坡上涂层里的地雷。

同期：探测器发出的蜂鸣声。

字幕：作业通道开辟后，排雷官兵开始用探雷器和探针进行人工搜排，机器人排雷并不适用于老山地区山高坡陡的丛林地带，这里的排雷行动只能通过人工搜排方式进行，排雷官兵每天都经历着生死考验。

【镜头组 12】

画面：官兵们使用探针，趴在山坡上，小心翼翼地探测地雷的起爆装置，并从图中挖出一枚地雷。

同期：所有人员停止作业，标示。报告，发现一枚 72 式防步兵地雷，确定吗？确定。轻一点。报告，起爆管无法导出。

【镜头组 13】

画面：官兵面对镜头展示刚刚挖出的地雷，并作讲解。

同期：这个就是定向雷，用于大量杀伤步兵的这个防步兵定向雷。60毫米的迫击炮弹，它这应该是里面装了雷管，用电起爆的方式（引爆），这是它的诡计（装置）。

【镜头组 14】

画面：官兵用排雷耙翻挖土层，使经过炸药引爆的地雷露出地表。突然，一块石头滚落，所有人停下手中作业，盯着石块滚落直到静止。

同期：石头！石头！

字幕：排雷作业过程中，一块滚落的石头都有可能触发雷场里的地雷和爆炸物，对排雷官兵造成足以致命的伤害。

【镜头组 15】

画面：一次排雷作业结束后，官兵们在耗尽了体力后仍然抓住绳子，携带挖出的地雷和爆炸物，缓慢地爬上陡坡。

同期：明白！明白！战士们爬上陡坡时发出厚厚的喘息声。

字幕：经过数小时高度紧张的排雷作业，官兵们此时的体力已近乎透支，他们仍需拖着疲惫的身体爬上这个近 70 的陡坡，将搜排出的地雷及爆炸物运上山头清点，并就地销毁。而这样的陡坡，排雷官兵每天要往返数次。

【镜头组 16】

画面：云南省军区扫雷四队队长龙泉讲述雷场移交的特殊方式。

同期：所有的雷区全部清排干净，完了之后，我们要搞一个雷场验收、移交仪式，就是我们所有的排雷官兵，手牵手，徒步从上到下，往返几次，就向我们的地方老百姓证明，这片土地是安全的。

【镜头组 17】

画面：官兵面对镜头说出自己的名字与年龄，并敬军礼。

同期：我叫张波，今年 29 岁。我叫李华健，今年 31 岁。我叫凌应文，今年 32 岁。我叫刘小波，今年 33 岁。我叫黄雪松，今年 28 岁。我叫龙泉，今年 44 岁。

字幕：云南省军区扫雷四队部分官兵

【镜头组 18】

画面：官兵们训练、排雷作业、作业期间休息、在雷场吃方便食品的照片快闪。着重描写战士程俊辉光荣牺牲的事迹，程俊辉生前的照片缓慢出现。

字幕：前两次排雷行动中，排雷官兵牺牲 1 人、负伤 30 余人，其中因伤致残 12 人。程俊辉，云南省军区扫雷三队一分队一班扫雷战士，于 2016 年 6 月 4 日在排雷作业中牺牲。年轻的生命定格在了 22 岁。

【镜头组 19】

画面：官兵面对镜头说出自己的名字与年龄，并敬军礼。

同期：我叫窦希望，今年 20 岁。我叫张振东，今年 20 岁。我叫庞海洋，今年 22 岁。我叫孟凡荣，今年 22 岁。我叫黄绍伟，今年 26 岁。

【镜头组 20】

画面：在雷场移交仪式上，官兵们手拉手，走过曾经的雷场数遍。

【镜头组 21】

画面：年轻、稚嫩的排雷官兵面对镜头，羞涩地笑着。战士庞海洋面对镜头庄重地行军礼，画面放大再放大。

【镜头组 22】

黑屏字幕："90 后"排雷官兵与老兵并肩战斗，他们的青春在大山深处绽放，他们值得国人尊敬与铭记！

采访札记

2017 年五四青年节之际，我们拍摄制作的微纪录片《生死线上的青春绽放：跟随年轻的"排雷勇士"闯进最危险的雷场》通过全媒头条播发后，5000 多家门户网站、电视台、微博、新闻客户端、微信公众号转发，在社会上引起极大反响，形成刷屏效应。网民认为该纪录片充满正能量，让人们看到新一代青年人有所作为、敢于担当、无私奉献的新时代形象、新时代精神。

与前两次相比，中越边境云南段第三次大规模排雷，是历次排雷行动中最艰险、最难啃的硬骨头，雷区更复杂，环境更恶劣，扫除难度更大，危险系数更高，地下埋着各式地雷、手榴弹、炮弹等30余种爆炸物，为世界雷区所罕见。

媒体此前的扫雷报道，大多为传统形式的文字、图片报道，视频报道则多用部队提供素材编发，且大多是报道扫雷进展情况。

排雷部队十分特殊，作业环境复杂危险，工作过程异常艰难。我们分析发现，排雷官兵大多是“90后”，在危机四伏的雷场，他们以超乎年龄的沉着、冷静排雷排爆，身上充满正能量，是新时代的英雄，是社会急需的青年榜样和标兵，他们在和平年代为国家和人民冒死奉献青春的精神，容易引发社会共鸣。但因排雷现场基本没有人亲眼目睹、媒体也鲜有报道，整个社会对排雷战士并不了解，关注度也不够。我们决定从这个视角进行报道。

我们从多方面进行准备：与部队深入交流，了解官兵情况，摸清排雷作业细节；研究关于扫雷的相关报道，分析报道重点，寻找新意亮点；拟写采访方案，细化每个细节；准备好相机、摄像机、无人机、手持云台等工具；和具体拍摄部队反复衔接，确定时间地点。

我们确定以跟随排雷战士进入雷区、亲历排雷过程的危险与艰辛为基本方向，通过与扫雷官兵充分交流沟通，确定纪录片框架与内容。

采访拍摄过程中，我们与官兵同吃同住，凌晨一起乘车上山，徒步运送物资，互相协助穿上20多公斤重的防护头盔、防爆服装以及3厘米厚的笨重防护鞋，然后负重进入雷区（每位战士要背着50多公斤的炸药等爆破物资进入雷区，我们则要带着各种拍摄器材进入）。

进入雷区后，我们始终和战士在一起，全程跟拍排雷作业。在相对安全的距离、不影响战士作业的情况下，尽可能近距离拍摄运输爆破物资、组装雷管炸药等过程。爆破引爆前，我们把摄影机架设好，无人机提前飞到空中，然后和战士们一起隐蔽起来，遥控拍摄。

在最危险的人工搜排时，现场万分危险，意外随时可能发生。我们分头拍摄，一人在高点用长焦镜头拍摄全景，确保全程记录；一人跟随战士，近距离拍摄惊险的排雷特写，把现场紧张气氛直观呈现，让观众直观真实感受，把战士的勇敢、沉重、冷静充分呈现出来。

连续多天同吃同住，持续紧张采访拍摄，我们和这些“90后”战士建立了友谊，成为了朋友。搜排现场，一位战士开玩笑说，“如果发生意外，我们就一起为国献身做烈士啦，穿着防爆服可以保我们全尸。”说完他乐呵呵笑。回想起来，那可爱的笑容仿佛就在眼前。

在战士们身上，我们深深感受到：虽然他们年轻，甚至稚嫩，但作为军人，他们争当先锋，勇担责任，敢于担当，在雷场丝毫没有胆怯，我们感受到的是中国军人英勇无畏、能打胜仗的精神。

每个场景，每个画面，我们都用心感受：在地雷密布的现场，战士们是一种怎样的心境；看到那样震撼的画面，受众又是一种怎样的心情。无论在雷区，还是在军营，我们始终带着和受众一样的心里，一样的视角，一样的情感，拍摄记录每一个瞬间。

通过战士排雷时的勇敢、沉重、冷静，雷场验收时手牵手踩踏雷场的英雄气质，把青年战士英勇无畏、勇于担当、为国家和人民敢于牺牲奉献的精神呈现出来。

通过拍摄他们取下防护头盔、脱下笨重防护服，露出暂离危险区的笑容，轻松报出自己的姓名、年龄，把他们的朝气阳光、活泼可爱呈现出来。

通过危险与轻松、严肃与可爱的强烈对比，打动受众的内心。在剪辑过程中，看着官兵可爱的微笑，想到雷场随时可能发生的意外，我们好多次忍不住流下泪水。或许，正是这样，感动了我们自己，也才感动了受众，戳中了人们心底最柔软的地方。

（周磊、浦超）

专家点评

传统纪录片强调用不干涉被拍摄对象的方式真实地记录生活场景，通常采用长篇叙事的方式审视社会现象，不仅制作周期较长，而且作品时长也长。而《生死线上的青春绽放》则采用了微纪录片形式，用 8 分 28 秒的时间讲述了惊心动魄的中越边境我排雷部队的日常工作。全片情节紧凑、航拍等画面丰富、人物特写处理得当，让网民能在短时间内体验到高强度、高危险性的特殊军种，并深深感受青春热血的爱国情怀。

用脚力丈量中越边境，和战士一起体验极度危险的工作。应该说，我们的记者进入扫雷部队的工作现场是一件非常冒险的事情。但，记者没有胆怯，为了记录真实的场景，贴身采访扫雷工作和官兵。镜头语言会说话，作为观众，我们很难想象记者背着沉重的摄影器材，是如何穿过密林、爬上陡坡、往返雷场，毕竟，他们不是专业的排雷战士。记者做到了，他们用自己的脚力一步一步地丈量中越边境，他们要求自己像战士一样不畏艰险，这种通过实践走进一线的工作态度令人敬佩。

用眼力观察捕捉，在日常工作中挖掘令共和国骄傲的 90 后中国军人。排雷是这些官兵的日常工作，对于他们来说可能是平凡细碎的工作流程，那么，新闻工作者该如何从看似平淡的工作细节中捕捉值得铭记的瞬间呢？令人印象深刻的是作者对于地雷类型、相关数字、官兵年龄等信息的细心捕捉，比如，跳雷等爆炸物、钢珠的数量、“90 后”官兵占比 70% 等，应该说，这些细节很好地辅助了视觉语言的深刻性。

用脑力理性分析，通过从历史到当下的时空分析提炼排雷行动的工作价值。微纪录片的主要观众是网友，他们许多人对排雷工作感到陌生，甚至不了解中越边境的历史故事和尚存的巨大危险。这些问题需要我们的新闻工作者用镜头进行严密和富有逻辑的分析，还需要用网友习惯的信息接触方式进行价值传播。这部作品呈现了作者优秀的职业素养，比如，对 90 后官兵的采访，通过年轻人把故事讲给年轻人，用青春的脸庞和富有生命力的身体叙事诉说用生命捍卫国家安全的军人气魄，这种框架策划和镜头语言的应用打动人心。

用笔力投射思想和力量，温暖笑容和生死考验的交替传达出强烈的生命故事。这部作品具有浓烈的情感，贯穿着对与死神打交道的排雷官兵的尊重和敬意。视频中，作者首先通过大特写的方式逐个呈现青春的面容和笑脸，在这些温暖笑容的集群式展现后，微视频突然定格在已经牺牲的22岁士兵的照片时，静默的镜头语言格外具有张力和记忆点。这种视觉叙事能力正是微纪录片的笔力所在，质朴的军人形象、渐进的细节展示都表现出记者对思想性的追求。

微纪录片是新闻工作者讲故事的一种新方式。作品通过丰富的视频素材、群体性人物形象的展示、短平快的节奏和扎实的现场细节给人以强烈的情感带入。这部作品在爱奇艺、优酷、秒拍、B站等多个平台被网友浏览和评论。我相信，网友们会记住这群年轻勇士趴在地上、顶着烈日，用双手将随时会爆炸的地雷一枚一枚地挖出来的画面，年青官兵们每天面对的生死考验将成为最精彩的中国故事。

（肖珺　教育部人文社会科学重点研究基地武汉大学媒体发展研究中心副主任）

9 我的铁路我的梦

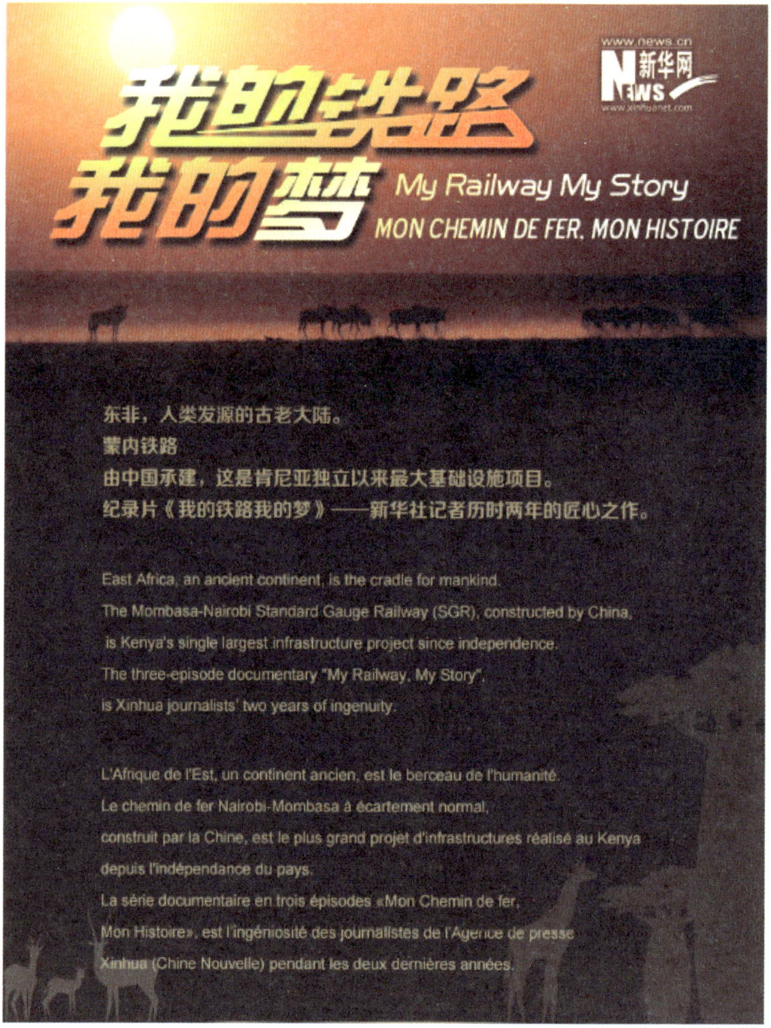
www.news.cn
新华网
NEWS
我的铁路
我的梦
My Railway My Story
MON CHEMIN DE FER. MON HISTOIRE
东非，人类发源的古老大陆。
蒙内铁路
由中国承建，这是肯尼亚独立以来最大基础设施项目。
纪录片《我的铁路我的梦》——新华社记者历时两年的匠心之作。
East Africa, an ancient continent, is the cradle for mankind.
The Mombasa-Nairobi Standard Gauge Railway (SGR), constructed by China,
is Kenya's single largest infrastructure project since independence.
The three-episode documentary "My Railway, My Story",
is Xinhua journalists' two years of ingenuity.
L'Afrique de l'Est, un continent ancien, est le berceau de l'humanité.
Le chemin de fer Nairobi-Mombasa à écartement normal,
construit par la Chine, est le plus grand projet d'infrastructures réalisé au Kenya
depuis l'indépendance du pays.
La série documentaire en trois épisodes «Mon Chemin de fer,
Mon Histoire», est l'ingéniosité des journalistes de l'Agence de presse
Xinhua (Chine Nouvelle) pendant les deux dernières années.

第一集　桥

【解说】

这是一个关于改变的故事。

在这片人类发源的土地上，位于非洲东部的肯尼亚，将开始建设近百年来最大的基础设施项目，一条长达 480 多公里，连接首都内罗毕和东非第一大港蒙巴萨的现代铁路。

这是一个延续了百年的梦想，这是一次见山开路、遇水搭桥的挑战，更是一次人与自然的理解和对话。肯尼亚人和来自中国的建设者一起，讲述他们自己的故事。

【画外音】

万吉库：我叫以色帖 · 万吉库，今年 27 岁，现在在肯尼亚技术大学学习土木工程专业。

【解说】

万吉库在内罗毕长大，从小就喜欢建筑与工程。上大学时她选择了工科，成绩优异。毕业近在眼前，万吉库想找一份合适的工作。

【采访】

万吉库：找工作太难了，我们国家有这么多毕业生，尤其是我是女性，在一个男性主导的行业找工作，的确不容易。

【解说】

万吉库找工作难，是因为肯尼亚工程类的工作机会并不多。现在仅有的一条铁路还是在一百年前修建的。

扫描上方二维码，可观看相关视频。

【画外音】

万吉库：一百年前，印度人和英国人在这里建了第一条铁路。那时内罗毕只是一块湿地，没有太多人住在这里。

【解说】

当年作为修路补给营地的小镇内罗毕，逐渐发展成今天超过 400 万人口的城市。东非地区的快速发展，给交通运输带来了巨大压力。英国人修建的铁路，年货运量只有 100 万吨。承担绝大部分运输的 A109 公路，早已不堪重负。作为东非重要的物资中转国，肯尼亚急需重建一条由海岸通往内陆的铁路大动脉。

【解说】

2009 年 8 月，肯尼亚铁路公司决定，与中国路桥公司合作建设从蒙巴萨到内罗毕的标准轨距铁路。这将是肯尼亚百年来修建的首条铁路。建成以后，蒙巴萨到内罗毕车程将从目前的十几个小时缩短到四个多小时。蒙内铁路是东非北部走廊的第一段，将承担起肯尼亚、乌干达、卢旺达、布隆迪、刚果（金）和南苏丹等国的进出口货物运输任务。

【解说】

2014 年 12 月，蒙内铁路正式开工。

【同期】

电视播音员播音：蒙内铁路从蒙巴萨到内罗毕，主要以货运为主，兼营部分客运业务。

【画外音】

万吉库：每个人都在谈论说政府要修一条比旧铁路更快更好的新铁路，这条路将给我们国家和周边国家带来巨大改变。我在蒙巴萨蒙内铁路一标找到了一份工作。

【同期】

万吉库姐姐：我会想你的，你要去工作了，上帝保佑你。保重，做个好姑娘。

【画外音】

万吉库：我会想念我的家人，但我会认识新的朋友。能参与这么一个大工程，我很兴奋。

【解说】

这里是蒙内铁路的起点——蒙巴萨，是万吉库即将工作的地方。公司给每个新入职的现场工程师安排了一个老师。

叶春贵，31 岁，老家广西，现在是蒙内铁路第一经理部二工区的工程部长。叶春贵所在的工区负责平整路基，他们要在 3 个月内移动近 140 万立方米的土。

【解说】

叶春贵想把万吉库培养成一个现场工程师，负责现场设备、人员调配，组织生产。

【画外音】

万吉库：开始的时候真的有很多工作，早上一到那里，我就要安排工人、司机，组织相关人员操作设备。

【画外音】

叶春贵：因为她是个新毕业生，可能施工现场经验不足，对规范等相关要求的理解也比较欠缺。但是她干活比较认真，比较吃苦耐劳。她是以技术员的身份进来的，但是会跟杂工一样，带领杂工干比较脏或者比较累的活。

【解说】

虽然面临挑战，但万吉库并不孤独。蒙内铁路平均每公里创造 60 个就业岗位，超过 3 万名肯尼亚员工与中国建设者一起工作，占所有施工人数的 90%。万吉库觉得，别人能办到的，自己也能办到。

【画外音】

万吉库：我想，我现在重新认识了我自己。我发现了自己一些新的能力。

【解说】

蒙内铁路全线被分解成 11 个经理部，分段建设。在万吉库和叶春贵修建路基的同时，位于蒙内铁路中段的工厂开始生产铁路所需的基础配件。

轨枕的作用是支撑钢轨、传递压力。它的制作过程复杂，要经过钢筋加工、混凝土布料、蒸汽养护等 18 道工序。

【解说】

在这里，每天生产轨枕1400个，重达143吨的T梁每天只能生产2片。

【采访】

尼古拉斯：我叫尼古拉斯，今年28岁，来自肯尼亚内罗毕，在蒙内铁路项目担任翻译。

【解说】

尼古拉斯要在现场帮助中国工程师翻译技术术语，解释每一道工序。

【采访】

尼古拉斯：我要学会理解。中国人与肯尼亚人之间的误解，是我工作中最具挑战性的地方。

【解说】

2015年10月，蒙内铁路铺架工作正式开始。生产好的T梁和轨枕必须立即送到铺架现场。为了运输物资，施工方先修建了10公里的运输线路。

【同期】

王远航：你们辛苦了哈，辛苦辛苦。

【解说】

王远航，山东人，做了15年的铺架工作，现在是蒙内铁路第七经理部的副经理，主要负责现场铺架。

【解说】

44根轨枕组成一根长25米的轨排，净重约15吨。铺设一根轨排仅需4分钟。每一次落轨的误差都不能超过2厘米。

【同期】

工人：再起一点，再起一点，再起，好，落。

工人：往前拉一点。

王远航：出梁注意，T钢不要碰到一号柱。

【解说】

与地面铺轨相比，T梁架设的作业空间小、道砟平整度差，施工难度更大。

【解说】

王远航的团队正在铺架的奥玛格里加拉特大桥，全长 807.46 米，铺架完成需要 8 天。蒙内铁路全线有长短不一的桥梁 79 座，王远航所在的经理部要完成其中的一半。

【画外音】

王远航：现场铺架是容易发生事故的地方，而且一发生事故就是一个车毁人亡的大事故。干的活越多，感觉胆子越小，因此我宁愿每天都盯在现场。

【采访】

王远航：肯尼亚是个美丽的国家，沿线植被啊，动植物啊，野生动物都非常好，相当的漂亮。我期待将来等我们这条铁路正式运营的时候，我能作为第一批乘客，从内罗毕到蒙巴萨，跑一趟。

【画外音】

玛丽亚：我叫玛丽亚，今年 23 岁，我是一名挖掘机操作手，我在蒙内铁路第五经理部工作。

【同期】

玛丽亚：你今天装了多少？

工友：快 8 车吧

【采访】

玛丽亚：做这个工作的大多数是男士。我是女士，我希望我工作的时候看起来很漂亮。

【解说】

玛丽亚的工作是采集天然火山灰。这些火山灰用于代替粉煤灰，作为高性能混凝土的拌合料。

蒙内铁路开工不久，高速消耗的混凝土变得供不应求。在肯尼亚，混凝土的重要原料粉煤灰依赖进口，工地面临着断供的风险。因此，中国建筑科学院的专家们提出了一个大胆设想——用火山灰代替粉煤灰。

【采访】

中国建筑科学院专家周永祥：在勘测过程中，发现蒙内铁路沿线，特别是靠近内罗毕这一段，有大量的火山灰的存在。

【解说】

肯尼亚位于非洲板块和印度洋板块交界处，地壳活动为肯尼亚带来了储量丰富的火山灰。

【采访】

中国建筑科学院专家周永祥：大概从 2014 年到了内罗毕，沿着蒙内铁路沿线，沿途勘察了所有可以取到火山灰的样点，我们取了很多的样品，寄运到我们中国建筑科学研究院进行一个系统的研究。

【采访】

蒙内铁路监理联合体马图：实验室的结果证实，火山灰可以作为拌合材料用在混凝土当中，像粉煤灰一样好。

【解说】

火山灰替代粉煤灰的科研成果广泛运用于蒙内铁路，这不但解决了当下的难题，还为肯尼亚和东非地区未来的公路和桥梁建设提供了更多可能。

【解说】

按照设计，蒙内铁路将穿过察沃国家公园。察沃国家公园面积 2 万多平方公里，东北端至西南端长 240 公里，是肯尼亚最大的野生动物保护区。

【画外音】

本森：我叫本森·奥吉塔，是拯救大象组织的负责人。

【画外音】

本森：查尔斯，我们将要在察沃国家公园寻找大象，根据 2014 年以来最新的数据，这里生活着 13000 到 14000 只大象。

【同期】

本森：3 只，4 只，5 只，6 只，还有一只在那儿。

【解说】

本森正在监测察沃国家公园内的大象。蒙内铁路开工以后，受到了环保人士的广泛关注。由于铁路将穿越肯尼亚察沃国家公园，他们担心蒙内铁路的修建会对野生动物的迁徙产生影响。

【解说】

本森担心的问题，中国设计师也在操心。

【同期】

张景桥：铁路建设不可避免地对环境保护造成一定影响，蒙内铁路建设的设计过程中啊，我们针对环境影响采取一系列有针对性的措施，借鉴荷兰 A50 公路、德国 B38 公路，包括中国青藏铁路的设计经验。

【解说】

张景桥，山东人，有近 20 年的铁路勘察设计经验，工作后经历过 6 次中国铁路大提速，现在在蒙内铁路担任设计总工程师。

【解说】

针对野生动物保护难题，张景桥想到了中国的青藏铁路。在青藏铁路，中国建设者共设计了 33 处野生动物通道。十多年不间断的监测表明，藏羚羊等野生动物对动物通道的使用率正逐年上升。张景桥想把青藏铁路的设计理念运用到肯尼亚来。

【采访】

张景桥：举行了几十次的意见征求，座谈。沿线的居民，包括利益相关方，包括野生动物组织，包括其他的相关方都充分地征求了意见，肯方政府对我们这个方案还是高度认可、高度评价的。

【解说】

张景桥和设计师团队决定让蒙内铁路沿用原有的交通走廊，同时在沿线设计 14 个桥梁或者涵洞式的动物通道。

【解说】

本森从事环保多年，遇到过很多案例都不了了之，中国青藏铁路的经验移植到肯尼亚来是否有效，本森觉得还要拭目以待。

【解说】

2016 年 5 月，蒙内铁路完成第一阶段的铺轨工作，其中 3 公里的铁路从埃马利镇中心穿过。埃马利小镇约有 25000 名居民，全封闭的铁路给镇上居民的通行带来了一些麻烦。

【同期】

郡政府官员：这（人行）桥是不够的，我们还有牲畜。

警察：马赛族的人口数很大，其他人需要抵达马赛族的区域，这样通行起来不方便。

校长：我觉得对于孩子们来说，用人行天桥要简单安全得多。

【解说】

伊曼是蒙内铁路第四经理部的外联专员，负责施工方与当地居民的沟通。

【采访】

伊曼：我 09 年去的中国，在中国武汉上学。在中国上了 6 年学，1 年语言，5 年专业。

【解说】

伊曼找到了蒙内铁路项目第四经理部的常务副经理——肖翔。

【同期】

伊曼：这里有个学校，这里也有个学校。

肖翔：如果说要修的话，肯定要往这一侧移一下。避开站场位置，往这个方向移一点点。学生可能绕一下，再从这，走到学校里去。

【解说】

在中国建设者看来，当地居民的出行便利是大事。虽然这段铁路已经修完，但肖翔的团队仅用了一个月，就拿出了人行天桥的设计方案。

【同期】

伊曼：从这个设计图可以看到，左边有一个像楼梯一样的，这是行人走的地方；右边更平缓，更直，摩托车、自行车可以使用。

肖翔：现在我也想听一下大家的意见，这个桥的功能，我们目前这么设计，大家还有什么意见，在位置上还有什么要求？

伊曼：这也许是我们最终的设计，但我们还是希望听听你们的看法。

村民：那有没有考虑什么时候能够开始建设？尽早使用。

肖翔：行，我们会在两三个月之内，把这个桥尽快修好，保证孩子的正常通行。

【解说】

2016 年 12 月，埃马利镇上的人行天桥开始施工。新设计的人行天桥位置正对两边的学校，孩子们上学路程缩短了 3 公里。

【采访】

肖翔：这个桥总共的钢结构大约使用材料 700 吨左右，通过海运，大概在 200 万美金的施工成本。我觉得还是值得的，主要还是为了孩子。

【解说】

蒙内铁路开工 18 个月后，张景桥团队设计的动物通道已经从方案变成工程。

【同期】

本森：犬羚，小犬羚。狮子，这是个狮子脚印，狮子脚印。

【解说】

在蒙内铁路沿线，本森和其他环保组织都有所发现。

【同期】

理查德：我不是每天都在沿线，但每周都来几次。我在两边都看到大象的脚印，两边都有。如果你去铁路另一边，你也能看到新的大象脚印。

本森：他们开始用通道了。

理查德：我不知道它们是否已经用了，但他们一定会使用的。

【同期】

本森：要让野生动物适应新的大型基础设施需要时间，大象更聪明，他们不会花太多时间，而其他动物比较害羞。

【解说】

在蒙内铁路沿线，本森还在继续着他的研究。

【解说】

2016 年 8 月，万吉库和叶春贵所在的经理部完成了 140 万立方米的填方任务。万吉库已经成长为一个优秀的现场工程师。

【画外音】

万吉库：我现在站的地方原来是一座山谷，现在它有了巨大的变化，它已经准备好迎接新铁路了。

【解说】

大桥封闭前，玛利亚邀请朋友前往施工完毕的工段参观。她挖出的火山灰就用在这些桥梁里。

【解说】

从海平面到海拔 1638 米，蒙内铁路全线修建了 79 座桥梁，建设者们用桥梁跨越障碍、保护生态、联结心灵。事实上，蒙内铁路正像一座桥梁，将中国与肯尼亚的古老友谊，一脉相承，延续至今。

【采访】

本森：中国建设过长铁路，建设过通过公园的铁路，他们有经验。（中国）在设计这条铁路的时候考虑了环保。对于非洲而言，这是很重要的。

【采访】

万吉库：我相信所有的挑战都能跨越，只要你下定决心就能做成。生活会为充满决心的人打开一扇门。

【采访】

玛丽亚：在蒙内铁路工作对我来说很好。将来当我有了孩子，我可以告诉他（她）我在这里工作过，他们会为我高兴，他们的妈妈曾经在肯尼亚参加了一个了不起的工程。

【采访】

伊曼：我认为桥的意思就是连接。我理解中国人，也理解肯尼亚人，所以我可以把他们连接起来，不管是从语言上，还是思想上。

第二集　站

【解说】

这是一系列发生在车站的故事。

2014 年，肯尼亚蒙内铁路正式开工，480 多公里的铁路沿线将建起 33 个车站。

这是一次真诚的相遇。中国与肯尼亚建设者用友谊书写历史，用汗水丈量天地，用智慧铸造梦想。

【画外音】

詹姆斯：我叫詹姆斯，是内罗毕终点站的一名安全员，我今年 31 岁。我每天都 5 点起床。

【解说】

内罗毕，肯尼亚的首都。

内罗毕人上班，平均的单程通勤时间是 1 个小时，绝大多数人的交通方式是徒步。詹姆斯工作的地方是蒙内铁路的终点站——内罗毕站。

【画外音】

詹姆斯：当你从很高的地方工作的时候，你可能会掉下来。你可能会从很高的地方掉下来。

【同期】

詹姆斯：所有人都必须从自身做起，安全问题无小事……

【画外音】

詹姆斯：我要 7 点钟为我的同事讲安全须知。我现在主要负责内罗毕终点站的施工安全，这也是我来这儿第一天就接到的要求，所以我现在每天都要提醒大家规范操作。

【同期】

詹姆斯：所以大家一定要注意安全的问题。

【解说】

詹姆斯身旁，是他的中国上司王骁宇。90 年出生的王骁宇毕业后就到了肯尼亚，担任内罗毕终点站的现场工程师，保证安全生产也是他的责任。

【解说】

内罗毕终点站是蒙内铁路全线最大的车站，建筑面积超过 15000 平方米。这里的线路和管道施工难度要远大于其他站点，施工安全要求也更高。

【同期】

王骁宇：这里非常危险，如果掉下去就会出大事。

詹姆斯：是大事。

王骁宇：我觉得这里要留一个人。

【解说】

詹姆斯刚加入蒙内铁路项目时，只是一名普通工人，在王骁宇的带领下，他很快成长为一名安全员，负责监督内罗毕终点站的安全生产，尤其是高空作业和现场用电。

【画外音】

詹姆斯：我有很多安全生产的知识是王先生教的，最早是他雇用的我。我一旦发现什么安全隐患，会立刻告诉他，他会来解决。

【解说】

在蒙内铁路建设沿线，有很多像詹姆斯这样的中国和肯尼亚专职安全员。他们奔走在施工现场，严守着安全生产的底线。

【解说】

从内罗毕向东南方向 480 公里，是肯尼亚第二大城市，蒙巴萨。蒙巴萨有着典型的热带海洋性气候。建城一千多年，这里海陆相汇，文化交融。这里将修建起蒙内铁路的起点站，赖茨港站。

【画外音】

我叫皮特森，28 岁，我来自梅鲁郡，在蒙内铁路担任现场工程师。

【解说】

皮特森的团队要在这片海域填出一块3.1万平方米，相当于42个足球场面积的空地。这块空地上，将建起蒙内铁路的起点——赖茨港站。之所以将起点站建设在这里，是因为赖茨港站旁，是东非第一大港——蒙巴萨港。

【解说】

蒙巴萨港有万吨级以上泊位21个，港口吃水9.45米以上，24小时通航。15世纪初，中国航海家郑和的船队曾抵达过这片海域。如今中国的建设者正在这里建设蒙内铁路的货运编组站。

【画外音】

皮特森：填海工程，第一步是排尽海床的柔软土壤，第二步是往里面填入一种材料——石头。

【同期】

王国立：这是可以的，这可以再铲掉。

【解说】

王国立，31岁，河南人，是皮特森的上司。他在蒙内铁路项目一标一工区担任工程部长，负责管理现场的生产。

【同期】

王国立：填海工程，这边很多雇员是没有做过水工的，找当地技术员或者是工人的时候，我们都是先找一些学过工程专业的。然后让他们到我们这边来手把手地教。

【画外音】

皮特森：最初在这里工作的时候，适应来自中国的新标准是有点困难。因为我们从没接触过这些标准，得从头学起。

【同期】

王国立：每天我都要到现场首先巡查一下，看他们是否按施工要求、图纸要求进行施工。施工进度如果赶不上去，整个标段都会受到影响。

【画外音】

皮特森：我和同事们都不适应中国人的工作机制，每天都工作，都工作很长时间。

【解说】

王国立和皮特森的团队，时间并不充裕，他们要在 11 个月内，完成填海的工作。

【解说】

这里是姆蒂托安代，位于蒙内铁路的中段，第六经理部的试验室就设在这里。

【同期】

欧利斯：我叫欧利斯，我是一名试验室工程师。我来自肯尼亚，海滨区，塔伊塔塔韦塔郡。

【同期】

姜：怎么样了？我想检查一下。这是多少？

欧：这是 2 克石蜡。

姜：2 克？你确定吗？这不对，重新做。

【解说】

姜雅峰，陕西人，材料工程师，有 8 年的材料检测经验，现在是蒙内铁路第六经理部试验室的主任，也是欧利斯的老师。他们的主要工作是检测施工材料是否达标。

【解说】

欧利斯正在尝试熬制一种工程材料。先将砂子加热到一定温度，再将硫磺和水泥按一定比例配合，就形成一种铁路施工中重要的热塑性材料——硫磺砂浆。

【解说】

硫磺砂浆可以用来连接轨枕与螺旋道钉，可以避免钢轨脱离轨枕。

欧利斯在姜雅峰的指导下，验证一种新的材料配比。

【画外音】

欧利斯：姜先生有两面，他既是朋友，也是老师。作为老师他很严厉，他知道他的学生必须做到什么。

【同期】

姜：你看，这个数值要达到 110。你明白了吗？

欧：我现在明白了。

【画外音】

欧：他不光对我严格，他对我同事都很严格，你能从他的面部表情看出来他正在工作。

【解说】

凝固的硫磺砂浆可以达到 60 千牛的抗拔力，即便将 4 辆小轿车倒挂在这个支点上，螺旋道钉也不会与轨枕分离。蒙内铁路全线，像这样的连接点超过 340 万个。

【画外音】

欧利斯：需要特别认真，因为如果你不仔细看数值，火车经过的时候哪怕有一个螺钉松动，火车都会出轨翻车，这事关性命与安全。

【解说】

这是一条科学的铁路，像这样的试验室遍布全线。蒙内铁路全线有 18 个工地试验室，319 名试验人员，操作着将近 700 套设备。各工区所有用于施工的材料，他们都要严格按照中国标准规范进行检测。全线平均每公里要交出 600 份试验报告。

2016 年 6 月，全线车站建设进程过半，姜雅峰即将离任回国。

【同期】

姜雅峰：我回国以后，要好好做试验，试验是铁路建设的底线。你知道我为什么对你这么严格吗？

欧利斯：不知道，为什么？

姜雅峰：你是第一批做这些试验的肯尼亚人，如果你做不好，你没办法教其他人。

【同期】

法瑞斯：在担任蒙内铁路安保防卫工作期间，永保诚实、不怕困难，争做一名遵守法律、遵守纪律、坚持制度、严守机密、不怕牺牲的忠诚卫士……

【同期】

法瑞斯：我叫法瑞斯，今年36岁，是肯尼亚警方派驻蒙内铁路项目的一名督察。

【同期】

法瑞斯：然后放燃气，再然后放行李，你把它们放在一起。

【解说】

蒙内铁路一开工，法瑞斯就在工地现场做督查。他的工作是每天在铁路沿线站点巡逻，保证现场设备和人员安全。

与他一同出发的，是蒙内铁路第九经理部公共安全工作的负责人，47岁的吴纪文。

【解说】

通常情况下，法瑞斯和吴纪文会以主要车站为中心，巡查周边区域。一次巡查至少要两三天。刚到内罗毕终点站，他们就发现一些电缆被盗了。

【同期】

法瑞斯：这个被盗了，你看，早上的时候还是好的，现在有很多电缆被偷了。

【同期】

法瑞斯：巡逻的时候我们会检查电缆和装置，确认没有被盗。我们需要监督我们派驻在岗的警察。

【解说】

随着车站建设进程加快，更多的电力和信号设备进站，安保压力越来越大。吴纪文和法瑞斯需要安排一些现场演习，锻炼在岗警察的应急能力。

【解说】

类似的情况在工地时常发生，安保压力越来越大。吴纪文觉得，常规的巡逻已经不能解决问题，应该编写一本更细致的工作手册，指导工地安保工作。

【画外音】

法瑞斯：他在里面用了很多图片，可以很容易操作和记忆。这是一种有创意也有效的方式。

【画外音】

吴纪文：让安保人员拿到手册以后，知道自己的任务是什么，同时让他通过看画册，图文并茂的方式，很快掌握任务要领，执行任务的方法。

【同期】

法瑞斯：你看这里有很多图片，这里面都有电缆。你们午饭的时候也要保证有人，要一直在这里巡逻。

【同期】

吴纪文：有这样一支素质过硬，能够胜任我们安保任务的队伍，对项目建设非常重要。

【解说】

吴纪文、法瑞斯组合，是蒙内铁路公共安全体系中的一个单元。蒙内铁路采取“多方联合、共保安全”的形式，由中国路桥管理人员、专业安保团队、肯尼亚政府武装和当地保安公司多家单位联合起来，共同打造了蒙内铁路的公共安全管理体系。

【解说】

2016 年 5 月，经过 7 个月的加班加点，王国立和皮特森的团队完成了赖茨港站填海步骤中的清淤与抛石。港站消耗了 300 万方石料，堆起来比埃及的胡夫金字塔还要大。接下来，要将整个地基进行夯实。现场 3 台履带式强夯机同步作业，重达 20 吨重的夯锤从 20 米的高空坠落，一遍遍捶打这块新生的土地。强大的夯击能不断挤压填海材料，增加它的密实度，使其达到设计的地基承载力要求。

强夯完成后，再分层回填两种不同的填料垫层，分层碾压密实，一个区域的填海工程才算真正完成。

【解说】

这里是位于成都的西南交通大学，是中国培养顶级交通人才的高等学府。2016 年 8 月，欧利斯被送到这里培训。

【画外音】

欧利斯：这是我第一次离开非洲。这里的老师和同学都非常热情，我学到了很多知识。

【解说】

姜雅峰，欧利斯在肯尼亚蒙内铁路项目上的老师。早在欧利斯来到成都前 2 个月，姜雅峰已经回到中国。今天，他开了 8 个小时的车来到学校看望欧利斯。事实上，欧利斯来中国培训，就是姜雅峰推荐的。

【画外音】

欧利斯：刚看到他的时候我简直不敢相信。他说他会来看我，他来的时候我特别开心。我会跟他分享我所有的问题，他会告诉我解决办法。我觉得他像一个大哥哥。对我来说，他就是家人。

【解说】

成都是中国西南地区的重镇，这里历史悠久，人杰地灵。欧利斯在这里看到了与肯尼亚不同的文化。

【画外音】

欧利斯：这里的基础设施很好，人也很好，让我开阔了眼界。

【解说】

欧利斯是众多幸运儿中的一个。人才培养计划是蒙内铁路项目的重要部分，铁路建设中，参与中方培训的总人数已经超过 2 万人。

【解说】

2016 年 12 月，内罗毕终点站进入最后的设备安装阶段。

【画外音】

王骁宇：因为现在我是管理整个南站（内罗毕终点站）的生产，所有的人员配置、材料配置、机械配置，包括统筹、技术，我都会做一个计划，所以别人一遇到问题都会来找我。平均每天都会有 100 多个电话。

【同期】

王骁宇：喂，然后你这边人都在，都加班吗今天晚上，一定要把它清干净啊，就这么着。

王骁宇：每天平均都得一百多个电话。

王骁宇：喂，哪边车陷下去了，吊车过来了没有，今天晚上还是通宵。

【画外音】

詹姆斯：我听王先生说他本来想下个星期和女朋友回国结婚，但是因为要赶工期，他们回不去了。

【解说】

工期紧张，王骁宇经常早出晚归。他与未婚妻在肯尼亚相识，两个人的宿舍就相隔 20 米，但有时几天都见不到面。

【画外音】

张未平：我是计划合同部的，平时就在营地里工作。王骁宇就是在南站，在现场，一天就是吃饭的时候见一下面，见面机会真的很少。我们本来准备过年回家见家长，谈一下结婚的事，因为工期实在是太紧张了，只能往后拖了。

【解说】

2017 年 1 月 27 日，是中国农历的春节。这是王骁宇在肯尼亚度过的第三个春节，回不了家，只好给母亲打个视频电话。

【同期】

母亲：咱们这边下大雪了，你们怎么过年？

王骁宇：他们开派对

母亲：啊？

王骁宇：派对。

母亲：你每天都在工地上呢？

王骁宇：对啊。

母亲：然后今天下午就放假了？

王骁宇：对。

母亲：你今年啥时候回来呢？

王骁宇：我也不知道，活干完吧。

母亲：活干完？

王骁宇：这边不是挺忙的嘛现在。

【同期】

过年啦！

【解说】

春节是中国人最重要的节日，王骁宇与同事们只放了半天假。此时，他们远在万里之外的家人也在看着同一个节目，中央电视台的春节联欢晚会。

【解说】

2017年2月，距离蒙内铁路试运营还有4个月，内罗毕终点站建设完成，开始内部设备的整体调试。

【解说】

从中国学成归来，欧利斯变成了试验室里的老师。

【画外音】

欧利斯：我想分享我从中国带回来的知识，如果我分享得够多，我会得到更多的祝福，所以我愿意分享。不光与我的同事，还要与我的国家分享。

【解说】

与此同时，皮特森早已适应了中国人的工作节奏。与中国人一起工作的经历，影响了他对孩子未来的期许。

【画外音】

皮特森：他非常快乐贪玩。我希望我的儿子将来成为自律、勤奋的人。我们知道当年中国经济也不像如今这般繁荣，所以我要告诉他我在做的一切。我希望他学会努力工作，希望他有远大的梦想。

【解说】

2017年5月9日，内罗毕终点站正式完工。在刚刚建成的大厅里，王骁宇和张未平的婚礼正在举行。王骁宇和张未平邀请了参与车站建设的中肯工人。这是一个欢乐的时刻，人们为这对新人高兴，更为一千多个日日夜夜的辛劳在这一刻化作喜悦而激动。

【画外音】

王骁宇：第一次来这边，看到这儿全是黑棉土，到处都是野草，再看看现在。让我现在离开南站，我觉得我会哭啊。

【解说】

蒙内铁路共修建了33座车站，这一座又一座的车站，像一颗又一颗珍珠，串起了蒙内铁路。中国资金、中国技术、中国经验正在为非洲的基础设施建设作着重要贡献。随着中国“一带一路”倡议的加速实施，中国与肯尼亚共同缔造的蒙内铁路将与海上丝绸之路牵手，续写新的发展传奇。

【同期】

皮特森：我跟他学会了很多，很多技能，很多经验。而且他很友善，对我们都特别好。

【同期】

欧利斯：我特别高兴，因为这感觉就是在建设我自己的国家。

【同期】

法瑞斯：我从很多部门那里学会了很多东西，很多技术和管理技能。

【同期】

詹姆斯：我与中国人一起工作很开心，我想以后能继续和中国人一起工作。

第三集　路

【解说】

这是一个梦想成真的故事。

全长480公里的蒙内铁路，将成为东非大地上一条强劲的大动脉。建设过程中，蒙内铁路对肯尼亚每年经济增长的贡献将达到1.5%，创造4.6万个就业岗位。

蒙内铁路将肯尼亚带向新的未来，它也正给这个国家人民的生活带来巨大改变。

【解说】

内罗毕，肯尼亚首都，非洲最大的城市之一，聚集着肯尼亚最有活力的人才。

【画外音】

肯西莉亚：我叫肯西莉亚，今年23岁，我的专业是电子工程，现在正在接受驾驶火车的培训，即将成为一名火车司机。我早上通常7点30到40抵达上班地点。

【解说】

肯西莉亚培训的地点位于蒙内铁路内罗毕终点站。她和其他7名女学员是通过一系列理论和实践考试，从近百名候选者中选拔出来的。她们，将成为肯尼亚历史上的首批女火车司机。

距离蒙内铁路通车不到3个月，今天，来自中国的老师将带领她们进行列车上的实践训练。

【同期】

赵工：好，你们之前的学习和练习都非常好，肯尼亚总统将会乘坐首趟旅客列车，只有两个人会成为他的司机，你们的路还很长，希望你们再接再厉，好，我们开始今天的练习。

【同期】

肯西莉亚：我一直都在竭尽全力，确保我能成为驾驶首趟客运列车司机其中的一位。

【同期】

涂老师：现在要马上开车了，我们先确认出站。出站信号。

女司机：出站信号。出站好了。

【解说】

涂主新，湖北人，在中国担任了十多年旅客列车的指导司机，目前是肯西莉亚和班上同学的指导老师。

【同期】

涂老师：控制速度要在 70 公里左右的时候使用电阻制动……

火车系统：注意前方限速

涂老师：注意这个 30 哦，在这个预告前面的时候把速度控制在 60 多公里

【解说】

肯西莉亚和同学们今天要练习火车逐级提速和减速。火车司机的操作有一套标准化作业程序，仅控制好油门和刹车这一项，就比驾驶汽车复杂得多。

【同期】

涂主新：先确认，阿西河站两道通过。

肯西莉亚：开火车是很大的责任，尤其是客运列车，这么多人的生命掌握在你手上。所以责任是很大的。

【同期】

艾丽斯：5032 次，两道通过，司机明白。进站信号。

女司机：通过。

【解说】

火车头自重 138 吨，正式运营后，客运列车将加挂 17 节车厢，共 1658 个座位，每次起停都有巨大的惯性。坡道、弯道和进站对速度的要求都不同。为保证列车起步平稳、停车位置精准，火车司机需要有较强的运

算能力来掌控速度。

肯西莉亚大学时的专业是电子信息工程，计算是她的强项。

【同期】

肯西莉亚：对我来说压力不是很大，我习惯了工程行业比较大的压力。

【解说】

在火车行驶过程中，涂主新会根据她们的表现记录成绩，作为挑选首班客运列车司机的依据。

【同期】

温蒂：5032 次

【同期】

调度员：孔扎站两道通过。

【解说】

这里是位于内罗毕终点站的调度中心，蒙内铁路的大脑。这里集成了与中国高铁相当的最新系统，与列车运行相关的各类信息在这里汇集，肯西莉亚驾驶的列车只是屏幕上一个移动的光标。调度员通过远程中心信号控制系统，将行车指令传递到每一班列车。

【画外音】

乔斯皮特：我是乔斯皮特·穆腾北，来自梅努郡，上学之前我曾经务农。但务农不足以养活我的家人，因为我没办法找到工作。

【解说】

43 岁的乔斯皮特当过司机，也在公司上过两年班。后来，他拾起锄头，回家务农。直到 2014 年 12 月，蒙内铁路项目启动。

【解说】

铁路开工后，吸收了大量的本地劳动力，很多像乔斯皮特这样的肯尼亚人，都投入到铁路建设中来。

乔斯皮特跟着中国师父学习了三个月，成为蒙内铁路第九项目经理部的一名吊车操作员。

邓朝荣，乔斯皮特的师父。他是重庆人，现在是蒙内铁路第九经理部的机师。

【解说】

邓朝荣和乔斯皮特所在的经理部要在 14 个月内，完成 5844 根电杆的架设。蒙内铁路全线，共要建设 12 个配电所、87 座通信铁塔，铺设约 1300 公里通信光缆，组合成一条庞大的电力、通信、信息网络。这个网络，是蒙内铁路运营的重要前提。

【解说】

今天，乔斯皮特正式获得了独立操作吊车的机会。

【同期】

邓朝荣：晓军，今天是皮特第一次起吊电杆，他可能有点紧张，到时候操作的时候小心点，等一下你在前面指挥，我就在他旁边，不要因为紧张出现什么问题。

【同期】

邓朝荣：实际工作中担心他很紧张。当然对他还是有信心，因为毕竟相处了这么长时间。对他有信心，但还是很紧张。安全是第一位。

【解说】

乔斯皮特要用随车吊来架设电杆，一根电杆长约 15 米，重约 1.5 吨，几乎和一辆小型卡车一样沉。这项工作对操作安全有着极高的要求。

【画外音】

乔斯皮特：非常难。当我第一次尝试起吊电杆的时候，对我来说很难。对我来说，像这样把它吊起来，电线杆有可能会断的。

【同期】

邓朝荣：往上一些，往上，往上，再往左一些，对。

乔斯皮特：好的！

【解说】

架设电杆的另一个难点在精度上。电杆起吊后的落点，与预先设定的点位偏差不能超过 2 厘米。

【同期】

邓朝荣：做得好!

乔斯皮特：好的!

【画外音】

乔斯皮特：邓朝荣是个很好的师父，很好的老师。告诉我这个错了，再重复一次。中国人不小气，愿意将他们的技术和经验传授给我们。

【解说】

找到稳定的工作后，乔斯皮特把妻子接到内罗毕，他们用这份收入开了一家理发店。

【画外音】

乔斯皮特：在我加入蒙内铁路项目后，我开了这家理发店。这提高了我的生活水平，我的家庭发生了很大的变化。

【解说】

当乔斯皮特帮妻子打理理发店时，他的师父邓朝荣也正在给同事理发。在工地，理发这些事情，通常都是自己做。

【画外音】

邓朝荣：我觉得还是挺辛苦的，但是我们既然来建设蒙内铁路，就还是要把工作做好。

【解说】

近 3000 名中国建设者们参与了蒙内铁路建设。他们多数是工程师或者项目的管理人员，有着丰富的铁路建设经验。蒙内铁路建设工期从 5 年缩短到两年半，常需加班。大多数人一年才能回国休假一次。

【画外音】

埃里克：我叫埃里克，我今年 40 岁。我是肯尼亚人，我住在内罗毕。

【解说】

埃里克从小喜欢工程，上学时的专业是土木工程。毕业 17 年，他做过售票员，开过出租车，一直没有找到与专业相关的工作。

【同期】

埃里克：不管赚多少钱，我每天都买报纸，去看看有什么能找的新工作。

【画外音】

埃里克：开出租车的时候我一直相信我会有一个更好的未来。我有信心，相信我的生活会变得更好。

【解说】

埃里克的人生理想在蒙内铁路得到实现。他在工务车间找到了一份线路工的工作，跟着中国老师实地学习铁路线路的检查和养护。铁路建设完成后，还需要多工种的配合来长期运营和管理。埃里克所做的工作，就是铁路运营的一部分。

【画外音】

中国工程师：用肉眼看，看这条线，能看到吗？在头上，连接点有点问题

【解说】

列车每一次通过都会使轨道产生微小的几何变化，积少成多将影响火车的行车安全。

【画外音】

埃里克：我们会检查线路钢轨高低、水平，查找问题。还需要把道砟密实，以便让火车平顺、安全地运行。

【解说】

埃里克和同事们要不间断地检查和养护线路上的每一项设施。蒙内铁路开通后，全线将设置 7 个工务车间，三百多名线路工将分段养护线路。

埃里克所在的工务团队，只是蒙内铁路运营系统的一个单元。要保证火车的平稳运行，需要机务、车务、工务、电务、车辆，5 大系统，上百个工种的密切配合。

为保证蒙内铁路正常运行，中国路桥公司联合肯尼亚铁路培训学校和中

国知名高校，开展覆盖铁路运营各个专业的全面培训。在铁路建设期间，共培训了 1122 名肯尼亚技术管理人员，占运营团队的 86%。在未来，预计有更多的肯尼亚人通过培训在蒙内铁路沿线长期工作，参与铁路的运输和经营。

【解说】

在蒙内铁路内罗毕终点站附近，有一个叫杜布诺・达尔富尔的村落，居住着 400 多名马赛族人。马赛族是东非最著名的游牧民族之一，依然保持着原始的生活方式。如今，一部分马赛族人正在适应定居生活，孩子们开始接受现代教育。

【同期】

赛亚：我的名字是赛亚・马提沛，我是一名马赛族人，我今年 10 岁了。

【解说】

放学回家的赛亚，要跟村民们一起赶制一批礼物。

【解说】

制作一串项链通常要使用上万颗马赛珠，串起来很耗费精力。赛亚和村民们制作这些项链，是想送给正在帮助他们的人。

【解说】

几个月前，内罗毕终点站的中方施工人员发现，工地附近马赛村里的孩子，经常在本该上课的时间，在工地周围游荡。

【同期】

杨亮：学校很远，很多小孩没办法走这么远的路，所以就不想去上学。所以我们决定为孩子修一间学校。

【解说】

杨亮，40 岁，黑龙江人，蒙内铁路项目第八经理部副经理，现在负责项目人力资源管理和外联等工作。

【同期】

杨亮：在马赛小学开学季，送上一个全新的开学礼物。

【解说】

杨亮和他的同事们用两周时间建成了一座新的校舍，分批次送去了 80 套桌椅。

【画外音】

杨亮：我们自己动手来做这些桌椅，我们自己的木工自己亲自画图，来看怎么样才能够更结实、更耐用一点，因为小朋友都比较顽皮嘛。

【解说】

新建的学校共有 8 间教室，一个操场，可以容纳 150 个孩子同时上课。

【同期】

赛亚：当这个学校建成的时候，我非常开心，因为现在有桌椅板凳在里面了，而且有足够的学习空间。

【同期】

孩子们读书声：ABCD……

【解说】

新学校让孩子们上学的路程从 2 小时缩短到了 5 分钟。

【解说】

为了尽可能改善孩子们的学习环境，中国建设者还在新学校旁铺设了 1100 米管道，安装了两个 10 立方米的水箱。旱季时，村民们不必步行 5 公里以上去周边找水。

【画外音】

校长：中国与马赛社区的关系很好，中国人为我们带来了教育。以前这对我们来说很难获得。我们也在尝试让他们开心，就像他们让我们开心一样。

【解说】

在蒙内铁路建设期间，中国建设者一共援建了 3 所学校，组织社会公益活动 220 多次，超过 13,000 名肯尼亚人从中获益。

【同期】

涂主新：现在在出勤之前，我先简单给大家……

【解说】

2017年1月，肯西莉亚和同学们学习理论和实践将近一年，开始量制火车司机制服。新制服由中国设计师针对肯尼亚气候条件设计，结合国际铁路服装样式，融合了非洲元素。

【解说】

虽然肯西莉亚和同学们都将穿上崭新的火车司机制服。而谁将成为首班客运列车的司机，依然没有确定。

【画外音】

肯西莉亚：等到那一天穿上火车司机制服，上面有徽章，证明你真的是一名火车司机，对我来说将是最棒的感受。

【同期】

建设者：一起来，1，2，3。

【解说】

与此同时，从中国进口的内燃机车，陆续抵达蒙内铁路的起点——蒙巴萨港。蒙内铁路全线将使用56台机车，这些机车由中国中车集团根据肯尼亚热带草原气候做了技术改造，牵引力可以达到2600吨，配备一系列微机自动控制功能，代表了中国内燃机车的最高水准。机车的到来，意味着蒙内铁路将开始由建设向运营过渡。

【解说】

在蒙内铁路正式运行之前，中国工程师还要对铁路系统进行全面检测。2017年2月，蒙内铁路动态检测和运行试验正式开始。这是在铁路通车前，对工程质量和各工种配合的一次模拟考试。

【同期】

陈新：从内罗毕到姆蒂托安代这段，我们从2月20号到3月2号，进行我们逐级提速的联调联试试验。

【解说】

陈新，49岁，湖北人，中国铁道科学研究院通信信号研究所副总工程师。

他有 26 年的铁路从业经历，现在负责本次蒙内铁路动态检测工作。

【同期】

陈新：百分之十的富余量，所以我们最高的检测速度要达到 132 公里。

【解说】

今天是蒙内铁路的最后一次动态检测。上午 9 点。埃里克作为线路工的代表，一同登上试验列车，他们将跟进铁路正式运营后的线路维护工作。

【同期】

埃里克：我从来没有登上过标轨列车，这是第一次上车，感觉很好。

【解说】

陈新团队乘坐的试验列车，采用机器视觉检测及人工智能分析技术，可以在检测中实时获取数据。

【同期】

陈新：在以前，我们都是依靠人工来巡道。这个轨道检测车跑一趟，这些故障的问题、零件缺失的问题就可以反映出来，就会很好的指导我们运营维护单位进行维护和保养。

【同期】

陈新：你好。

埃里克：你好，陈先生。

陈新：你看这里，这是轨道路基。我们可以根据检测结果发现一些问题。你可以根据检测结果来维护路基。

埃里克：从这里，我可以看到轨枕和扣件；

【解说】

蒙内铁路设计时速 120 公里，陈新的团队今天要跑出超过设计时速 10% 的速度，并精准扫描高速运行情况下线路是否存在问题。铁路能否经受这样的考验，现场每个人都揪着心。

【同期】

陈新：好，现在 130，131 了，132 了，好，保持住……

【解说】

下午五点，检测结束，数据显示，各项指标合格。这意味着，经过三个月的测试，蒙内铁路各项硬件设施与运营体系已经全面就绪，准备迎接开通仪式的到来。

【解说】

2017 年 5 月 31 日，蒙内铁路通车仪式即将在蒙巴萨西站举行。历时 2 年半的辛劳就将在这一天变为现实，每一个人都在期盼这一刻的到来。

【解说】

上午 10 点，通车仪式正式开始。中国国家主席习近平特使、国务委员王勇，肯尼亚总统肯雅塔出席通车仪式。

【同期】

王勇：蒙内铁路通车是新时期中肯友谊结出的硕果，也是中肯互利合作的结晶。

肯雅塔：我想利用这个机会，表达我个人的谢意。感谢肯尼亚人民，感谢中国国家主席习近平，感谢中国人民。我们携手合作，达到今天这个庆祝的最高点。

【解说】

上午 11 点 10 分，蒙内铁路首班客运列车发车。

【同期】

肯西莉亚：出站好了

【解说】

这是一个隆重的时刻。对肯西莉亚来说，这是她过去所有努力的成果。对 4500 万肯尼亚人而言，这是翘首期盼的历史时刻。

【画外音】

肯西莉亚：我被挑选上为总统开车。开始的时候我有点紧张，因为看到蒙巴萨西站现场有这么多人。但感觉还不错。这是非常兴奋的感觉。

【解说】

79 座桥梁，33 个车站，480 公里的铁路。蒙内铁路的近三千名中国建设者，四万六千名肯尼亚员工，历经一千多个日夜，将一个百年的梦想变成了现实。

蒙内铁路作为东非铁路网首段，将进一步推动中国铁路标准和装备走进非洲。

在“一带一路”倡议下，中国正秉持开放包容、合作共赢的态度，将中国梦和非洲梦紧密相连。

【同期】

蒙内铁路监理联合体项目协调官约翰逊·马图：中国建设的铁路质量是世界级的。

肯尼亚铁路公司总经理阿塔纳斯·麦伊纳：这条铁路将创造一条经济走廊，改变这个国家人民的生活方式，极大地促进国民生产总值的增长。

肯尼亚铁路公司董事长耶利米·凯安加：我们非常感谢中国路桥公司为肯尼亚当地所做的社会公益活动。这保证了肯尼亚本土经济参与到铁路建设之中。

肯尼亚交通与基础设施部部长詹姆斯·马查里亚：这条铁路已经成为了样板。乌干达、卢旺达、南苏丹等国也想建造这样的铁路。

肯尼亚总统乌胡鲁·肯雅塔：我们把今天，作为肯尼亚历史上的新篇章。这将是肯尼亚未来百年故事的新开端。

采访札记

2015 年初，记者第一次到蒙内铁路采访。彼时铁路刚开工，轨枕厂里机器轰鸣，路基修建热火朝天。为确保按期完工，蒙内铁路全线被分解成 11 个经理部，分段建设。我们从首都内罗毕一路向东，逐段探访，发现 480 公里的铁轨上，每段都充满故事。

蒙内铁路是肯尼亚独立以来最大的基础设施建设项目，是百年的梦想工程。铁路也是中国“一带一路”倡议在非洲的重要成果，由中国融资，中国承建，全套采用中国标准。引得不少西方媒体戴上有色眼镜，歪曲中非携手。BBC、国家地理杂志等连续发文，指责“中国人抢当地人饭碗”，宣称铁路建设“破坏环境”。

事实怎样？蒙内铁路建设创造了4.6万个就业岗位，为肯尼亚GDP贡献了2个百分点。为保护沿线野生动物的迁徙，中国建设者“平地起高桥”，长颈鹿通过不用弯腰。

看到的，与听到的不同，就是我们媒体的声音不够响亮。我们在实地探访中发现问题，就必须责无旁贷地还原真相。

这是纪录片《我的铁路我的梦》的拍摄缘起，也是团队用脚步丈量铁路的开始。

蒙内铁路通车前，内罗毕前往蒙巴萨只有一条两车道的国道，路况糟糕，事故频发。但从调研到拍摄，摄制组反复跑遍了沿线的79座桥梁、33个车站、12个配电所、87座通讯铁塔。甚至，数出了沿线5844根电线杆。

顶酷暑、吃沙尘，为拍摄日夜兼程。通过长期沿线蹲点，团队独家拍摄到斑马等野生动物使用野生动物通道的镜头。这些野生动物穿过铁路的镜头，胜过许多苍白的解释。

在磨炼“脚力”时寻找选题，还要在锻炼眼力中发现故事。纪录片采用当地人自述体，解说词被大幅削减，肯尼亚主人公的自述却贯穿始终。通过他们的讲述，用个人命运与工程串联的方式，完整还原蒙内铁路建设历程，阐释中非合作共赢理念。因此，每一个讲述者都是故事的关键。

4.6万名当地员工，究竟谁能担任这个讲述者？在几轮反复调研中，我们见了200多名采访对象，长期跟踪拍摄了20多位，最终将14位的故事在片中呈现。

单亲家庭走出的女工程师、为家庭奋斗的父亲、扎根草原的环保专家、马赛村渴望读书的孩子……通过讲述他们的工作、生活、情感与梦想，将铁路建设与人物命运联系在一起，用故事串联，在观者脑海中描绘出一条鲜活的“中国造”铁路。

寻找选题，发现故事，下一步如何讲述则考验脑力。团队调研发现，国内多数媒体关于蒙内铁路的对外报道都“内外不分”。如果中国人“居高临下”地讲述非洲的官员腐败、治安堪忧等状况，难免引起非洲受众反感。

于是，平视的语态至关重要。片中解说词每次提及蒙内铁路都会使用“中肯合作”“携手”“共同缔造”的字眼。没有采用任何全知视角的语言主观强调工程辛苦，或拔高中国贡献。只需陈述事实，观众自然能体会中国在修路过程中恪守“大义”，真诚相待。

磨炼完脚力、眼力、脑力，笔力是成片关键。纪录片是蕴含价值取向、审美标准的艺术形式，镜头为笔，采用的是视听语言。它的全球化传播需要真实的故事、细腻的人物和丰富的情节，更需要精致的画面、流畅的剪辑、考究的音乐和丰富的视觉元素。

前期拍摄历时两年，非洲总分社记者长期扎根肯尼亚，用 200 多小时素材制作成共 90 分钟的 3 集纪录片，镜头均优中选优。视频素材中包含大量航拍镜头、逐格镜头和工程节点画面。中肯双方摄影师力求每个镜头构图工整、用光准确，具有视觉表现力。文稿写作中吸纳工程与语言专业顾问，文本力求客观精准。在剪辑、调色、音乐和视觉包装时，每步精益求精。

“专业的人做专业的事”，保证了纪录片从前期到后期制作每个流程都功力过硬，各工种工序形成合力，打磨出精品力作。

纪录片《我的铁路我的梦》在非洲，尤其是肯尼亚取得现象级传播效果，在非洲 10 个国家播出，总浏览量超过 3 亿。片子播出后，国外专家、学者、网友对中国在肯修铁路几乎是一边倒的好评，有效引导了舆论。

从内罗毕到蒙巴萨，从高原到大海，480 公里，1661 米海拔高差，团队用脚丈量铁路，讲述蒙内铁路从无到有、梦想成真的故事。在实践中锤炼“四力”，团队用小视角勾勒大情怀，诠释中国义利观，勾勒出中非合作的真诚底色与美好愿景。

（武笛）

专家点评

这是一部史诗级的纪录片。记者团队花费两年时间，跟踪拍摄中国承建位于东非的蒙内铁路，展现填海、技术研究、建筑施工、投入运营、培养人才、建立管理体系的全过程，全景式展现了肯尼亚独立以来最大基础设施项目的建设运营状况，以及这一项目解决当地就业，推动经济发展，给非洲人民生活带来的巨大变化，用事实有力地回应和驳斥了西方媒体对修建铁路破坏环境的指责，也很好地烘托了中国“一带一路”倡议、构建人类命运共同体的主题。

总长90分钟的纪录片，分桥、站、路三集，干脆、清晰，极具画面感。每一集都以中西方观众共同关注的几个核心问题，如是否破坏环境、工期如何能从五年缩短到两年半、是否使用中国标准等，来推动片子的走向，在一些颇具趣味的细节上又有足够的铺陈，如能否坐着中国火车看大象、如何防止电缆被盗、女火车司机说中文开火车等。有点有面，可看性强，真实感人。展现出创作团队深厚的脚力、眼力、脑力和笔力。

用画面生动地讲好故事，是作品最突出的特点。一条线纪录中方的技术人员、施工人员、管理人员，如何在一片与国内工作环境截然不同、条件艰苦、文化差异巨大的土地上推进重大工程，与家人视频通话、通过网络集体收看春晚、一对职工在新建车站举办婚礼等桥段，很有感染力。而另一条线，聚焦具有代表性的非洲人物，如年轻漂亮的女挖掘手、铁路安全巡检员、火车女司机、铁路终点的传统部落等。一个个细腻饱满的小故事，个体和群像的刻画，充分展现东非民众是如何逐步了解和参与到蒙内铁路修建和运行工程、如何随着工程的进展拥抱新生活。

极具表现力和感染力的画面是此片的另一特色。长达两年对场景、对人物的跟踪拍摄，镜头的用心捕捉充分体现了纪录片的特质和动人之处。不能不说，这来源于创作团队扎实而富有激情的“脚力”实践。非洲大草原的落日、大象群悠闲漫步的草原生态、填海修路的施工现场、应对火山灰等让人印象深刻。创作团队通过娴熟调度和运用航拍、特写、三维动画等手段，记录蒙内铁路工程施工的艰难和不易，记录中方工作人员在技术和管理方面不断创新、投入的精神面貌，记录中非双方人员的共同投入和密切配合，记录非洲大草原的人文之美。

此外，作为融媒体产品，同时提供中、英、法三个版本，并配以图片和文字，体现出强烈的市场意识和受众意识。

（吴茜 上海广播电视台融媒体中心副主任）

后　记

不断增强脚力、眼力、脑力、笔力，努力打造一支政治过硬、本领高强、求实创新、能打胜仗的宣传思想工作队伍，是习近平总书记对新形势下宣传思想战线干部人才队伍建设提出的总要求。增强“四力”，不仅是我们转文风、改作风，打造精品佳作的必然路径，也是我们强化“四个意识”、提高政治站位，锤炼本领、锻造队伍的关键要害。在增强“四力”上学在前、走在前，当表率、做示范，是广大新闻工作者的光荣使命。

近年来，新华社深入贯彻落实习近平总书记关于新闻舆论工作系列重要讲话精神和对新华社工作的重要指示精神，深入实施精品工程、扎根工程、创新工程、表率工程，推动广大采编人员深入基层一线，不断锤炼脚力、眼力、脑力、笔力，采写了一批沾泥土、带露珠、冒热气的新闻报道，留下了一系列传得开、叫得响、留得住的精品佳作。

为深入贯彻落实习近平总书记关于增强“四力”的重要指示精神，推出更多反映新时代新气象的新闻报道佳作，新华社党组决定，抽调骨干力量组成专班，精心遴选深刻反映“四力”要求的生动案例，编纂《新华社践行“四力”优秀作品选》，为广大采编人员提供学习提高的范本。

本书广泛收集党的十八大以来新华社播发的深刻反映“四力”要求的新闻报道，经过多轮评议，精选出30余件优秀作品。其中，既有立意高远、思想深刻的传统报道，也有视角独特、表达多元的新媒体产品；既以文字、图片、视频等形式，原汁原味地呈现作品，也请作者撰写札记，讲述作品背后的故事和采访心得，来自学界业界的专家还对作品的题材、立意、表达等进行了深入分析点评。

本书编写过程中，得到了总编室、国内部、国际部、对外部、摄影部、参编部、新华网、新闻研究所、新华出版社同志的大力支持。唐润华、周庆安、董国政、史学军、徐金灿、方洁、张正宪、曹林、段若兰、陈小波、张淑华、高洪波、余宗明、李凌凌、肖珺、孟然、吴茜等多位学界业界专家为作品的分析点评工作付出了心血。在此一并致以诚挚的谢意。

本书不足之处，欢迎提出宝贵意见和建议。

本书编写组

2018 年 12 月